U0631604

我的！

班主任育人案例

佳 ◎ 著

上海教育出版社
SHANGHAI EDUCATIONAL
PUBLISHING HOUSE

序

很高兴为徐佳老师的《我的！班主任育人案例》这本书写序。从她十八年班主任工作经历可以看到她在这块领域里的精耕细作和执着追求。本书将她多年来实践案例生成班主任的教育智慧和经验，希望惠及更多的德育工作者，也是我为她作序的期盼。

班主任是一个育人、育心的工作，是学生成长道路上的引领者。有的班主任做了多年后也许会出现"职业倦怠感"，而有的班主任不断学习、研究和反思，从合格到优秀，从优秀走向卓越。徐老师对待班主任工作的认真态度，对自己专业的不懈追求，从年轻班主任到上海市优秀班主任，优秀少先队辅导员，到学科带头人，"浦东新区第一期班主任工作室"的带头人，"浦东新区教育系统领军人才后备暨学科工作坊"主持人，让我看到了她的成长蜕变的历程。

在每一位教育工作者的日常工作中都会有大量的故事发生，这些故事中蕴含着丰富的教育智慧。本书没有深奥的理论，完全是由教育中的真实、鲜活的故事组成，每个故事呈现她所采取的不同的教育模式和处理方式。从温馨感人的故事中，有老师对学生心理、家庭、学习、生活等各方面的关爱，如春风化雨，为学生的成长做奠基。

波斯纳提出教师的成长公式："教师的成长＝经验+反思"。教师成长过程应该是一个总结经验、捕捉问题、反思研讨、把感性认识上升为理性思维的过程。本书也可以说是对当前教育实践的反思。

徐老师在平凡的岗位上，运用积极的心态和育人的智慧，带着研究和反思的意识，用一则则爱的故事拨动我们的心弦。愿更多的班主任能够在尽到教育责任的同时，享受到教育的快乐！

张蕊

上海市正高级教师

特级教师、特级校长

目　录

让我记住你们

开学的前几天,学校临时通知我接新的预备年级并担任班主任,虽然已经做好心理准备,但作为职初教师的我,自己都像个孩子,面对这群"小萝卜头",真的是有点措手不及。

开学第一天,我按照点名册一一对号,四十个学生的名字真的并不好记,有的名字甚至很拗口,还有生僻字。于是我灵机一动,模仿老教师们的经验,让学生们自己做了名卡,放在桌上,方便我在课堂上认识他们。

我们都知道小升初的孩子刚踏进初中校园,他们也都还带着孩子气呢。他们怎么会记得那么多细节呢。第二天的课堂上就有很多学生忘记了他们的名卡,虽然我也在讲台上贴了学生的座位表,但是我们彼此都在相互熟悉的阶段,很容易记不住他们。

课后,我发现活跃的小薇情绪很不好,躲着所有同学,嘟着嘴来到了教室门口花丛的角落。于是我来到了她的身边,想了解原因,并且哄哄她,当时的我以为她是进入中学不太适应。我轻轻地拍了拍她的肩膀,问道:"小薇,是不是老师上课没意思啊?怎么不开心了呢?"她并没有搭理我,眼眶里竟然有泪水在打转。作为一个没有经验的新班主任,我当时真有点手足无措,我都不知道如何去哄小孩子。我只能不停安慰她,"小薇,别哭啊,是不是有同学欺负你呀?""到底怎么了,能告诉老师吗?"可是不问还好,越是问她,她越是伤心,号啕大哭了起来。其他学生看到,也都过来围观,让她更加的收不住了。我只能先稳定住其他的学生,然后带着小薇单独到一边,继续安抚她。当我问到"是不是老师的问题时?"她终于说了出来,是因为我在课堂上没有叫出她的名字。多么敏感的小女孩啊!这是我当时的想法。但我马上跟她道了个歉,告诉她,是老师的原因,因为和他们才相处两天,确实没有记住所有人的名字,但是我也希望她能给我 3 天的时间,我一定能记住他们的名字的。

因为有了和小薇的约定,我召集全班学生按照位置坐好,拍了张大合照,点对点地定好位,我就按照他们的样子和名字,通过一个晚上的记忆,将他们的名字一一记住了。

　　课堂上,我跟他们玩了一个游戏——猜名字。当我一一叫出他们的名字的时候,他们都非常惊讶,我也看到了敏感的小薇脸上大大的笑容。我们一起在课上商量了一个好办法,怎么让其他老师也能快速地认识他们。小薇提了一个好办法,每个学生可以自己做个名牌挂在胸口,这样每个老师都能看到,也就方便老师们认识他们了,我们都很赞同她的好办法。第二天,学生身上都挂上了一个小小的名牌,老师们一目了然,就能叫出每个学生的名字。

　　从那以后,每接一个新的班级,我总会提前记住每一个学生的名字,看到课堂上他们惊讶的表情和佩服的眼神,我想那是我成功走进学生心里的第一步。

　　班主任一个小小的举动会改变一个孩子,可能我们会觉得这样的孩子过于敏感,但是换位思考后,也就能理解他们了。尊重学生也是尊重自己,记住学生的姓名看似是一个简单的举动,但却是一种待人处世的态度,是一种行为方式,并可能因此影响他们的成长。

失而复得的钱

大家想象一下，丢了的钱还能找到吗？

又是一个新的学年，预备年级的夏令营活动就要开始了，学生们期盼着能够开开心心地一起去郊游。迫不及待的小王同学早早就问爸妈要了钱，准备在夏令营的时候买纪念品，可是钱还没捂热，他就哭着鼻子来到办公室告诉我："老师，我夏令营要用的钱丢啦！"说完就止不住地号啕大哭起来。我忙安慰他并且了解情况，"你的钱什么时候丢的？你把钱放在了哪里？有没有问其他的同学是否看见过？"伤心的小王心里只想着丢了的钱，根本无从回答我的问题，也无法冷静下来。他激动地擦着眼泪和鼻涕，告诉我："老师，要是爸妈知道我把钱丢了的话，一定会骂我的，你帮帮我吧？"看着伤心的小王，我第一个反应就是，钱丢了真的很难追回，何况隔了个周末，我不可能去翻查学生的书包，我也要本着信任学生的理念，对于一个新上岗的班主任来说确实是一个棘手的问题。

为了不打击小王同学，我只能安慰他，并答应帮助他一起找回丢失的钱。我首先让他不要哭了，好好回忆一下，说一下事情的来龙去脉。什么时候拿出过钱？还有哪些同学看到过钱？拿出来后放在了哪里？他想了想，告诉我，因为爸妈给了二百块钱，所以他就来学校炫耀，好多同学都知道也看到了，他拿出来之后就放回了书包，但是看到这么多钱他就心痒痒的，不停地拿出来看看又放回了书包。周末回家才发现钱丢了，但不敢告诉爸妈，怕挨骂，怕以后不会给他零花钱了。提心吊胆了一个周末，周一早上就急急忙忙地来找我，希望我能帮助他找到"小偷"，把钱要回来。

"破案"真不是我的强项，我也很为难。于是，我在课堂上，给学生们讲了一番大道理，学生们都大大方方地把自己的书包清理出来给我看，证明他们并没有拿小王的钱。看着小王着急的脸庞，我也一筹莫展，但也不能恐吓他们呀。于是，我灵机一动，想到了一个好主意。

我告诉全班学生，我知道小王的钱去哪了。学生们很惊讶，开始小声讨论："老

— 3 —

师这么快就能知道，真神了。"我开玩笑地说："小王同学总拿钱出来显摆，他的钱就乘机出去玩了，你们看着吧，过两天钱就回来了。"听完我的话，学生们都大叫了起来："老师，您这不是忽悠我们吗？钱都丢了，怎么找得回来呢？"听了同学们的话，小王的脸瞬间拉了下来，一副欲哭无泪的样子。我马上接着他们的话说："放心吧，走丢的钱过两天就会回来，它也就是出去转了一圈，走累了，可能回到小王的桌子里，可能回到门背后，也有可能会回到讲台上，这就要看它走得快还是慢了。"学生们哄堂大笑。

当时，我也没有绝对的把握，我只是告诉小王同学如果找不到钱，就要老老实实地告诉爸妈，不能因为怕挨骂就隐瞒事实，老师也不想骗你，可能钱也未必能够找回来，同时让小王要记住这次的教训，小王无奈地答应了我。

才过了一天，小王兴奋地拿着钱跑进了办公室，大声叫着："老师，钱回来了，钱回来了。难道它还真的玩累了？""哈哈哈……"我被他"呆萌"的表情逗笑了，我和小王一样心里很开心，钱失而复得了。班级里的同学们也不可思议地围着我问："老师，您怎么那么神，知道钱会回来？"我说："当然啦，不是告诉你们了吗？玩累了，自然就回来了。"当天，我也在课上，教育学生们吸取教训，以后自己的东西要保管好，不要丢三落四的。要做一个"拾金不昧"的好孩子，捡到别人的物品，要及时归还。

孩子的本质都是善良的，他们需要的是老师的信任，信任是相互的。处理这件事的过程中，我没有严厉地去批评他们，自始至终我也没有去刨根问底，而是抓住契机让学生自己认识到错误。对待这样的事情，一定要小心慎重地处理，千万不能主观臆断，想当然地轻易下结论，这样会在无形中给学生造成心理阴影。

一个网瘾少年的回归

"呼呼——"一大早第一节课的课堂上就传来隐隐的呼噜声,同学们提醒,老师叫他,总算把小陈同学叫了起来。看他精神不济,我就让他去洗把脸,清醒一下。没想到上其他的课时仍然是这种情况,整个上午任课老师跟我反映的都是小陈同学上课睡觉的情况。

午休的时候,我看他仍然趴在桌上,继续睡觉,于是和他聊一聊,想了解一下情况。困倦的小陈累得几乎都不能好好地回答我的问题,于是我征求他的意见:"要不要让你爸爸接你回家呢?"他茫然地摇了摇头,告诉我他就是有点累。我问他:"你是不是生病了?"他回答我没有。

结果第二天,小陈就不来学校了,我以为他生病了,就联系了他爸爸,结果他爸爸也不知道他的去向。

小陈是一个单亲家庭的孩子,妈妈还在他小的时候就离家去了外地,并再婚生子,对他早已不管不问了。爸爸文化水平不高,在家拿低保,工作经常换,找到的工作也是三班倒,根本没有时间管他。小陈同学从小就缺失母爱,与父亲也缺少沟通,所以父子之间的关系非常紧张。

当天下班我就赶到小陈同学的家,想了解一下具体的情况,但是并没找到他。他的爸爸也因为上班,没在家,家里只有爷爷在,爷爷年纪大了,根本不知道孙子到底去了哪里。于是我询问了周边的邻居,以及班里的学生,学生们反映最近他和3班的几个学生走得比较近,而且发现他曾出现在小区的网吧里。我马上赶到那个网吧,发现他果然在那里上网。看到我,他拔腿就想跑,我一把抓住了他,带他回家。在回家的路上,我问他为什么会去网吧?怎么不去上学?是谁带他去的?对于这些问题,他根本不想回答,始终低着头。把他送回家,他也懒洋洋地蜷缩在了床上,说自己累了。我让他好好休息,告诉他明天一早来接他上学。

第二天一大早,我上班的途中,特地弯到他家,接他一起上学。他还没有起床,我把他叫了起来,一起带他回学校吃早餐,并且想和他好好谈谈。这次我改变了策略，我从他喜欢的"网游"聊起，问他最近在网上都关注些什么？怎么会喜欢上的？对未来的想法如何？没想到一谈到他感兴趣的话题，他满眼放光，马上打开了话匣子。他兴奋地告诉我，他喜欢网络上那种虚无的空间，在游戏的世界里自己可以勇往直前，不断升级，称王称霸，那种求胜心和胜利的感觉让人觉得非常美妙，也可以忘掉所有的烦恼。但是一旦进入游戏的世界里，就很难控制住时间，心里想着要停下来，但是手和大脑却不听使唤，就是停不下来，而且网吧里的网速比家里快多了，所以会去网吧。有时候也会上网去浏览一些关于游戏开发的帖子。看到他这个样子，我发现缺少关爱的他很想找到一个属于自己的世界，一个被认可的世界。我就和他商量并建议，现在已经初三了，面临着毕业，既然喜欢游戏开发，那就选择自己喜欢的学校和相关的专业，为之努力，去学习一技之长，又能接触自己喜欢的游戏。小陈心动了，但是他为难地说："老师，我知道自己有时控制不住自己，不知道怎么才能改善？"我说："我俩做个约定吧，每天你最晚10点半睡觉，做好作业可以适当玩一会儿，但是给自己一个限定的时间。晚上到点就定好闹钟睡觉，老师也会提醒你。第二天一早我6点半来接你上学，我们先坚持一周看看，看看你因为游戏而晚睡的情况能否有所缓解。"小陈答应了和我的约定，并且开始履行他的承诺。

一周过去了，他确实坚持了下来，我奖励了一双他喜欢的足球鞋，因为他很喜欢踢球，他参加了学校的校队，收到鞋子他也非常高兴。但是一个月后，某天早上我去接他，他竟然不在家，爷爷也说根本不知道他什么时候离开家的。我问了和他关系比较好的同学，说他去了小覃家，我匆忙赶往小覃家，他还在睡觉，我当时火气就上来了，尽心尽力地帮助他，但他却是如此不争气。我大吼了一声，把他从床上直接拖了起来，劈头盖脸地就痛骂了他一顿。不知道当时是不是把他骂醒了，至少我当时是非常失望的，但仍然接他回了家，让他带上书包去上学。看到我的不理睬，他也害怕了，他到了学校就跟我道歉了，他并不是没有遵守约定，而是小覃的家庭出了一些变故，他好心想要帮助他解脱困境。我对于自己误会了他，也向他道了歉。我们仍然继续相商按照约定，坚持到毕业。

之后，他会尽自己的能力完成作业，能够等我去接他上学，有时候看我太累，也会告诉我不用去接他，他自己骑车来上学就行了，他有什么需要也会开口直接问我要，我们的关系也渐渐情同母子了。

缺失母爱的单亲家庭的孩子，往往会有自卑、不自信、孤僻等不同的表现，小陈同学就是这样在网络的世界里寻找到了自我的价值。对于这样的学生,作为班主任,应该给他们更多的爱,经常鼓励、督促和帮助他们,让他们感受到缺失的那份爱,觉得自己是被关注和被关怀的,从而增强自信心。只有用真情去打动他们,才能让他们有所转变,从而往好的方向发展。

野蛮其体魄

"野蛮其体魄,文明其精神",不论过去多少年,都是一条永不过时的真理。

初三中考,将体育项目的30分计入了学业考总分,学生们也是喜忧参半,喜的是靠体育就能拿到30分,忧的是体能不够,一下子很难拿满这些分数。体育课上,大家都积极训练自己擅长的项目。最让学生头痛的是长跑项目,不管是男生还是女生,平时都练得少,耐力跟不上,想要拿满分确实很难。体育老师也抱怨学生的态度不够认真,一遇到长跑就不好好跑,大多数跑两圈就停下了,走走停停,体能根本训练不出来。

课上,就这个问题我和学生们一起探讨了起来,如何能够有效地提高耐力。同学们七嘴八舌的抱怨声纷纷出现,"实在跑不动,我干脆放弃吧""老师,让体育老师给我们点跑步技巧""老师,拿不了满分也没办法,扣掉点就扣掉点吧……"听下来全是些泄气的话。看着孩子们有点着急又无可奈何的样子,我其实比他们都焦急。我灵机一动,想到了一个好办法,每天早上我们都要晨默,那么我们就利用这个时间再稍微提早一点到校,6点半到校先进行晨跑锻炼。听到我的提议,全班马上炸开了锅,大多数同学都是无奈地同意。

说执行就执行,第二天一早,我们就开始了这个计划,但是在约定的时间,才到了三分之二的学生,好不容易集齐所有人,又都拖拖拉拉地来到操场上。阵仗拉开得挺好,开始跑起来,整个队伍东倒西歪,各人各样,800和1000米跑了至少10分钟。特别是小豪同学,非常抗拒,直接罢工,和我对着吵了起来。"你为什么要强迫我们来长跑?这是违背我们意愿的。我并不想跑,我就是不想跑,你能拿我怎么样吧?"当时小豪的这一通话让我顿时觉得很难受,我的本意是为了他们好,没承想竟然得到的是不理解。我当时脾气也上来了,"我并没有强迫你们,不想跑就不跑,但是我们是一个集体,就要有集体荣誉感,共同进退。"小豪嘟着嘴说:"并不是每个人都想跟着集体的,我起不来,也跑不动,不想跑,不及格就不及格,不用你管!"边上的学生像看热闹一样看着小豪和我的对峙,也有部分学生想着小豪"抗争"成功,他们也就"脱离苦海"了。当时我拍着小豪的肩膀,跟他说,等上完课老师和你聊聊,结果他一把甩掉了我的手,直接气鼓鼓地回到了教室,第一天的晨练就这么不愉快地结束了。

课后,我找到小豪,并没有和他谈跑步的事情,而是耐心地问小豪:"中考很紧迫了,有没有想好考什么学校,大学考什么专业?"小豪冷静之后,知道早上对我的态度不是很好,也不好意思地抬头看我,脸红红的不敢回答我。在我耐心地询问下,他告诉我他想考某某高中,高中考大学想考警校。我马上鼓励他这个志向一定能够实现,但是想要实现,就需要现在不断地努力和磨炼积累。就比如说你的体能首先就需要过关,警校对于学生的体能要求是非常高的,老师这样的训练根本是"九牛一毛"。我趁热打铁地问他:"早上你那样激动的态度是因为什么呢?"他不好意思地跟我说:"老师,对不起,因为早上要6点半到校,有点早,我起不来,所以我不想跑步。"听了小豪的话,我笑了出来:"你家是离学校最近的,就在学校边上,几步路就到了,比起老师,你说谁更起不来呢?老师住在市区,一个半小时的车程都能坚持到校给你们训练,你就坚持不了吗?而且警校的最基本要求就是要有耐力,能吃苦,能坚持,不如你试试看。不能及时到校也不要紧,只要能够坚持加入集体就行。你愿意吗?"小豪腼腆地点了点头,说:"老师,您不怪我吗?"我说:"老师也有脾气不好的时候呀,为什么要怪你呢,说出自己的真实想法,没有错。"小豪郑重地跟我说:"老师,那我试试吧!"

事实上,隔天小豪并没有准时加入我们的长跑队伍,因为他确实一时起不来。但是第三天、第四天、第五天……他渐渐地跟了上来,迟到的时间也越来越短。后来他妈妈告诉我,他把想要报考的警校宣传画挂在了床头,用来激励自己。为了学生们能够坚持,我也以身作则,加入了他们的跑步队伍,跟他们同甘共苦。在我的激励下,孩子们也渐渐适应了这个模式,每天早上定点定时,女生800米,男生1000米。半个月后,学生已经不再畏惧长跑了。我给他们换了计时跑模式,计时前,学生们都觉得自己的能力不够,突然计时肯定不行,我依然鼓励他们,半个月都坚持下来了,说明大家的能力肯定没问题,只有计时训练才能真正有所提高。在我的鼓励下,孩子们开始了计时跑,前几天的成绩并不理想,但是他们所有人都坚持了下来。两周之后,他们发现自己有了明显的进步,原先不及格的学生渐渐都能及格了,原先跑得快的已经能达到满分了,包括小豪同学,他的突飞猛进让他自己都兴奋不已。孩子们都没有想到自己的进步会如此之大，他们的热情也被点燃了，每天早上比我都积极，就等着我来给他们计时。

一学期的训练，好多学生的成绩都达到了满分，班级里也没有不及格的学生了，他们的体能也随之增强了不少。从那以后，好多学生仍然坚持这一习惯。多年后，小豪同学从警校毕业了，他经常在工作之余来看我。他告诉我因为当年我的那份坚持，让他学会了坚强和坚守，并成功当上了一名人民警察。

坚持，对于一个成年人来说都比较困难，更别说青春期的学生了。"野蛮其体魄"的目的其实就是文明学生们的精神，让他们在成长的过程中尝到坚持到底的甜头。在跑道上的飞奔，就像在人生道路上的冲刺，有些人开始就倒下了，有些人中途放弃了，而有些人坚持冲到了终点，看谁是笑到最后的那个人。班主任要善于用行动感染他们，当然也要讲究方式方法。

一只羊腿

快过年的前夕,突然门卫师傅给我送来了一个用麻袋装的大件快递,我很惊讶,我并没有买过什么大件物品,觉得有些无所适从。仔细辨认袋子上的地址,发现来自安徽亳州,我顿时心知肚明了。打开袋子,是一只大大的羊腿,我的心立马揪了起来,这可能是他们一年的收成呀。

看着羊腿,百感交集,我的回忆慢慢地拉回到了 2015 年的夏天。小宇是一个内向、话不多,而且命运多舛的小男孩,他并不出众,默默无闻,很乖巧,基本上是不会引起老师注意的那种类型。当然,我也只是把他当作普通的孩子般对待,没有特别去关注他。接班家访的时候也没有了解到特别的信息,当时家长也不愿意多说,奶奶没有文化,不太会说普通话,满口的家乡话。

那是一次社会考察,小宇同学很为难地告诉我,他不去了,我问他为什么。他闪烁的眼神,躲避着我,告诉我:"可能我要去看病。"看到他的样子,我感觉真实情况并不像他说的那样,我就追问他:"你怎么啦? 生了什么病呀? 要不要紧呀?"听着我关切的话语,他把头垂得更低,红着脸轻声地说:"不要紧的,小毛病。"他一直不说自己到底得了什么病。我当时用不容置喙的口吻跟他说:"我会打电话问你的家长,到底带你去看什么病。社会考察活动是个集体活动,没有特殊原因,原则上不能请假。"也许我当时的口气很是威严,小宇有些紧张和不安,但仍然用颤抖的声音跟我说:"我不想去。"看着他的样子,我知道他肯定有难言之隐,我放缓了语调,温和地问他:"小宇,老师知道了,你肯定不是因为看病才不去的,一定有你自己的原因,但你也不太愿意告诉我,也许你很为难,但是老师很想帮助你,你能给我这个机会吗? 其实老师无所不能,肯定能帮到你,不信你可以试试,你可以好好考虑一下哦!"事后,我联系了小宇的姑姑,当时他的姑姑也仅仅只是一个大学生,家里供她读大学,其实条件很困窘。小宇和弟弟是孤儿,他们的父亲原来是家里的顶梁柱,但是不幸车祸去世,妈妈扔下了一家子去向不明。爷爷奶奶年纪大了,登报、报警寻人都没有找到他们的妈妈,村里帮忙办理了孤儿证。一大家子还有姑姑和叔叔,也都在读书,两个老人照顾四个孩子,身体都不好,主要的劳动力是爷爷,没想到爷爷也因病去世了,兄弟俩生活都非常困难,在上海租住的房子还要缴纳房租。

了解了这些情况,我知道小宇是不想增添奶奶的负担,家里没有多余的钱给他去参加社会实践,还不如不去。我也没有直接去揭开他的伤疤,等着他直接告诉我真相,因为预备年级的孩子,其实还属于小学生的年纪,他们喜欢集体活动,也非常期待这样的机会。对于小宇来说,一定是个艰难的决定。

三天了,小宇似乎始终也没下定决心寻求我的帮忙,因为他和我之间还没有建立起彼此信任的关系,我在他心中充其量可能是一个比较关心学生的班主任。但是离社会实践的时间越来越近,班级里的同学们都在规划自己小组的活动,在商量着准备些什么好吃的一起分享的时候,小宇忍不住了,他胆怯地找到我,问我:“老师,您说您愿意帮助我,还算数吗?”我迫不及待地答应他:“当然愿意啦,谢谢你对老师的信任,你愿意告诉老师你的困惑吗?”小宇十分为难地告诉我:“老师,其实我的家里非常困难,我不想让奶奶花钱,因为姑姑和叔叔都还在上大学,更需要钱,我也不想让同学们看不起,索性我就不去了。”我问他:“那你就不期待和同学们一起开心地去社会考察吗?我好像看到你们组长都已经在招募组员了?”当我说完这些,小宇的眼泪就在眼眶中打转,他用力地点点头,说道:“其实我很想去,以前爸爸、爷爷在的时候,我都能去的,现在他们也不在了。”看着小宇那小小的脑袋,我也很心酸,我笑着跟他说,“就这么点小事呀,没问题,老师来帮助你,你可以写个购买清单,老师帮你去准备。”听了我的话,小宇连连摇头和摆手:“不,不……老师,我不想用您的钱,我只是……算了,我还是不去了。”我擦干了他的眼泪,跟他说:“不要紧,等你长大了,有能力了,你可以还给老师,老师可不是白白给你,而是提前预支哦!”听了我的话,他笑了起来,并坚定地点了点头,郑重地说:“好,老师,就当我提前向您预支。”

从那次事件后,小宇比以前外向了很多,不再心事重重,他的学习也随之认真了起来。第二年,小宇就随着奶奶回到了老家,因为在上海他们已经没有能力负担其他的费用了,小宇在上海也不能考高中,于是他们回到了安徽亳州。临走的时候,奶奶和姑姑还送给了我一面锦旗,感谢我对小宇的照顾。每到逢年过节我都会给他一个压岁包,让奶奶帮他买学习用品、新衣服等。五年后,小宇已经顺利考入了当地的高中,每年收到我的资助,他都会回复我,给我拜个年,告诉我他的近况,相信他的努力,将来一定会有所成就。

　　特殊家庭的孩子更需要关爱,在他们的成长经历中缺失了很多爱。小宇同学缺失父爱母爱,奶奶没有文化,让他吃饱穿暖已经是尽到了全力。作为班主任能做到的就是给予他们更多的关心,弥补他们心中缺失的那一部分,虽然这份爱并不能弥补他缺失的全部,但是会让孩子有所转变,甚至能够改变他们的一生。

远方的来信

2015 年冬,我收到一封特殊的来信,夹着一张收据,信上来自云南山区的孩子用歪歪扭扭的字写道:"感谢徐老师给我们捐助的学习用品,祝您身体健康!"当时我很惊讶,我并没有给云南山区的孩子捐助过学习用品呀,怎么会给我寄来这样一封信呢?我循迹联系,确实是用我的名字捐助的,但我当时就觉得可能是搞错了,也可能是和我同名同姓的,但又自我否定了,因为学校并没有写错,这是我刚调来的新学校,也就证明确实没有错了。那就奇怪了,到底是谁用我的名义来捐助山区的孩子呢?

我根据收据来溯源,联系到了当地的老师,得知是从安徽转到他们那里,让他们帮助当地的学生买一些学习用品,但是留的是我的名字。一听说是安徽,我马上想到了一个孩子——小吴同学。这一定是他!

小吴同学是一个非常聪明,很有创造力的孩子,但是他非常倔强,也非常有自己的主见,很多时候容不得别人反驳。他祖籍安徽,随父母来到上海打拼,他不能在上海考高中,必须回到老家。他脑子好,反应快,但却是"好胜王",不管任何活动,只要有他参与,他总是冲在最前面,也让整个团队不太和谐。记得当时学校组织社团活动,因为他的反应快,信息老师就选上了他参加团队设计比赛,组队还没多久,队里的成员就来向我汇报:"老师,如果有小吴在这个团队,我们就不参加比赛了。"我一猜就是小吴又开始发表他的"真知灼见"了,而且强制团队要听他的安排,容不得商量,这样团队就没有凝聚力了,即使组队也肯定不可能获得好的成绩。于是我就安抚这些队员,"你们先想想小吴可以对团队做出怎样的贡献呢?为什么信息老师选择他组成团队?"团队成员们都不否认小吴的能力,他的思维比较开阔,解题思路也很清晰,能够让整支队伍更胜一筹。我说:"大家看,小吴对于团队很有用,那我们就一起努力,让他能够更配合我们,而不是去排斥他,否则对于大家都不利,你们说对吗?"学生们听了我的话,都点头答应了。随后,我也找小吴同学了解具体的情况。

　　当我找到小吴同学的时候,他竟然不像平时那样地"趾高气扬",而是非常失落、垂头丧气的。我就问他:"小吴,你参加了最喜欢的信息社团,还被老师选为比赛选手,怎么一副不开心的样子啊?"他一反常态地没有反驳我,而是表情凝重地跟我说:"老师,我们组里的其他同学好像不太想和我组队,他们说宁愿不参加比赛。"看着他沮丧的神态,我问他:"那你有问过他们,为什么会有这种想法吗?"他摇了摇头。我趁热打铁地跟他说,"那你想不想和他们一起参加比赛呢?"他用力地点了点头。我说:"那你要不要听老师给你分析原因呢?"他眨了眨他的大眼睛,认真地点了点头。我说:"那你先说说他们什么时候开始排斥你的?"他想了想说,"好像是我不听他们,总是想按照自己要求做的时候。对了,还有他们做得慢的时候,我总会去捣乱,有时候我说的话也不太好听。""小吴,你真棒,看来你自己都发现了是因为什么,那么既然你很想参加比赛的话,能不能想办法改掉呢?"他为难地摇了摇头:"老师,我觉得好像习惯了,不自觉的。"借着这个契机,我就跟他约法三章:第一,改变捣乱的习惯,当其他同学在设计的时候,不打扰添乱,更不能去破坏。第二,自己做完,要协助他人一起完成,不能以自我为中心。第三,能够听听团队同学的意见,要有集体荣誉感。他认真地听我讲完,说:"老师,我试试吧,但我怕我一时改变不过来。"我说:"不要紧的,我们可以签个契约,作为一种约束。"他抱着试试看的态度签下了名字。

　　和小吴谈心了之后,我就把契约给了其他组员看,并要求大家一起帮助小吴,尽量让他能够改正过来,大家齐心协力,一起进步。当天放学的时候,其他同学就主动找了小吴,告诉他会一起合作,如果他真的想要参赛的话,那么就大家有商有量,全力以赴。小吴也兴奋地来向我汇报,同学们接纳他了。我也跟他说:"太好了,那你就好好表现,发挥出你的优势。同时,也别忘了咱们的约定噢!"他大声地回答了我:"遵命,Madam(女士)!"在几个孩子的包容和通力合作之下,他们顺利完成了比赛,还获得了不俗的成绩,答辩过程中,小吴运用了他的绝对优势,带着组员登上了领奖台。

　　当走下领奖台的时候,班级同学把他团团围住,纷纷为他喝彩,他的脸上也洋溢着胜利的喜悦。他大声地跟我说:"老师,我做到啦!"我抚摸着他的头说:"你一定会更棒的,继续加油!"

　　从那以后,小吴就像变了一个人似的,做什么事都很谦虚,和同学之间的关系也越来越融洽,他的成绩很好,还会主动去帮助需要帮助的同学。到了初三,他转回老家去考高中,我们都很舍不得他。他回到老家也不负众望,顺利考上省重点高中,后来又考入了重点大学,每年他都会给我来信,告知他的近况。

我打电话给他,他告诉我:"老师,您惊喜吗? 我拿前几个月的工资,以您的名义给云南山区的孩子进行资助。我想将您对我的爱和宽容继续延续下去。"

这一刻,我真的很激动。不仅是班主任,还是学生,一诺千金,为自己的承诺付出实际行动,说到就要做到。我也为这样的孩子感到欣慰,要包容他们年少时的轻狂,处于青春期的叛逆,他们的本质都是向上向善的。作为班主任,只要正向引导,精心营造教育的细微环节,就能收获真正的幸福感。

泥泞的乡间小路

　　能否想象在大都市上海,有车子开不进去,下雨时让你走得满脚都是泥的小路吗? 没有完全开发的上海农村,就是这个现状。2010 年,我接手了初二年级,当时班级有三十多个学生,其中有三分之二的底子都比较薄弱,英语成绩也都不尽如人意。三年换了四个老师,老师也对他们很头痛,我临时成为"救火队员"。

　　听说接这个班级,我其实很开心,第一天走进班级,就很受学生欢迎,因为我们可以再续师生缘了。这件事说来话长,我所在的农村学校是九年一贯制的学校,因为学校当初比较缺老师,所以我从小学一年级一直教到了初三,不同的班级不同的年级,我都经历过。这个班级的孩子,正是当初我刚上班时任教的二年级,虽然只教过他们一年,但是当时和他们建立了非常深的感情,没想到他们长大了,我又有机会和他们在一起了,不过经过了这么多年,孩子们都改变了,不仅是外貌,思想也有了很大的变化。最主要的是他们的学习发生了变化,当他们已经适应了一个新的老师之后,很快又换了一个,可能孩子们自己也很无奈。所以他们的学习态度也随之比较散漫,反正走一步算一步,他们就抱着学到哪就到哪的态度,他们内心其实也很想有所改变,但是无奈他们提不起那股劲儿和缺乏动力。

　　对于这样的一群学生,我虽然很头痛,但是我觉得从初二改变还不迟,我得跟他们打"感情牌",让他们重拾信心,能够改变自己的学习状态,提高自己的学习成绩。于是,我准备去家访,在父母在场的情况下,和他们一起交流沟通一下。

　　说走就走,不能拖泥带水。我按照学生家庭住址的分布,先画好线路图,按照最方便的规划进行逐一家访。想法是非常美好的,但是现实却没有我想象的那样顺利,学生的家分布在各个村庄,有的村子还非常偏僻,车子根本开不进去。让我印象最深的就是小陆同学的家,他的家离学校非常远,而且路非常难走,车子根本开不进去,只能停在村子外面的路上,然后沿着进村的小路步行。那天刚下过雨,泥泞的小路非常难走,没一会儿,我的鞋子上就都是泥水了。当我摸索着找到了小陆家时,发现屋子里漆黑一片,他们的房子是自己的私宅,但可能是房子造得比较久了，正准备翻新，所以整个家乱糟糟的，全家就挤在边上的黑乎乎的小房子里面，居住环境很不好，更别说小陆的学习环境了。他是一个单亲家庭的孩子，就和父亲、爷爷、奶奶住在一起，父亲平时工作很忙，爷爷奶奶年纪大了，也照顾不到他，他的自理能力非常强，只是没把精力花在学习上。家访的时候父亲不在家，和爷爷奶奶沟通也并不顺畅，文化程度不高的老人只是一个劲跟我道谢，能够来这么远家访，同时希望我能够严格对待小陆，多关心他，有什么不好的地方一定要批评指正。单纯的老人就像对待亲人一样跟我说："老师，不要紧的，你把他当成自己的孩子吧？有什么不好，直接动手打、教训他都可以。"我笑着跟老人说："老师不打人的，但是孩子有问题的话一定会批评的。"然后我就跟小陆说，"能带老师参观一下你的家吗？"他很开心地跟我说："好的，老师！"他一改紧张的神情，给我介绍他的家，因为在翻新，比较乱，他很细心地提醒我，"老师，您小心点哦，不要摔倒。您看，脚上都是泥巴，我帮您擦一擦吧？"看着这么细心的小陆同学，我觉得他并不像其他老师反馈的那样调皮、不上进。带我参观的过程中，他带我上了他家的阁楼，那是又一片天地——鸽子的天堂，都是他家养的信鸽。一看到这些鸽子，他的兴致就上来了，他一一给我介绍各种种类的鸽子，每只鸽子腿上都有编号，他都了如指掌，可以看出他平时肯定没少帮助爸爸喂养这些鸽子。一聊到鸽子的话题，他马上就变得滔滔不绝，我乘着这个机会，告诉小陆："你的记忆力真好，这么多鸽子你都能如数家珍，老师相信你的这份用心如果挪到学习上的话，你的学习一定会突飞猛进的。目前你的关键在于基础打得不牢固，但是老师能够帮助你，你相信我吗？"他目光坚定地看着我说："老师，我相信您！"

自从家访后，小陆同学如同变了一个人，上课认真了好多不说，作业总是能够提前完成，积极回答问题，回家也会背诵默写，自觉了好多。老师们也都夸赞他，都鼓励他努力去选择自己理想的学校。

2013年禽流感暴发的那一年，小陆已经考上高中，有一天他带了两只鸽子给我，他说爸爸怕鸽子感染禽流感，所以把所有鸽子都处理掉了，结束了信鸽的生意。他记着当年的家访事件，所以特地给我带来了两只处理好的鸽子，让我做鸽子汤喝。和小陆聊起家访，他感慨地告诉我，从小到大，没有老师真正走过他家门前的泥泞小路，因为太远太不方便。而且当时他以为我的家访只是去他家告他的状，结果我只是和他们闲话家常，了解他的情况，并没有说他任何不好，他当时就很感动，所以当时我一提出帮助他的约定,他马上就答应了我。也很幸运,当时和我的约定,让他考上了理想的学校,他希望将来能成为一名警察。看着长大懂事的他,我也觉得很欣慰。

学生的转变有时候只在一瞬间,家访是一个很好的途径,让班主任能够了解到学生的家庭情况,能够增进师生之间的情感,在这个亲眼目击"现场"的过程中,我们能够及时掌握到学生的信息,可以相应地对症下药,有针对性地解决问题。小陆的改变,让我看到了学生的可塑性。对于我来说,一次普通的家访,改变了小陆。家访的路虽然不好走,但是家访产生的效果却能够事半功倍。

一双油腻的手

偶然的机会,接触到了潘仁芳老师的《母亲》摄影展,让我最为动容的是她的母亲的双手,充满沟壑和沧桑,里面写满了故事,充满了母爱。

看到这双手,不禁让我的思绪回到了 2015 年的夏天。那一年,我新接了一个班级,学生来自不同的小学,每个学生的老家也是遍布全国各地。暑假拿到学生档案后,我就根据学生的小学、家庭住址、学生的兴趣爱好等制作表格、分类。在此过程中,我首先关注到了小唐同学,他的信息表上资料不全,字迹歪歪扭扭,成绩也不好,看着信息表上孩子的照片,我想在他的背后一定有故事。

第一家的家访我就选了小唐同学,他只留了一个联系电话,没有具体地址,但是打了好几个电话都没人接,可能家长觉得陌生电话没必要接。于是,我先给他的家长发了一个信息,并且把我建立的班级群发给了家长,希望家长能够及时联系我。等了好几天,才接到了家长的回复,家长反复向我致歉,因为一家人文化程度都不高,也不太会操作手机,所以没能及时跟我联系。我也答复了家长:"如果方便的话,我想来家访一下。"一开始家长吞吞吐吐,后来可能想着孩子刚进中学,直接拒绝我不太好,所以勉强地答应了我。

和家长协商之后,我就根据家长给我的地址,准备对小唐同学进行一次家访。小唐妈妈给我的地址是在一个非常偏僻的村庄里面,九曲十八弯,在村庄的尽头可以看到一个小小的工厂车间,车间里面是流水线,只听到机器嘈杂的声音。走入工厂,我看到和照片上一模一样的小唐,他正缩在工厂的一角看书。我径直朝小唐走去,这时候迎面过来一个长相跟小唐相像的人高马大的中年妇女,我猜想他一定是小唐的妈妈,于是我就上前和她打了招呼,"一定是小唐妈妈吧,您好!"小唐的妈妈非常局促地说了声:"老师好!"同时伸出了她油腻的手想要和我握手,但可能觉得不太妥当,把手放在她的裤子上搓了又搓。我并没有介意,仍然和她握了手。小唐妈妈的脸上顿时洋溢起了笑容。她说:"老师您跟我来,小唐就在那边。"跟着小唐妈妈来到了小唐的身边,孩子睁大了眼睛看着我,有点不知所措。在妈妈的提醒下，他轻轻地叫了声："徐老师好！"我摸了摸小唐的头说："小唐你真乖。"为了缓解母子俩的紧张情绪，我接着问小唐，"你在看什么书呀？能跟老师说一下吗？"小唐依然瞪着他那双无辜的大眼睛，慢悠悠地把桌上的书递到了我的手里，原来他看的是预备年级的语文书。我问他："小唐，你已经提前在学习了吗？这书是哪里来的呀？"他吞吞吐吐地回答："这是哥哥的。""哦，小唐你真棒，那你能选一篇你喜欢的读给老师听吗？"我问道。小唐挠了挠头，跟我说："老师，我……不会。"我鼓励他说："没事的小唐，你试试吧。碰到不会读的地方，老师来提醒你好吗？我们一起来读。"此时妈妈也在一边尴尬地跟我说："老师，他不行，别为难他了，他的学习太差了。"听了妈妈这句话，小唐打了退堂鼓，他摇了摇头说："我不行。"见到小唐如此快就气馁了，我继续鼓励他说："那咱们就读一小段好吗？我们读完，让妈妈也试试。"小唐腼腆地笑了，点了点头。我挑了一首简单的诗，引导小唐读了起来。一首简简单单的诗，小唐就有好几个不认识的字，但经过我的提醒，他顺利地读完了。小唐开心地笑了，他对着妈妈说："妈妈你看，我能读。妈妈你也来试试吧？"小唐妈妈为难地又摇头又摆手："不行……不行，你真厉害，妈妈可不行。"小唐妈妈看到在我的引导下，小唐能够顺利地读完一首诗，非常高兴地跟我聊了起来。她向我介绍自己就在这家厂里面打工，吃住也都在这家厂里面，条件非常艰苦。因为上海和老家的学校不一样，小学只到五年级，所以他只能让小唐再读一年初中，一年后他们就会让小唐回到老家继续求学。因为他们自身的文化水平都不高，来到上海也只是拼命地打工赚钱，没有在小唐的学习上多下心思，所以小唐目前的水平只在小学低年级阶段。小唐妈妈不断地拜托我："老师，希望你能够在这一年好好地培养小唐，让他能够有学习的兴趣，让他能够有所提高。"我跟小唐妈妈说，"孩子交到我手里，您放心吧，我一定不会放弃他，我也会好好地关心他，希望他能够有所进步。"也许我带小唐一块念诗打动了他，他主动地跟我说："老师，我带您参观一下这个工厂好吗？我也会帮助爸爸妈妈做活的。"这是一个小小的手工作坊，十来个工人，他带我参观了工作流程，也参观了他们居住的一个小小的房间。看到那些工人，他都会大声地跟人家介绍，这是我的老师，我能感受到他满心的欢喜之情。我想这样的孩子也许会比别人学得慢一点，但是他也是有很大的进步空间的。

开心地和小唐母子参观了他们的居住地，了解了很多他们的家庭情况，临走的时候，母子俩送我走出好远，直到我走出村口，小唐妈妈硬要塞给我一个红包。又看到了这双手,我可以从她的双手中读出背后的艰辛。小唐的父母正是用这样的双手撑起了整个家。我也非常理解妈妈非要给我这一个红包的意义,他们希望老师能够好好地关注自己的孩子。我将红包塞回了小唐妈妈的口袋,告诉她:"我从来不收家长礼物的,反而小唐如果在学校里表现得好,老师还会奖励他呢。我不会因为一份礼物而特别关照某一个孩子,也不会因为没有礼物而嫌弃、忽略孩子。把小唐交到我的手里,你们一定放心。"小唐的妈妈抹着眼泪,始终握着我的手,对我不停地道谢:"老师,我们这样的家庭情况,您仍然愿意来家访,我们知道您一定是一个关心学生的好老师,我们放心的。礼物其实是我们的心意啊,老师。"我笑着告诉她:"既然是心意就要用心来领会,我领了你这份心意了,请你一定要放心。"

预备班的这一年,小唐非常认真地学习,虽然基础差,但他一直在进步。他是一个老实本分的孩子,积极地帮助班级做了很多力所能及的工作,打扫卫生是他的强项,每天的教室都让他整理得干干净净。一年后他就转学了,他顺利地进入了老家的初中,后来考上了那里的高中。他每个学期都会向我汇报他在老家读书和生活的近况,他说的最多的那句话就是:徐老师,我一定不会忘记你。我妈妈说您是最好的老师。

随迁子女的家庭生活非常不容易,他们从老家来到上海打拼,用劳动的汗水撑起了整个家庭。很多家长没时间关注孩子的学习,因为他们非常辛苦、忙于生计,他们想在上海有一个自己的立足之地。这种家庭的孩子往往基础薄弱,学习无动力。作为班主任,如果换一个角度去观察这样的孩子,会发现他们淳朴老实,只要多关注他们,多关心他们,他们会对老师非常信任,从而不断地改变自己。

"错误"也美丽

我们教育工作者总有一个根深蒂固的观念，认为教育的目的之一，是为了让学生在日后的学习、生活和工作中少犯错误或者不犯错误。由此看来，"错误"成了我们教育的"敌人"。对此，我也一直坚信不疑。不过，我后来的亲身经历让我坚信多年的观点发生了改变。

那是我刚执教时的事情。在农村学校教书的时候，有一次在课堂上讲起《乌鸦喝水》的故事，这也正是学生课本上的课文故事，当时我组织学生讨论这样一个问题："乌鸦为什么喝不着瓶子里的水？"因为学过了课文，绝大部分学生都认为原因有两个：一是瓶子的口太小，乌鸦的嘴伸不进去；二是瓶子里的水太少，乌鸦的嘴够不着。这也是大家公认的普遍理由。但小夏同学就有不同的意见："是因为乌鸦的嘴太大了，伸不进瓶子。"同学们哄堂大笑，我也没意识到小夏同学的理由不一样，当时一愣，随之付之一笑，说："坐下，你再仔细学习学习课文吧。"小夏满脸不解地坐下。可是不到两分钟，她又举手了："老师，我说的书上没写。"被打断正常课堂节奏的我显然有些始料未及，便不耐烦地说："既然书上没写，就不要乱说了，必须想清楚再举手，坐下吧！"小夏欲言又止，却也不肯坐下，我走上前，将她按在了座位上……当时，我也并没在意小夏同学的委屈。

课后，我还把这件事当成了"笑话"讲给办公室的同事们听。然而，坚持不懈的小夏，仍然在放学时找到我，跟我说："老师，为什么我的理由就不对呢？难道一定要书上写了才能算对吗？"说完，她终于忍不住哭了。没有思想准备的我，顿时慌了，我马上帮小夏擦去眼泪，并且安慰她。与此同时，我也意识到了自己的问题，是呀，为什么学生的发散思维就是错误的呢？课堂上我因为害怕学生会说出些什么"稀奇古怪"的错误观点，便阻挠、制止，并且不假思索地将学生本来正确的观点定性为"乱说"，最后，甚至强制性地、粗暴地将学生按在座位上。意识到自己的问题，我马上跟小夏道了歉："对不起，小夏，老师当时也没考虑清楚，现在想想，可能真的乌鸦是嘴巴太大了，伸不进去，喝不到水呢，是不是？"小夏听了我的话，抬起了明亮的大眼睛，虽然脸上仍然挂着泪痕，但是她笑了，她开心地跟我说："对呀，老师，乌鸦喝不到水可以有好多种原因呢，书上都没写出来，但是乌鸦能喝到水，还是很聪明的呢。"我立刻表扬了小夏："对呀，你的想法真不错，明天你愿意在课堂上说说自己的想法吗？"小夏马上点头，大声地告诉我："好的，老师！"接着小夏继续跟我说："其实，老师，我觉得小马过河也可以有其他方式哦。"我摸了摸她的小脑袋，说："对，当然还有其他方法，我们可不能被书本局限，也请你明天在课堂上好好分享一下，好吗？现在原谅老师了吗？"她腼腆地点点头："当然原谅您了，还要谢谢您愿意继续听我说我的想法呢。"说完，她高高兴兴地背着书包回家了。

第二天的课堂，是小夏同学的主场，她将自己的想法和同学们一起探讨，课堂上顿时气氛活跃了起来，学生们的发散思维一旦被打开，天马行空的想法一一呈现，我很惊讶。当我们把课堂还给学生的时候，他们会给你看到一片不一样的天地。看着小夏在课堂上的侃侃而谈和自信的表情，我也欣慰地笑了。

"错误"也是一种美丽，"错误"也是一种成功。小夏一而再、再而三地受到教师的否定，仍然敢于冲破教师设置的思维围墙，充满自信地"固执己见"，这需要多大的勇气呀！我们怎能不为之喝彩？为孩子的勇气喝彩，也为其中闪现出来的亮丽的思维创新的火花喝彩，这就是"美丽的错误"吧！在学生成长的过程中，作为班主任，也会犯这样或那样的"错误"，但能够和学生坦诚相待，"错误"也因此而"美丽"。这种"美丽"，需要我们善于捕捉、挖掘、积累和培养。让我们珍惜这些"美丽的错误"吧！

都是弟弟妹妹惹的祸吗

又是一年新预备，上海的高温酷暑，连续台风，都挡不住我家访的热情。班上的 38 名学生中有一半是二孩家庭，在这么多的二孩家庭中，学生嫌弃弟弟妹妹的不在少数，父母反映和弟弟妹妹吵架、争夺关爱的现象也时有发生。在这样的现状下，也偶有心理出现问题、心理失衡的学生。

"咚咚咚……"反复地敲门和按门铃，都没有人来开门，我正疑惑：和家长联系好的时间，难道放我"鸽子"吗？趴在门上，我隐隐约约地听到了孩子的哭声，我马上加重了敲门的力度，随着孩子的哭声越来越洪亮，门终于开了一条缝，手忙脚乱的家长抱着孩子，带着疑惑的眼光问我："你是？"我立马回答："您好，我是许某初中的班主任。"家长挤出了些许笑容，让我进了家门，忙不迭地跟我道歉，把孩子从房间叫了出来之后，就急着去哄她手中哭闹的一岁小娃娃。看着白白胖胖而又慵懒的小许，我就和他套近乎，但他对我爱答不理。我问他："暑假都在干什么呀？"孩子直截了当地回答：打游戏。我想更快地接近他，就问："那你都玩什么游戏啊？老师也打游戏哦，看看我们玩的一样？"他冷冷地回了我四个字：不告诉你！家长看场面尴尬，就告诉我他刚参加了夏令营——脑力操训练营。我了解了孩子的基本情况后，就将学校行规，以及训练营的要求告知学生和家长，并讲解了基本的规范礼仪，用餐情况，尽量不要浪费等，结果学生马上回我一句："你们要是非要让我做，我就去投诉你们！如果你非要我把饭吃完，我就把饭拍你脸上！"当时，我瞬间觉得这个学生一定是经历过什么，否则不会平白无故地这么说。我耐心地问他："你准备投诉老师什么呢？遵守学校规章制度吗？或者你刚才所说的行为举止，你觉得对不对呢？"他两手一摊，告诉我：不知道。我说："孩子，你已经是预备年级的学生了，但是你还不知道这样的行为是对还是错？所以老师才需要教育你中学生的行为规范，你愿意接受老师的教育吗？"此时，家长就在边上笑着帮孩子解围，"老师，你看，他在家就是这样。"我转头对学生说："不管小学里经历了什么，在家里经历了什么，现在你是一名新预备年级的学生，你愿意让徐老师帮助你吗？"他茫然地点了点头。此时，小弟弟又开始号啕大哭，他用一副嫌弃的样子愤愤地说："弟弟好烦啊，弟弟好烦啊！"家长对老师抱歉地解释说："老师，对不起，小许是不懂事，弟弟比他聪明多了。"我当时也很茫然，一岁多的弟弟，是哪里体现出比哥哥聪明了呢。结束了并不愉快的家访，我暗下决心，要多关注小许。

很快，出现在他身上的问题日渐凸显，比如作业拖拉，书写时喜欢在字上加深打圈涂改，对父母产生了强烈的排斥心理，对弟弟的存在十分厌恶。例如爸妈会夸弟弟聪明，而骂他是个"笨蛋"，孩子灰心丧气，觉得再努力也是父母眼中无用的人，自卑心理非常明显。他经常会对着别人做开枪的手势，情绪过激就会和同学甚至老师顶撞。在学校，不管我对小许同学有多耐心和关注，他有多听话，但只要他一回家，第二天一到学校，情况就改变了。

这种情况并不是只发生在小许一个人身上，我突发奇想，建立了一个"家有二宝群"，每周定期会在群里进行互动。我会和家长们一同搜集关于"二胎"时代的教育方法，分享心理信箱给家长，家长们在群里自愿反馈自己孩子的心理变化、情绪状况，有时是照片，有时还利用视频和音频进行分享，我们共同探讨对孩子有利的解决措施和方案。例如小许同学，自从爸妈在"家有二宝群"中定期"秀"出他的表现，他渐渐地改变了自己的行为以及对弟弟的态度，会主动去亲近弟弟，在学校对同学和老师的态度也缓和了好多。当然他的父母也改变了，不会再拿弟弟和他比较，而是多鼓励多表扬，增强他的自信心。

借着这个契机，我们开展了亲子主题教育课，邀请家长和学生共同参与。课堂上学生们展露出的笑容和说出的心里话都让家长动容，家长也在课堂中和学生互动，并且分享学生和弟弟妹妹的友好瞬间。小许妈妈分享道，自己带着弟弟回了老家几天，小许还特别想念弟弟，甚至在弟弟回来的那天，他还跑到楼下去迎接。课堂上，父母和学生还互相保证，今后一定都要学会宽容，慢慢改善自己的态度。

随着我国生育政策开放的实施和推进，越来越多的中国家庭开始迎来"二孩/三孩时代"。在这样的情况下，家庭的教育问题也变得尤为突出。初中学生面临着生理和心理上的变化，特别是青春期的教育对教师和家长都是具有挑战性的。"二孩/三孩时代"的来临只是一个导火索，关键看我们如何去引导，家长在这方面欠缺一定的方式方法，因此寄希望于班主任，将自己的意图通过班主任的教育来传达给孩子，因为家长觉得老师说了孩子才会听。但事实上，家庭教育和学校教育都是学生成长中不可或缺的,因此,作为班主任,必须和家长紧密合作,做好"家班"共育和家、校、社联动,加强家庭教育指导,紧跟时代,有计划性地、针对性地、个性化地进行教育指导。

我想成为"大姐大"

　　小康同学，初一年级，她是一个性格外向、脾气暴躁，总是无缘无故发脾气的女孩。她男孩子气，留着一头短发，从不穿淑女服装，经常带领班级男生行走在校园并故意破坏公物，吓唬低年级学生。平时很冲动，经常惹是生非，小学阶段就经常挑事、打架。进入中学以来，情绪很不稳定，不接受合理的批评，与自己不喜欢的老师对抗，在课上与老师公然作对。班级里的同学都怕她，是名副其实的"大姐大"。在家中一遇到不愉快的事情就离家出走，和父母关系较差。

　　而小康父母的关系也很紧张，夫妻关系名存实亡，文化程度都不是很高，父母在她4岁时离婚，为了她，在5岁时勉强复婚。父亲曾做生意，家庭条件富裕，以前父亲经常会满足她经济上的需求，但因为父亲生意失败而导致经济状况直线下降。平时父母只管自己娱乐，与孩子沟通很少，父亲经常和母亲吵架，而且会动手打母亲，小康看不惯父亲的行为，对父亲产生了一种敌对的情绪，并经常会表现出保护母亲的行动，为此，经常惹怒父亲。

　　老师和同学都对小康非常头痛，经常跟我反映她的情况，于是我耐心地与小康同学沟通，想通过共情，来改变她的攻击性行为。一开始，小康同学并不想和我沟通，她是带着抵触情绪的。我带着她一起去了"心理小屋"，和颜悦色地问她："小康，能跟老师说说，是同学打你了，你才去攻击他们的吗？老师觉得你并不是会无缘无故动手的孩子呀。"她一脸不屑地说："我觉得他们一直在笑话我。""哦，他们并没有攻击你。是什么让你觉得他们在笑话你呢？"我继续追问。"他们觉得我是假小子，他们知道我家穷，爸妈不和，还经常吵架。"她理直气壮地跟我说道。"哦，原来是这样啊，那同学有当面跟你说过吗？或者当面笑话你吗？""那倒没有。"她的语气渐渐缓和了下来。我笑着跟她说，"可是老师听到同学们说你很有担当，很仗义哦。"她惊讶地问我："是真的吗？"我说："当然！而且我也和你一样，并没有听到他们笑话你。"听到"笑话"两字，她"炸了毛"，跳了起来："我就是觉得他们在笑话我！"我拍了拍她的肩膀，示意她坐下，让她冷静一下。我对她说："你不信老师

―― 28 ――

的话,你可以自己去好好观察一下,不要冲动之下就动手,要先想一想,判断一下,同学们是不是在嘲笑你?"她回复了我一句:"我尽力。"招呼也不打,就直接离开了。

小康同学的这种情况很大程度是家庭的影响,最主要的还是父亲的影响,我趁热打铁,与她的父母进行了沟通,让父母积极配合帮助她改变。我直接联系了她爸爸:"我是你女儿的老师,如果你有空我想和你沟通一下。其实她是一个懂事的女孩,你们眼中的她并不真实。她很渴望得到父母的关心,她之所以这样逆反,只是为了引起你们的注意和关心,如果有空多关心关心她,毕竟你是别人无法取代的。"一开始,小康爸爸对我很排斥,总用工作忙为借口来搪塞。但随着我耐心地劝说,渐渐地小康爸爸开始愿意和我探讨孩子的问题了。之后,她爸爸也陆续地在百忙中接过她好几回,有时也会打个电话问候她一下。在爸爸来接她放学后,她也主动来找我:"最近我爸爸总来接我,老师你说怪吗?"但她语气中的兴奋是显而易见的。我也趁着她愿意告诉我,有意识地对她说:"爸爸总归是爸爸,你到底还是他女儿,要不然为什么要接你啊?你也可以试着和爸爸好好谈谈,换位思考,体会一下爸爸的艰辛。老师想跟你立个约定如何?"她眨了眨眼睛,好奇地问我:"什么约定呀?我能做到吗?"我鼓励她说:"那当然,约定很简单,每天主动与爸爸妈妈打招呼。爸爸妈妈主动和你沟通时,保证不排斥他们。怎么样,很简单吧?"她笑了笑,说:"听起来确实挺简单的,我尽量试试。"经过一段时间,小康慢慢地改变了父母不关心她的看法,渐渐地接纳了父亲。

相应地,她和同学之间的关系也逐渐在缓和,但因为她习惯了攻击他人,所以有些行为很难一下子改变,于是我也和她约定:班级中成立监督小分队,对她的情绪和行为进行监控,当她情绪非常不稳定时给予一定的提醒,当出现攻击性行为时,监督员可以随时把她送到"心理小屋"去宣泄。连续一个星期情绪稳定的情况下,允许星期五下午让同学陪她去操场上打一场篮球(那是她喜欢的体育运动)。听说可以打篮球,她两眼放光,马上答应了。确实也如我所愿,她慢慢地学会接纳他人,减少了攻击性行为。

另外,在和她多次沟通的过程中,我肯定了她的学习能力,挖掘她英语学习的优势,让她帮助英语学习薄弱的同学,同学们也更加喜欢与她交流,喜欢叫她帮忙,她在与同学们的互动中获得了一种成功的体验,并逐渐建立了自己在同学心中的威信。她本就是个外向的孩子，每次都会和我分享她的喜悦。

通过几个月的尝试，她的变化很大，在学校变得非常温顺，不再欺负指使男生为她做事情，主动进教室上课，能基本完成作业。情绪反复比较少，攻击性行为越来越少，而且一旦发生问题能学会换位思考，自己也能找一些适当的方法进行合理地宣泄。

小康同学行为的背后有很多东西被我们忽视了：情感的缺失——对于一个破碎家庭的孩子来说，她得不到父母的关心，加上母亲比较柔弱，经常受到父亲的欺负，所以形成了她外刚内柔的性格。父亲的绝情让她对生活失去了信心，在家中得不到关注，在学校只能通过攻击来获得老师和同学的关注。她的情绪特别不稳定，自信不足，冲动。这一切源于被关爱的满足感缺乏，常常表现为逃避、无助和反抗。由于学校、家庭和社会等环境因素对学生心理的发展起着决定性作用，班主任要获得有效的教育效果，必须要与家长、任课教师和同学们取得诚挚和深度的沟通及联系，得到他们的大力支持和配合，促使他们共同为小康营造良好的家校氛围及良好的成长环境。作为班主任，要有足够的信心和耐心，才能不断地强化和塑造她的适应性行为。

以 情 制 "暴"

　　每年的教师节都会接到来自于学生小顾的问候电话,询问我的状况,告诉我他的境况。

　　想到小顾同学,就想到当初他妈妈是在小学的一位老师陪同下来找我的,那时小顾妈妈是泪流满面来求助的。小顾妈妈说他在家的表现极其不好,对待长辈的态度非常恶劣,经常大骂家长,有时家长批评他,他不但不听,反而随手拿到什么就扔向家长,可以说他对家长是"非打即骂",他母亲实在是无能为力了,只好寻求老师的帮助。我很难想象小顾是那样的孩子。小顾个子中等,长得白白净净、文文弱弱的,在学校里非常乖巧,一点也不像他母亲所说的那样。

　　我先从小顾的同学、邻居入手,他们都证实小顾在学校和在家的表现截然不同,他在家对待长辈都是破口大骂,有时还随手乱打。作为班主任,我很难理解是因为什么原因让小顾会有这样的双重表现。现在孩子出了问题,我一定要想办法帮他,我决定用促膝长谈的方法,先攻破他的心理防线。可是出师不利,他很不配合,不情不愿,不愿和我多谈,只是说他的长辈对他管头管脚,使他厌烦。他的姐姐非要帮他辅导学习,他认为是多管闲事。我摆出老师的威严,严厉地告诉他态度端正点,现在是在和老师谈话。可他不耐烦地说:"老师,这是我的家事,您不应该管得太多。"第一次的谈话实在没法进行下去了,我就让他先走了,回去好好想一想。

　　第二天,我不气馁,继续找他谈心,可是他还是老样子,并没有任何改变。我想这需要长期的坚持,于是我不和他聊家庭情况,而是和他聊同学,聊他的好朋友,他有一搭没一搭的和我断断续续地说了点无关紧要的话。后来,我接二连三地找他谈了几次,我本以为功夫不负有心人,长期的"心理抗战"会使他有所改变的,可是没想到效果并不佳,他依然用那样的态度对我。一计不成,我又想到了另一计,想办法走进他的家,打开他的心结。在一个星期六,我组织了一群学生,包括他,一起到学生小陈家去玩。路上,我们买了肉、馄饨皮、菜,到小陈家包馄饨,做作业,学习如何尊重、孝敬长辈,如何和长辈沟通。经过几次活动,轮到去小顾家搞活动,在他妈妈的帮助下,我们一起做了满满一桌子菜,大家都夸赞小顾的妈妈能干,小顾也很骄傲。在帮助妈妈做菜的过程中,他的态度缓和了好多。通过同学的帮助和老师的开导,他渐渐改变了,看着妈妈的操劳,他也很感动。之后,我再次找他谈话时,他的态度完全改变了,他认识到了自己的错误,并且保证要尊重长辈,愿意让姐姐辅导他的学习。后来,他会经常帮助妈妈做一些力所能及的家务,还学会了帮助有困难的同学。

对于有暴力倾向的学生,可能是家庭教育存在隐患而造成的。对学生有的放矢地教育,以言传身教的方法,用情感化学生,相信假以时日,一定能够让他们的暴力倾向有所缓解。教书也许很容易,因为教师本就有一定的专业知识水平,但是育人却很不容易,真正做到以学生为本,还需要每位班主任不断地探索和努力。

清官可断家务事

常言道:清官难断家务事。作为班主任,不仅要管理班级,有时还要充当一个"老娘舅"的角色,要处理很多和学生关联的事情,还记得小秦的妈妈就这么称呼过我。

那一年刚开学,我发现我们班的小秦同学一天到晚萎靡不振,有时一天也不说几句话,作业也很马虎甚至不完成,找他谈了几次心,他只是哭,什么也不说。见此情形,我利用星期天休息时间去家访,当时没和他打招呼,他本人不在家,询问他父亲说是出去玩了。我见只有他父亲一人在家,就和他谈了小秦最近的情况,他父亲也没说出什么,只是神情有些黯淡,我见他似乎心里有话又不愿说,也没有多问,就离开了他家。第二个星期天我又去了他家,这天父子两人都在家,但他父亲跟我说了几句话就借故走开了,而小秦只是埋头做作业,我又没了解到什么情况,可以说是乘兴而来败兴而归。回家路上,我一直在想这个家庭一定有什么事情但又不便说出口,虽说我看出了问题,但也不了解具体情况,想来想去可能与小秦妈妈有关,因为我去了两次都没看到他的妈妈。大概谜底在这里吧。于是周一,我就单独问小秦:"我几次去你们家里怎么都没见到你妈妈呢?"他一听马上就哭了,说他妈妈与他奶奶吵架,住到外婆家了,并且还吵着要与爸爸离婚。我听了之后,觉得这是家务事,但可以看出对孩子的影响却很大。因此我又在第三个周末再一次去家访,这次我没有直接去他家,而是让小秦在他家的马路旁等我,带我一起去他外婆家。到了他外婆家,得知他妈妈和外婆在田里干活,就又赶到田边,他母亲一看我来了马上放下手里的活,又看到小秦黑不溜秋的脸,一身已经脏得不成样子的校服,马上就哭了起来。见此情景,我就把孩子最近在学校的情况和她讲了,我说:"你们大人之间的问题已经给孩子心灵造成了创伤,本来你们夫妻感情是不错的,因为和老人之间的矛盾造成现在的后果,作为母亲、妻子你不该离家出走,要积极去解决问题,毕竟孩子是无辜的。"总之我那天和小秦妈妈说了很多,聊他们一家快乐的事情,外婆也在边上帮忙劝解,慢慢地解开了小秦妈妈的心结。她跟我说:"徐老师,

— 33 —

你什么都别说了,我今天就和孩子回家去。"周一,我问小秦,他开心地说他妈妈回家了,看他一脸高兴的样子,我终于放心了。

本来这件事我也没放在心上,没想到周一晚上小秦一家三口到我家登门道谢。在我这里只不过是一件小事,但对于他们的家庭来讲却是一件大事。尤其是小秦妈妈一再说,老师你的话句句在理,对我的劝解我也都记在心里。从那以后,小秦同学也变了,又恢复了从前的活泼开朗,并且很热爱劳动,做事很主动。有一天他对我说:"徐老师,今后我班的讲台我来承包,每天早晚值日生擦不干净,那上面还是有很多粉笔灰,您还是交给我吧!"看他那么诚恳,我答应了他,看到他的进步,我也由衷地感到我这几个星期的忙碌没有白费,不但使一个家庭和好了,一个孩子也有了明显的进步。现在他做作业也比以前认真了,该背诵的内容都能及时背出,老师交给的什么事都能做得很好。

常言道:"清官难断家务事",作为班主任,我们面对的不仅仅是一个个学生,还有学生背后的一个个家庭。我们就常常需要去帮助他们断"家务事",特别是班级里那些特别渴望老师的帮助和关心的学生,但这常常会被忽略,说实在的,因为班主任的关注,这些学生更容易转变,看到他们的进步,我的心里也是甜丝丝的。

一起来做心理按摩

作为一名班主任，我们需要做的有很多，我们没能做到的也有很多，只有在不断地实践和历练中，才能发现自己的不足，寻求更好的改进方式，让自己的班主任经验更加丰富，在繁琐的班主任工作中寻求另一种幸福。

人与人之间的相处很重要的就是沟通交流，班主任和学生之间更是如此。家长总是抱怨孩子不听话，孩子总埋怨父母不理解，其实关键的原因就是缺少沟通。试问哪个父母不爱自己的孩子，但往往给我们老师的感觉是父母对孩子的关心不够，而家长也总是回老师这么一句话：老师，要打要骂随你，他最听你们老师的话。

还记得那次我中途接班，发现班级中一对双胞胎姐妹的异样，我们班级中一个学习非常困难的学生，基本没有什么人和她交朋友，但是双胞胎姐妹小魏和她走得很近，愿意和她做朋友。好几次，体育老师反映体育课经常找不到她们三个，而且每次体育测试她们都不是很认真，或者就是不愿意测试，体育老师也拿她们没办法，三番五次的规劝根本没有用。有一次，因为那个学习困难学生的回家作业没完成，我在课堂上批评了她，结果在小魏姐妹每周一记中发现，姐妹俩分别写道："她就是烂命一条，从小到大被老师骂惯了，脸皮厚，无所谓，也不会闹事，更不会跳楼。"很明显，姐妹俩是商量好，一起写的。

当时看到这段话，我很震惊，姐妹俩一直成绩不错，在班级中也是比较乖巧的很让老师放心的孩子，怎么会有这样的思想？我想，一定要好好和她们沟通一下，了解她们的真实内心。

起先，我找她们了解了一下体育课上的情况，我并没有回避姐妹俩，是找她俩一起谈的，她俩的回复出奇的一致："无所谓，我们不在乎，反正我们体质差，体育再练也是不可能有好成绩的，所以放弃了。"这样的态度让我很心寒，我告诉她们："还没去做就轻言放弃，换来的是将来的后悔。你们中考都是要考体育的，怎么能无所谓呢？总之，要尽力去争取，能拿一分是一分呀。"这次谈心，似乎一点效果都没起到，体育老师说体育课还是看不到她们。经过了解之后，同学们反馈，这都是姐姐指挥的，所以我又私下找姐姐进行了一次彻底的谈心。不谈不要紧，其实姐姐小鹏是个极其自卑的孩子，但她很希望老师能够关注她，当我找到她，让她畅所欲言的时候，她真的敞开了心扉，她从自己的家庭说起，自己的身体不好，小时候看病延误了，造成了现在不能彻底康复；爸爸妈妈对待她们姐妹的态度也不能做到一致，有时妹妹做错了，他们反而批评的是姐姐；其实她们姐妹关系并不好，在家经常因为一点点小事就吵架打架。因为在班级中看不上其他同学，所以只能姐妹抱成团；和那个学习困难生交好，也只是想表现自己的优越，并不是喜欢她，也并不愿意和她交朋友。最后她给我的答复是："反正体育是放弃了，我最好的好朋友走了，家里的'宝贝（狗）'死了，妹妹不和，那个学习困难生更是没主见，爷爷抽烟影响了她的哮喘，反正就是一句话，'我只想要旧的'"。说完这些话，她哭得非常伤心！然后就不愿意和我谈了，匆忙想要离开。我告诉她："以后如果想要倾诉，都可以来找我，我这里永远为你开放。"

然后，我在她的周记本上写下的是这样一段话："我不会像妹妹那样和你打架，不会像爷爷那样抽烟带有烟味，会像你最好的朋友那样倾听你的苦恼和'八卦'，唯一不会的是像'宝贝'那样帮助大人叼鞋、摇尾巴，但会帮你提高体育成绩，那么你愿意让我帮助你吗？"周记本发下去后，我特别留意她看周记本时的表情，她笑了。趁热打铁，我也和家长进行了交流，让他们选择适当的方式关心孩子的心理变化。接下去，每隔一周，我俩都会一起交流任何事情，包括学习、生活、社会事件等。在我这里她可以绝对敞开心扉，发泄——可以大喊，甚至破口大骂；开心——可以唱歌；伤心——可以肆无忌惮地大哭；她伤心的时候比较多，但比较欣慰的是能够看到她会心地笑了。

我把这称为"心理按摩"，因为根深蒂固的思想不可能在一朝一夕中改变，自卑是一种心理疾病，很难很快治愈。就像《班主任如何行动》一书中说的："教育是慢的艺术，教育的成功不是一蹴而就的，它需要漫长而充实的铺垫。"作为班主任，我非常愿意去当这样的"心理按摩师"，让每个有心理压力和心理问题的学生真正展现他们的灵动、朝气和阳光！

双胞胎的异同

在我的教学生涯中,发现这么一个有趣的现象,许多双胞胎孩子身上会有许多不同的故事。曾经我教过这样一对双胞胎姐妹,她们之间水火不容。也有这样的一对双胞胎,姐姐总是护着妹妹,不允许任何人欺负她。双胞胎之间也会有某种心灵感应,不仅他们的成绩,他们的言行举止在无形当中都会显现出一致性。

新接手的初一班上有一对龙凤胎姐弟,如果不说,很难看出他们是双胞胎,姐弟俩都瘦瘦小小的,姐姐更加瘦弱,就像三年级的小学生。第一次上门家访,并没有看到弟弟,只看到姐姐,姐姐很腼腆,有点畏畏缩缩,也不敢和我对视。她的父母并不在家,只有一个奶奶,她并不是很欢迎我的到来,一直着急地告诉我要送孩子去补习班,来不及了,也就是给我下了逐客令。我也只能跟他们说,以后等父母在家我再来。

发现两个人的名字很像,我就在课间问了姐姐小灵,但看小灵的样子并不太愿意多说,看似也很为难,总之能看出她藏了很多心事。

很快,开学初的家长会就来了,父母分别作为姐弟俩的家长来开会,我特地在会议结束后留下了小灵的父母。我还没开口,爸爸就先开口跟我说:"老师,不好意思,您来家访,我们都不在家。"我笑着跟他们说,"没关系的,就想了解一下两个孩子的情况,因为我刚接班,想多熟悉一下孩子"。我的话还没说完,妈妈就打断了我:"老师,这两个孩子我怀孕的时候就吃了很多苦,这个姐姐从小就营养不良,现在还在打加强针,小学就跟不上,智力也不够,我是没有办法了,反正姐姐我们是放弃了的。"我一听这个话,当时就愣住了,我说:"为什么要放弃姐姐呀?龙凤胎很不容易的,人家羡慕着呢。"妈妈委屈得似乎都要哭了,声音也有些发抖:"老师,反正姐姐我们是放弃了的,能学到哪里算哪里,以后让她开个店,自力更生。"我刚想纠正家长的想法时,爸爸就打断了妈妈的话,把我拉到了一边,跟我说:"老师,您别放在心上,孩子妈妈因为怀孕的时候很辛苦,曾经有过抑郁症,一直都会有些消极情绪。"我告诉爸爸,我能看出妈妈的不对劲,但是也希望家长不要轻易放弃任何一个孩子，不管他先天怎么样，我们都要好好培养他们，更不能让孩子感觉到父母对他们的差别对待。虽然我还不知道小灵的具体情况，但是从父母的态度就可以感觉到这对双胞胎的异同之处了。我告诉父母，作为老师不会放弃孩子，也希望父母不要厚此薄彼。

第二天，我和小灵在"心理小屋"长谈了一次。她告诉我："老师，我们家里很疼爱弟弟，因为弟弟比我聪明，虽然弟弟很调皮，但是做错了事情都会怪到我的头上，挨骂的永远是我，而弟弟永远都能够逃脱。老师，是不是因为我长得太小，脑子太笨呢？"说完，她就哭了。孩子虽然发育迟缓，但是在她的内心还是渴望被关注的。我安慰她："你其实有很多优点，只是你没有发现而已，你要努力让自己长大，爸爸妈妈一定会对你另眼相看的。相信老师，老师也会一直帮助你的，你愿意吗？"她擦了擦眼泪，点了点头。与此同时，我也找弟弟小杰了解了相关情况，因为家庭溺爱的优越感，弟弟并没有觉得家人对他俩的差别对待有什么不妥，反而觉得理所应当，谁叫小灵是姐姐呢。我告诉他："你俩是双胞胎，只是因为小灵比你先出生才成为了姐姐，其实你俩并没有差异，可能你在前面就变成了哥哥，而且现在姐姐的体质明显弱，说明她把大部分的能量都给了你。'龙凤胎'不容易，你俩拼成了一个'好'字，就要齐心，一起向好的方向发展。"小杰似懂非懂地点了点头。

从那以后，我开始帮助姐弟俩一起进步，寻找他们身上的优点，鼓励同学们帮助他们，让他们更加团结。我也和家长沟通交流，能够对姐弟俩一视同仁。运动会上，400米和800米项目都没人报名参加，那是女孩子们胆怯的项目，小灵第一个主动报名。当她那瘦小的身影在赛场上跑动的时候，全班同学都给她鼓劲加油，她也越跑越快，拿到了第二名的好成绩。当她开心地把奖状拿给我的时候，我们一起为她欢呼喝彩。

从那以后，小灵越来越有自信，不仅学习努力赶上，还积极为班级服务，放学后也总能看到瘦弱的她在帮助打扫教室，看着她一天天地活泼开朗，我也觉得很欣慰。

重男轻女的思想古来有之，没想到新时代的家庭也还是会存在这样的想法。作为班主任，也许改变不了家长根深蒂固的思想，但是对于这样家庭里的孩子，我们应该帮助他们找寻自信，恢复信心，让他们在自己的成长之路上不留遗憾，成为更好的自己。

爱的"红包"

在农村学校整整 12 个年头,踏上工作岗位后,克服种种困难,所谓"十年磨一剑",我也成为一名优秀的骨干教师,在学校的培养下,我也从青涩走向成熟。

十多年的班主任工作经历,学生给了我一个响当当的名号"徐妈",这一声"徐妈"让我觉得既幸福又自豪,那是学生给予我最高的评价。

小张是一个家庭比较贫困的学生,她的父母都是拿低保工资的,不仅供她上学还要供一个姐姐上大学。因为家里的情况,她特别懂事,学习也勤奋刻苦,成绩总是名列前茅,她也是一个孝敬父母师长的好孩子,几乎不给父母添麻烦。

那年她初三,即将面临中考,在填志愿的前夕,我发现了小张的异样,那几天她魂不守舍,迟迟不交表格。于是,我就悄悄找她谈心,了解情况,一开始小张不想说,就跟我说:"没什么事,老师,您别问了,我能解决。"看着她为难的样子,我就问她:"你志愿填了哪几个高中呀?"因为小张的成绩完全可以考个重点高中,所以我就这样问她,没想到问到了她的难处。她低着头,一直不肯说。我说:"那老师来猜猜吧。"我就从市重点一个个排名往下顺着说,听着我的猜测,她掉下了眼泪,她说:"老师,别猜了,我并不想考高中。"听了她的话,我非常惊讶,很难理解她这么好的成绩为什么不读高中。我帮她擦去眼泪,问她是什么原因,其实我也已经猜到了些许。小张平复了心情,跟我说:"老师,你也知道我家的情况,我不想给父母造成经济负担,姐姐还在念大学,我不想考高中让他们花更多的钱。"我问她:"那你的爸爸妈妈知道吗?这是你的决定还是他们的决定呢?"她摇了摇头,说:"是我的决定,并没有和爸爸妈妈商量,他们不知道。"我告诉她:"你是一个懂事的孩子,但是这个决定可能将来会让你后悔。试着和父母、姐姐商量一下,也许还有其他的解决办法,不能拿自己的前途开玩笑。"她一个劲地摇头,她就是不想让父母觉得自己是个负担,家里有姐姐能够出人头地就行了,她可以读个中专职校,农村户口的孩子,念中专职校能够免费还有补贴,早点学个一技之长,就可以早点出来工作,早点赚钱养家,减轻父母的压力,也让姐姐能够考研考博。听着这个懂事的女孩的话,我也哽咽了，我告诉她，我会陪她一起和父母商量一下，也许我们可以讨论出更好的办法，老师也能帮助她。

和她谈完之后，我就在放学后陪她回家，一起和她的父母讨论这个问题，当我刚开口说志愿的话题，小张的妈妈就非常肯定地说："老师，填高中，我们家姐妹俩读书都那么好，我们夫妻一定要培养她俩读高中考大学，不可能姐姐读了大学，不让妹妹读的。"我看了看小张，说："听到了吧？爸爸妈妈的态度是这样的，你也可以说说自己的想法，我们可以一起探讨一下。"小张小心翼翼地说："爸妈，我不想考高中了，我想早点工作，帮你们一起供姐姐读大学考研。"她的话刚说完，平时不太说话的爸爸就直接打断了她："不要瞎说，不要你这孩子操心，爸爸妈妈一定会供你读高中考大学的，放心吧。"看到这一家人的真情实感，我非常感动。我告诉他们，不要担心，有什么困难，我一定会帮助他们的。他们一家人也对我不停地道谢。

那一年小张中考470多分，过了零志愿的分数线，最终被重点高中录取。他们全家并没有向我求助，我知道他们家的困难，乘着放暑假的时候，亲自去他们家，给孩子送上了一个"红包"，当作她考上重点高中的奖励。当孩子拿着"红包"，笑得非常灿烂，开心地对我说："谢谢，徐妈！我一定会努力学习。"听了她的这声呼唤，我也感动地落泪了，因为我知道孩子长大了，她有着美好的未来，她也会向着自己的梦想展翅高飞！

自那以后，凡是班级中家庭有困难的学生，我都会尽自己的微薄之力，用自己的方式对他们的升学进行奖励，我也从当初的"徐姐姐"变身为"徐妈"。一个教师最幸福的莫过于"桃李满天下"，即使再苦再累再委屈，学生们对我们的信任，也会让我们甘之如饴！

爱 的 供 养

"请赐予我无限的爱与被爱的力量……用尽一生一世将你供养……"这是当年一部很火的电视剧片尾曲的歌词,也让我想起了我的学生小伟。

小伟是一个特困生,家庭困难,学习也不好,几乎所有的老师都认为他在学习上是无可救药了。在他的身上,我花费了大量的精力,让他在学习上能有一定的改变,从他身上也让我领悟到教育的长期性,班主任一定要有耐心和爱心。

真正深入去了解小伟的情况是刚接班那年暑假的一次家访。一走进他家,看到他家的境况我都惊呆了,那是我难以想象的贫困和落后,可以说是家徒四壁。这个年代,家庭状况这么困苦,真的是始料未及。他家里只有奶奶和爸爸。记得我当时和孩子的奶奶谈完之后,是含着泪离开的,这样的家庭能够管好孩子的温饱就已经不容易了。从那以后,我就想着要先改变孩子的境况,才能改变孩子的学习。之后每个星期我先买点菜和零食让小伟带回家,时不时地去他家里坐坐,和他谈谈心,在生活上尽量给予他照顾,在精神上给他鼓励,让他端正态度,从而学习能有所进步,可收获都不大。因为长期的惰性和薄弱的基础,他改变并不大,但孩子的本性不坏,我始终相信多关爱他,多帮助他,一定能改变他。

那年的春节,我又去他家,准备给他送压岁钱,他和奶奶都不在家,只有精神问题的父亲在扫垃圾,和他也谈不了什么,我只好离开了。之后又去了几次,小伟都没在,问了街坊邻居,才知道小伟平时要帮助奶奶种菜,节假日他们都会去卖菜。知道小伟的这个境况,我更是迫切地想要帮助这个孩子。开学初,我特地找到他,告诉他想给他送点压岁钱,让他买学习用品和新衣服。他连连摆手,头摇得像拨浪鼓,跟我说:"老师,不用……我有的,不能要。"我说:"从现在开始每月老师会给你一点零用钱,主要是买学习用品,吃早饭等,其他不要乱用。"他听我这么说,非常高兴,说:"老师,谢谢您,我不会白用您的钱的,您放心,等我长大了,工作赚了钱的话,我一定还给您。"第二天,他就告诉我买了哪些学习用品,还余下多少钱。我让他把余下的钱自己存着,有时放学晚了,饿了可以买点点心吃,不要乱用就可以。

孩子非常遵守诺言,从来不会瞎用钱,经常会给爸爸和奶奶买吃的,孝敬长辈。

就因为我这么一个小小的举动,这孩子渐渐有了很大变化。首先他变得非常勤快,早上很早到校,帮助同学们把课桌椅排好,把讲台和黑板擦干净,把教室里的地拖得干干净净。每次轮到他值周,他不仅干好自己的工作,还会主动帮助其他的同学。另外他在学习上的变化也很大,以前他几乎把英语放弃了,因为基础弱、看不懂,几乎不做作业,现在渐渐地他能主动和同学到书城买练习资料回家做,不懂的问题他也会主动向老师和同学请教,这也让老师和同学对他的看法有了一定的改观。充满了学习动力的小伟,通过自己的努力,初三考上了自己理想的高中,我依然会给他一些零用钱,让他在学校里不至于很拮据。他也确实很争气,考上大学,找到了自己喜欢的工作。

自古有言"寒门出贵子,逆境出人才",但现实中,很多贫困的孩子会一蹶不振,郁郁寡欢,止步不前。小伟就是这样的例子。这样的孩子,我们需要耐心地、长期地开导、帮助和鼓励,才能打开他的心结。每月几十块的零花钱也许对我们来说不算什么,但对一个贫困家庭的孩子来说却非常宝贵。我始终相信,作为班主任,只要不放弃任何一个学生,给予他们爱心,那么每个孩子都会有进步的空间。

聆听花开的声音

六年级是上海小升初的起始阶段,学生感觉进了中学自己就长大了,但是身上往往还带着小学生的行为习惯,所以习惯养成教育和心理健康教育在这一阶段是十分重要的。

这一年我新接班的六年级共有 42 个学生,其中有两个随班就读学生。小朱同学在小学就名气很响了,不仅因为家庭更因为孩子自身,让老师"闻风丧胆",所以学校特地将他安排在我班。

九月份刚开学的第一周,感觉这俩孩子很听话,不管我说什么,他们都是"噢",态度诚恳,完成任务迅速。这不禁让我产生了疑问,为什么大家都反映的"问题"学生如此听话呢?我当时想也许是刚开学的缘故,他们想给新的班主任留下好印象,再说是临时从其他班级调到我班,所以特别老实。

看到他们表现不错,我也就放松了警惕,但是第二周就开始频繁地出事情了。周三我参加教研活动去了,周四就有学生反映小朱和小方整个周三下午都没进教室上课。我当时很震惊,一个下午,难道连老师都没发现?那他们到底去哪里了呢?于是我分别找小朱和小方了解情况,结果他们告诉我,整个下午都在校园里晃荡,躲起来,也没让老师和同学找到他们,他们还自豪地告诉我他们在帮保安师傅送报纸,帮助后勤师傅搬桌子。总之,上课应该进教室的概念在他们脑子里是一点也没有,反而为躲过老师、同学的寻找,助人为乐而沾沾自喜。他们是随班就读学生,不能对他们有严苛的要求,所以我也没有严厉地批评他们,而是先表扬了他们帮助他人的行为,然后跟他们讲道理,铃声响了必须进教室上课,课间去帮助别人才是正确的,同时也给他们划分了活动范围,便于老师和同学找得到他们。他俩很认真地点头答应了。

第三周,班级学生反映,上课时他们两个总是发出不该发出的声音,要么就是折纸飞机、撕纸,要么就是玩玩具,要么就是嘴巴里自言自语,影响全班同学。特别是上课老师要求讨论的时候,他们两个总是自说自话凑在一起玩和说话。

自习课更加不可能安静，即使小干部看着，他们照样坐在一起大声说话，玩玩具影响班级，造成整个班级好像"菜市场"一样。课间就更别说了，整个楼道里都听见他们尖锐刺耳的玩闹声，不受约束、自由散漫、追逐奔跑，真是让人头疼。而且，就因为课间玩闹，小朱同学甚至把班级同学的眼镜给摔碎了，家长也想推卸责任。总之，我总算体会到了为什么小学教过他的老师都是"谈朱色变"啊，家庭教育是影响孩子的最大原因。于是，我先找家长了解情况，指导教育孩子的正确方式，没想到家长并不好沟通，指着我的鼻子数落我的不是。于是，我从学生身上着手。我发现小朱特别有依赖性，而且很希望得到我的关注，所以我会对他好的表现及时表扬。

第四周，他们在规定的活动区域内玩耍，看不到他们楼上楼下随意乱跑的现象，我表扬了他们的进步。可是他们经不起表扬啊，上完厕所就开始在走廊上追逐打闹，地上乱滚，躲在厕所里玩玩具。这次我直接把玩具没收了，告诉他们老师先保管着，如果表现好了再拿回去，只能在家里玩。

一个月很快过去了，有那么一点成效，但是其他任课老师还是常常反映这俩孩子上课时不停地发出各种声音影响课堂。我也只能耐心地继续给他们讲道理，教他们如何改变。

第二个月，我发现他们俩的关注点又放在了教室的卫生上面，他们俩的家长放学后准点来接他们，他们下午放学后从不打扫卫生，因此我要求他们每天中午打扫，没想到他们帮我整理好书架，擦干净黑板，甚至把粉笔槽也擦得一尘不染。我在班里重点表扬了他们，之后发现他们为班级服务的积极性明显提高了。所以我给了他们一个特殊任务，课间帮助检查课桌下不干净的地方，及时提醒同学把垃圾捡起来。渐渐地他们在走廊里打闹的次数少了，成了名副其实的"小纠察员"。

可好景不长，又出现了新的问题。午会时间都到了，还不见他们的身影。我找遍了整个校园，他们美其名曰洗拖把，结果是跑去玩水了。保洁阿姨来汇报，他俩把她拖干净的地面又弄脏了，而且不知道把一楼大垃圾桶拖到哪里去了。我瞬间不知道该怎么去教育这两个孩子，他们早已经养成了自说自话、自由散漫的性格，一时真的很难纠正。当时，我只知道千万不能放弃他们，依然不厌其烦地耐心跟他们讲道理，让他们中午的时候只要把教室打扫干净就可以了，其他地方不需要他们帮忙。甚至我有空会带着他们一起干。

第三个月的一天，当我走进安静的教室，却又听到他俩说话的声音，刚想发作，看到了一件让我十分感动的事情，他俩趴在地上，拿着钢丝球在搓地上的那些黏糊糊的黑色污渍，小朱同学还兴奋地说："老师，我拿来了洗洁精，这次一定能把地面弄干净。"看着这两个天真的孩子，小脸上黑乎乎的样子，我忽然感觉到，不管是什么样的孩子，哪怕是随班就读的孩子，也有他的闪光点。也许学业对他们来说很困难，但是他们也有着一颗善良的心，有着为集体服务的荣誉感和喜悦感。看着他们不顾旁人地干得起劲的身影，我只能支持他们，跟他们说："上课就不要干了，下课老师和你们一起再努力，要分清楚场合，懂吗？"两个孩子异口同声地说："知道了！"当时的我只有一个念头，来日方长，这两个孩子一定能改变！

随班就读学生比例呈现上升的趋势。随班就读是指特殊儿童在普通教育机构中和普通儿童一起接受能满足他们特殊需要的教育形式，是我国吸纳现代"融合教育"理念而开展的一种特殊教育办学形式。针对我班的这两个孩子，我想还是要适当地选择一些适合他们的教育方式，以期待他们的成长。作为班主任必须花费大量的精力去关注他们，给予他们更多的关心，主动接近他们，在充分的沟通交流过程中建立和谐的师生关系。根据不同情况，对他们给予更多的关爱，给他们讲一些道理，言传身教，营造氛围，鼓励他们增强自信心。

要使特殊儿童融入班集体，像正常学生一样成长，对他们的训练是一项长期而又艰巨的工作。教育是一种艺术，教师只有在教育工作中努力地挖掘各种非智力因素，创造一个有利于他们发展的空间，才能让随班就读学生也能感受到学习和生活的快乐。作为班主任，对待他们更应该要有同情心、爱心、耐心和奉献精神，因为每个孩子都有闪光点，耐心地去聆听花开的声音，总会等到他们花开的一天！

甘做孩子头顶的天空

俗话说,"教育是一个良心活儿!"这句话一针见血地道出了师德的重要性。师德高尚的教师会用自己的言行影响学生,潜移默化地感染学生,在传授知识的过程中,教会学生如何做人;师德高尚的教师,会不断更新教育观念,教学中指导学生学习,传授学习方法,使学生终身受益;师德高尚的教师,会时时处处默默耕耘,无私奉献,无怨无悔。这么几句话一直影响着我,并且一直激励着我。因此,我时刻将"做学生喜欢的教师,做家长满意的教师,做学校放心的教师"作为我的奋斗目标。

记得有一年,我们班转来了一个借读生小李,是经历了汶川地震的受灾者。一开始我并没有特别关注他,我想经历过那么大灾难的人,一定不想回忆起那些伤心的经历,所以我只是把他当成普通的学生看待,帮他在学习上补缺。因为中途转学,两地学习的内容不一样,小李很难跟上,特别是英语学科。为了能让小李快速融入我们的班级,我和班干部们讨论、商议对策该如何帮助小李。我们商量先准备一些小礼物送给小李,让他感受到班级的温暖,同时分成几个互助小组,分别负责小李的薄弱学科的提高和他的居家生活。我们一起买了小礼物上门慰问小李,同时互助小组跟他结对,将帮学计划告知他。在家访的过程中,我发现孩子的父母不在身边,家长给他租房暂时在这里学习,我当时就叮嘱他注意安全,并跟父母联系,了解具体情况。同时,我也和房东商量尽量照顾好孩子,特别是自己做饭,很危险,希望房东能够多帮助他,我也留了电话给房东,如果有什么问题,可以及时联系我。

一切似乎步入了正轨,但是到了第二周,我发现了小李的不对劲,他变得很敏感,容易失落和悲伤,会特意疏远学习互助小组的同学。有一天,小组里的某个同学无意中说了一句关于地震的信息,他一下子情绪激动,表现出非常害怕的样子,不停地要求那个同学走开。自那以后,他对同学们更加冷淡了,基本不搭理任何一个人,总是独来独往,学习跟不上也不在乎。当时,我首先评估他可能是PTSD(创伤后应激障碍)。他曾经历汶川地震,目睹过那些惨痛的画面,因此他不愿意去碰触到那些创伤性的经历。但从孩子刚来时候的表现，我觉得他的情况可能并不严重，作为心理咨询教师的我首先是一个班主任，我没有直接介入，第一时间还是在孩子愿意的前提下，带着孩子求助了学校的心理老师，想先和心理老师携手，一起来帮助孩子走出阴影。心理老师给他做了一个测试，评估下来孩子的情况还不算太严重，只是轻度的，就是不想回忆那些画面和难受的场景，所以会逃避同学，不希望他们询问他关于地震的情况。我们进行了相应的初步诊断，觉得还不需要转介，心理老师每周定期通过专业的心理技术干预，和小李约见。我也会选择陪他在回家的路上天南地北地聊天。最先，我询问的是他的生活，我表扬他的自理能力，父母不在身边，自己能够照顾好自己。他不太愿意多聊，我问他有什么需要帮助的，他也只是摇头。每天在放学的路上，大多数时间是我一个人在说我的各种故事，渐渐地，他也愿意开口说他的一些情况了。看到了突破口，我就慢慢将话题引到他的身上，我问他一个人在上海的感受是什么，有没有要好的朋友……可能是每天陪伴他回家，他开始信任我了，也愿意敞开心扉和我交流，在沉默了许久之后，他告诉我："老师，我最好的朋友在地震中离开了，我一直很想念他，我很害怕想起往事。我亲眼看到了地震的惨状，所以心里会很难受，听到或者看到那些场景，就会情绪激动。"听了他的话，我心里的担心开始放下了，他愿意敞开心扉，那么等到他真正放下也指日可待了。后来，我不仅陪他回家，还让他陪我一起看看河边的落日，我们会在那个温馨的场景下，谈一些我们不愿意面对的事情，我会告诉小李我的经历。在这样的陪伴下，小李也告诉我："老师，我知道你每天陪伴我是希望我忘记过去，我已经好了很多，我也想过一种新的生活。爸妈让我过来借读也是想让我忘记过去，最近心理老师也和我做游戏、聊天，我已经好多了，谢谢老师。"我很惊讶，我怕是因为他太懂事，但心里还是放不下，便跟他说："那你愿意每天放学我们再带一个好朋友吗？"他瞪圆了眼睛问我："老师，哪个好朋友呀？"我说："你想想吧，你觉得谁可以加入我们的'夕阳红'小队呢？"他哈哈大笑，说："老师，'夕阳红'不是老年人吗？我们应该算'初升的太阳'吧？"我也笑了，我说："你都开始开玩笑了，说明你确实可以慢慢放下，我不想做太阳，我可以成为你头顶的天空。"那天回家的路上，他主动牵着我的手，给我介绍他的居家生活，说房东叔叔对他的照顾，他内心非常感激。看着逐渐走出阴影的小李，我的心情无比舒畅。

我想大家一定能猜到，后来我们的回家小分队越来越壮大，小李同学也渐渐开始接受班级里的其他同学了,他也能够敞开心扉跟我们介绍他的不平凡经历,虽然惨烈,但是面对那样的灾难时,祖国人民的互助,抗灾的伟大精神,灾难中的亲情、感恩、大义凛然更是令人动容……我们能够在班会上畅聊这些,小李同学也可以坦然地告诉我们他的经历,我们对于他的改变也非常高兴。

爱因斯坦曾经说过,对待科学事业有三种人,第一类人是把科学当成娱乐,为满足自己智力上的优越感和成功欲的人;第二类人是把科学当作手段,为满足自己名利欲的人;第三类人是把科学当作生命,试图用自己的努力解释和改造世界而无私奉献的人。我想,我是第三类人,愿意把教育事业当成生命的人,我会甘愿成为学生的一片天,假以时日,他们也一定会在我的庇护下茁壮成长。

"滑稽果"家族

"滑稽树上滑稽果,滑稽树下做游戏",这是我们"滑稽果"家族的"座右铭"。你肯定想知道,为什么叫"滑稽果"家族,这可说来话长,待我娓娓道来。

这是我从农村学校调入城乡接合部的第二年,中途接了一个初二年级的班级,这个班级非常特殊,只有 12 个学生,每个学生都有他们不同的特点,他们戏称自己是"滑稽果"。

在接手这 12 个孩子的时候,我就已经做好了心理准备,我一个个地研究了他们的个性和特点,当然,他们的共同点是学习基础都比较薄弱。班级刚成型的时候,学生都比较自卑,觉得似乎是被区别对待了,每次升旗仪式和出操都不愿意出去,不是今天这个头痛,就是明天那个脚痛,因为只要我们班级出行,就是受人瞩目的"风景线",他们很介意别人异样的眼光。针对这些学生,我首先做好相应的班级规划,对于初二、初三两年如何帮助这 12 个学生建立自信,并且达到合格的标准,从而考上理想的学校,我利用班会,和他们一起探讨我们未来的两年规划。12个人中大多数都没有明确的目标,2 个学生说想考个高中。于是,我就换个话题:"你们觉得自己的不足在哪里?你们的优点在哪里?我们索性先来找找茬。找完自己的还能找他人的。"一说找他人的不足,他们就来劲了,气氛开始活跃了起来,七嘴八舌地说别人的不是,大多数人指出最多不足的就是小浩。他们说小浩很会装,满嘴脏话和谎言,得理不饶人,和每个人都有纠纷,就这么个 12 个人的小团队,竟然还四分五裂,相互攻击。然而小浩也很不服气,指着每个人的鼻子,说了每个人的不是。本来是想商量个规划,结果成了"批判大会",他们每个人说得都很有理。我马上制止了这场无休止的"闹剧",我跟他们说:"经过这个争论,老师也知道了一些隐藏的矛盾,接下来,大家反思一下自己,想一想自己的优缺点,然后写在纸上,交给老师,只有我知道就行,然后我们再一起制定我们的班级目标。"孩子们还算听话,虽然不情不愿地停止了争论,但都开始找自己的不足了。经过他们的自省反思,我总结下来他们的共同不足都是没有学习动力,学习底子太薄,根本跟不上正常学习的节奏。另外就是他们都不自信,他们觉得自己做什么都做不好,所以才会被组合成这么一个班级。其他有的是家庭原因,有的是懒惰的原因,有的是同学间的人际关系,等等,总之,12 个人问题还挺多。

针对当前的情况,我们先商议当前的规划,重拾自信,补缺补差,凝心聚力。首先从自我的不足开始改变,其次集体行动的活动必须全员参与,另外大家要转变观念不排斥小浩,当然小浩也必须改正不足之处,不要再咄咄逼人。关于小浩,我特地跟他回家了解情况,他的家庭比较复杂,有一个同父异母的姐姐,但是姐姐很争气,他在家里也没有自己的房间,只是在客厅搭床,他的自我保护欲很强,所以很敏感,动不动就会针对大家开骂。要改变这个坏习惯,我想了个好办法,以后只要他忍不住骂脏话,就把脏话写在纸上贴身上,为了面子,他说他肯定能改。最后就是学习问题,我们从最基础的开始补上。有了明确的目标,大家觉得士气大振。在这个过程中,我经常会陪伴他们一起参与,特别是在重拾信心方面,不仅每天让他们找励志名言写在黑板上,还会通过相关的心理游戏,例如"大鱼小鱼""生死与共""穿越火线"等,在团体游戏的过程中挑战不可能,让他们觉得自己都是有优点、有能力去做好每一件事情的。渐渐地,12 个人都发生了改变,他们能够尽自己的能力去学习,不懂的也会主动问老师,每个人都明确了想考的学校。对于学校活动,他们更是积极参与,校运会开幕式,12 个人一身军装,喊着"雄关漫道真如铁,而今迈步从头越"的口号,让整个开幕式的表演既新颖又别致,拿到了最佳表演奖;在"班班有歌声"活动中,12 个人用手语表演演唱了《国家》这首歌,获得了最佳创意奖;在退队仪式上,他们自编自导了小品,幽默演绎了校园生活,获得一致好评……当班级中谁需要帮助的时候,其他人都能伸出援手。假期,大家都会集合在小文家,一起学习,一起做作业,当然他们也邀请我参与,给他们进行薄弱点的补习。同时,一起组织小队活动,在社区做公益,去帮助孤老,等等。每个人都变得阳光自信,积极向上,学习的薄弱仍然是他们的短板,但是比起我刚接班的时候,他们已经有了非常明显的进步。初三毕业,他们都达到了合格标准,也都考上了自己理想的学校,现在他们也都考上了大学。闲暇之余,他们都会回来看望我,一起聊聊他们的生活和学习。

常言道:"欲晓之以理,先动之以情。"班主任只有对学生倾注真诚和真心,学生才会"亲其师,信其道"。偶然看了一本书,书名叫《没有孩子是差生》,书中这样写道:是谁制造了"差生"？是谁让孩子们对这样的词语记忆得如此深刻？在孩子眼里,是老师制造了"差生"呀！他们从老师的眼中,说话的语气里,一个小小的动作中,都强烈地感受着。作为班主任,我并没对这个特殊的班级另眼相看,我全程陪伴,和他们共同成长,培养他们的自信,为他们的成功喝彩,给予他们足够的进步空间。

心中的"足球先生"

　　说起足球,我自然而然地想到了小默同学,我心中的"足球先生"。

　　这是我所接的随迁子女的班级,其中大多数学生都是要回老家原籍进行中考考高中的。小默是班级中情况比较特殊的孩子,暑假第一次去他家家访,闯了个空门,留的地址不准确,他们已经换了住址。跟家长联系了之后,我又进行了第二次家访。刚走进家门,就有一个顽皮的小男孩撞在了我的身上,一个老人马上带他进了房间。这时,一个中年妇女走过来接待了我,而小默则坐在客厅角落的一张折叠床上。老人安抚了小孩子,也出来招待我。我刚开口说:"小默妈妈……"她就打断了我:"老师,我不是他的妈妈,我是他的继母。"我一愣,问她:"那孩子的爸爸呢?"还没等继母开口,老人就有点生气地插话:"坐牢去了,你见不到他。"我顿时明白了,怪不得我打爸爸的电话一直打不通。我当时迫切想和孩子谈谈,就走到他边上,摸了摸他的头,轻声地喊了声:"小默……"孩子慢慢地抬起低垂的头,他的眼睛非常清澈,但很迷茫。这时候,继母又打断了我的话:"老师,我先跟你申明一下,这个孩子很难管的,你要有心理准备。在小学就经常和别人打架,得理不饶人,别人都不能得罪他,一有不满意他就会动手。你们班级有了他,可是个大麻烦,你以后要好好管教他。"继母的这些话让他再次低下了头,我当时虽然没有只凭主观臆断,听取片面之词,但心里也开始打鼓:"这孩子是有暴力倾向吗?那我要多关注他了。"这时,那个调皮的小男孩又跑了出来,黏着小默的继母,继母笑着搂着孩子,随手就抓起桌上准备的水果塞给小孩,可能看出了我的疑惑,她连忙解释:"这是他的弟弟,同父的。"复杂的家庭情况一目了然,他连一个独属于自己的房间都没有,继母和外公也不注意孩子的感受,语言犀利难听。当时的我心底可能也有一丝丝的愤慨,我说:"这房子是拆迁的吗?挺大的噢,怎么让孩子睡客厅啊?"老人马上解释:"房间不够呀,老师,你看小孩子还小,要和外婆一间,哄他睡觉的,他爸爸妈妈也要一间,虽然爸爸现在不在,我们老人不可能住客厅呀,本来睡眠质量就不好,只能他睡了,其实也还可以的。"孩子始终没有抬头,看着他微微耸动的肩膀,我知道他一定在压抑自己的情绪。整个家访过程，都是继母和外公轮番数落他和他的爸爸的不是，这次家访，我已经大致了解了他的家庭情况，我也能想象他在这样的环境下成长的艰难之处，可能继母所说的打人行为也只是为了自我保护。

回到学校，我特地找小默谈心，我想听听他的说法，但是他比较抗拒，在他的心里，觉得我会相信继母所说的，所以他并没有给予我多大的信任。于是，我跟他说："小默，老师发现你的体育成绩很好，你的身体素质也很棒，所以老师推荐你参加学校的足球队，你愿意吗？"听了我的话，他的眼睛明显一亮，惊讶地问我："老师，您真的让我参加足球队踢球吗？您不怕我到处闯祸吗？"我问他："你为什么有这种想法呢？难道你不想去踢球，是想去闯祸？"他连忙摇头："不……不……老师，当然不是，我不会闯祸的，谢谢老师！"看着他兴奋的样子，我继续给他敲警钟："你有踢球的天赋和爱好，老师为什么不让你去呢，但是可能还需要考核哦。当然，老师希望你能够有所成就，在足球队，不管遇到什么苦难和矛盾，都要学会宽容，你能做到吗？"他大声地回答我："Yes，Madam！"这声回答让我发现他原来也是一个容易哄的孩子，我就顺便问了他爸爸和亲生妈妈的情况，他告诉我原来爸爸是投资做生意的，被合伙人坑害了，所以坐了牢。自己的亲生妈妈和姐姐也都在上海，只是继母并不喜欢他和妈妈、姐姐接触。他说："老师，你相信我，我并不是喜欢打架，是因为他们会嘲笑我，有时候会挑衅我，说我父母的不是，所以我才会动手的。"我告诉他："我相信你，那都是过去的事情。现在你是一个中学生了，也长大了，你要学会控制自己的情绪，要学会宽容，当别人可能有令你不舒服的言行时，要先反思一下自己有没有错，而不是直接动手。如果自己没错，你可以寻求老师的帮助，可以吗？"他点了点头，跟我保证他一定能够做到。

参加了校足球队之后，他每周都会向我汇报他的情况，他会把他最喜欢的球星分享给我，把跟教练学习到的技巧展示给我看，他告诉我他的梦想是想成为一名伟大的球星。他的学习也不断地取得进步。他是一个聪明的孩子，我鼓励他参加数学竞赛，他很为难地问我："老师，您觉得我行吗？您让我去参加足球比赛，我还有点信心，数学竞赛我有点害怕，不敢保证。"我说："试试又不会影响你什么，万一有奇迹呢。就像踢球一样，克服困难，冲破重围，你才能进球不是吗？""嗯，那倒是，我去试试吧。"当然，结果很让人惊喜，他获得了比赛的三等奖。他还特地把证书复印了一份，送给我当作礼物。他也不负众望，带领学校的足球队披荆斩棘，拿下了许多比赛的奖项,他的足球技艺也越来越精湛。整个学年,我从来没看到过小默无缘无故地和同学动手、打架。反而,他积极向上,努力帮助班级同学,帮助老师做力所能及的工作。对于家庭的问题,他也会来找我寻求帮助;他偶尔会偷偷跑去看望姐姐和妈妈;他也会和我分享姐姐结婚了,生了小侄子的喜悦心情。初三那年,爸爸因为表现好提前出狱,他也选择了自己喜欢的足球学校并转学了,但他仍然会和我分享他的学习生活,他的足球生涯。他会用视频记录他的每段经历,他就是想成就那个最好的自己,活成了自己心目中的"足球先生"。现在,小默也顺理成章地选择了自己喜欢的足球事业,成为一名足球教练。

"一千个读者就有一千个哈姆雷特",一个学生就有一个背后的故事。小默在复杂的家庭中艰难生存,依然没有放弃自己的梦想。作为班主任,我们可以用心去发现这样的孩子背后隐藏的真相,家庭的问题可能我们未必能够解决,但是我们能够解决孩子的问题,正向引导,挖掘他们的潜能,让他们成为更好的自己。

孤傲"公主"

苏霍姆林斯基说:"应当了解孩子的长处和弱点,理解他们的内心世界,小心翼翼地接触他们的心灵。"有时候看起来让老师省心的优秀学生,也会存在不少问题。

初一接手的班级中,我遇到了小王同学:她学习成绩非常优异,总是考年级第一,分数远远甩掉第二名。但她性格孤僻,很难接近,比较高傲,她觉得自己成绩好是自己的能力强,凡事都不屑一顾,对班级的事务漠不关心,对同学也比较冷淡,很有自己的思想和主意。

小王同学对班级中的很多管理都不是很赞同,比如我们班级的班干部轮任制,因为她的成绩,同学们自然而然选她当班干部,但实际上,她并不会主动为班级的事情分担。班干部们提出的岗位轮任制,她也不认同,觉得是多此一举,管好自己的"一亩三分地"就行了,但是少数服从多数,她也就顺其自然,但基本也就是管好自己而已。矛盾冲突发生在她的作业上面,她的作业没交或者少交,因为她的成绩好,任课老师也没放在心上,这个问题许多课代表也发现了,所以学生们私下都在发牢骚。这样的事情不应该发生在她身上,我和学生们很诧异。于是,课后,我找她谈心,了解情况。但是她所陈述的事实,让我非常惊讶,她说:"老师,我和我的爸妈都觉得很多作业都是没有必要的,作业量多也就算了,很多对我来说都是无意义的,我觉得太简单了。我妈妈让我不要做了,她自己给我布置了作业。"约谈并不愉快,我没有批评她,我知道她是一个非常有个性的孩子,我也知道她父母的学历比较高,普通的谈心可能并不能解决问题。

我召开了一次班会,班会伊始,我把学生们的作业做了一个展示,有优秀的作业,当然也有糟糕的作业,不过作业都是匿名展示的。学生们看了作业,纷纷表示疑惑,老师的意图是什么?我跟学生解释了,班会的目的,是因为我平时没有对他们的作业多加关注,没有好好地了解他们的真正需求,所以想利用班会课来听听大家的看法,同时也想调查大家做作业的时间并征求他们关于作业量的意见。学生们立刻开始了讨论,众说纷纭,有的觉得量不多,有的觉得量很大,当然小王也参与了，但是她仍然保留自己的意见，没必要做。感受到了大家的激动情绪，我试图稳定他们的情绪，对他们说："针对大家的各种意见，老师想了个办法，想听听你们的看法。我想我们可以分层布置作业，但是不能分得太细，这样也能解决有些同学的作业质量不过关，有的同学觉得做作业没有意义等问题了，大家觉得呢？"我能感觉大多数学生对我的提议的认同，当然也有部分中立的，老师布置什么就是什么，个别的也没什么意见。我让几个代表发表了他们的意见，我特地点名了小王同学，说："小王，你有什么好的意见吗？或者觉得老师的办法有什么需要调整吗？"她有点尴尬，但是仍然表达了自己的看法："老师，我觉得挺好的，分层能够适合不同程度的同学，当然也要看怎么分层？是不是每个学科都有分层呢？"小王的想法和言语非常犀利，一针见血，我当场就表扬了她，提出的建议非常到位。我也对所有学生说："非常感谢各位同学的包容，以后如果有什么意见，都可以直接和我提出来，老师也非常希望大家一起参与班级管理的各项事务。"班会结束，学生们热烈鼓掌，我也承诺会和任课老师沟通，谈作业设计层次，让不同程度的学生都能够完成属于自己的作业。

在之后的日子里，我仍然会找小王同学谈心，有些班级事务我也会征求她的建议，她确实很有想法。渐渐地，她的很多想法我也会采纳，我也跟学生们说明这些想法是小王同学提出的，我发现小王也越来越随和了，慢慢地融入班级了。对于小王的作业，我也和她父母沟通了，她的家长也是非常有想法和略微偏激的人，我先肯定了他们的做法，然后提出了自己的建议，希望能够多沟通，家校携手一起让孩子更加优秀。在我多次耐心沟通下，家长和孩子的态度也逐渐转变，承认自己有偏颇之处，表示愿意配合老师共同做好教育工作。后来，我找到小王，希望她能够尽到班干部的职责，为班级和同学服务。如果是以前，她并不会上心，但是那次她愉快地答应了。从她愿意帮助班级开始，她就不再那么难接近，同学们都觉得她像变了一个人。

其实，自以为是、孤僻、不合群、能力强、成绩好的学生非常常见，这样的现象，其实主要是家庭的原因。对待这样的学生，我想作为班主任应该选择有针对性的教育策略，一定要寻求家长的支持，在处理问题的过程中也要考虑到孩子的感受和孩子的个性，充分的包容、理解和真诚才能赢得孩子和家长的认可。

网络是把"双刃剑"

寒假过后的新学期,是初三的毕业季,但是我却接到好多家长着急的求助电话,就是孩子们似乎离不开电子产品,家长一去阻止,他们就顶撞,甚至和家长大打出手,家长收掉,他们就会利用压岁钱继续购买。小佳的母亲是哭着打我电话的。家长反馈孩子沉迷手机游戏、QQ、微信,造成视力下降,学习状态萎靡。由于学生抵抗诱惑的能力较弱,不能有效控制使用手机的时间,往往会因为沉湎其中而耽误学习,成绩退步明显。听完家长们的诉说,我也非常着急,这种现象很普遍,要想一个妥善的解决办法,毕竟已经是初三的最后一学期了,中考迫在眉睫。

我先召集了班干部,让他们做一个关于使用电子产品的调查问卷,想看看大家用手机或电子产品在做什么以及使用的频率。调查下来,几乎人人都有手机,看到数据分析,我发现大多数学生都是用手机在玩游戏、聊天以及查找作业答案。他们并没有意识到问题的严重性。

接着我召开了一次班会,班会上我们举行了一个小小辩论赛,主题就是中学生使用手机的利弊。辩论赛上,学生们畅所欲言,大家辩论得非常激烈,根据大家的辩论,我汇总了一下,正方的观点,中学生过度使用手机,浪费了大量的学习时间,影响了学习;利用手机查答案,依赖性越来越大,久而久之,什么题目都要查,连简单的题目都不愿意动脑思考,那么对于学习的危害是很大的;频繁使用手机,伤眼伤身,手机辐射以及那些低头族、手机手,有时甚至危及生命;用手机交朋友,发不当言论在朋友圈,有可能引起网络暴力,从而演变成现实中的暴力;过度使用手机,父母是不赞成的,造成孩子和父母之间的代沟更深,矛盾也会日益激化,现场两个小伙伴还即兴表演了一段和父母发生争执的场景。当然,反方的同学也有他们的观点,比如说手机可以用来娱乐,听音乐啊,看视频啊,缓解学习压力;可以上网查一些资料,节省了很多作业时间,提高了作业效率;和家人朋友出去玩,可以拍照摄像,记录美好瞬间;和朋友交流,增进彼此友谊;及时和父母联系有手机也是很便捷的。借着学生们的讨论,我正好提出自己的建议:"总而言之,手机是把'双刃剑',

有利有弊。而对于我们中学生来说，大家觉得我们该如何科学合理地使用手机呢?"学生们各抒己见，我还特别问了小佳同学的意见。通过大家的集思广益，都觉得首先要培养良好的学习和行为习惯。其次，要自主地规划和管理时间。第三点，合理利用手机 APP 助推学习。同时我还给他们推荐了几个手机小程序来助推学习。既然想到这么多提高学习效率的好方法，我就和学生们建立契约精神，让他们真正学会自主管理。于是，每个小组各自交流，我针对大家汇总了几条约定:1.在校不玩手机;2.不依赖手机查作业答案;3.合理安排使用手机的时间，做到不影响学习;4.自觉抵制手机不良信息;5.自觉遵守公约，互相监督。每个学生都在契约下面签上了名字，并保证带回家，和父母共享。

与此同时，我也利用家长会征求家长的意见，我主持召开了一个"亲子交流会"，学生、家长、老师共聚一堂，经过探讨与交流，大家加深了对网络的认识，对合理科学使用手机的理解。最后学生们也将倡议书张贴在了教室后面，提醒大家互相帮助，互相监督，大家选举小佳同学为监督员。自那以后，班级里的学习氛围好了很多，学生们更多的是利用网络进行学习。

网络是信息时代的产物，手机在今天，已经超越了通话工具的功能，一跃成为一个通向世界的窗口。随着手机的普及以及手机的智能化，孩子们不能有效控制使用手机的时间，往往会因为沉湎其中而耽误学习。自我教育是德育的最高境界，作为班主任，在引导学生树立正确的价值观的前提下，指导学生正确的方法，培养学生学会自律、自主管理。最重要的是及时加强青少年利用网络的引导和监督，让网络成为好工具，促进学生健康快乐地成长。

生 如 夏 花

诗人泰戈尔《飞鸟集》中有这么一句话："Let life be beautiful like summer flowers." "生如夏花"，生命要像夏季的花朵那般绚烂夺目，努力去盛开。可除了生命中的美丽，人生也难免会有不完美的地方和不如意的结局，即使是悲伤如死亡，也应淡然地看待。

又是一年的9月，新接了一个预备年级，我遇到了腼腆的小然同学，她白白净净，高高大大，话不多，因为和妈妈旅游去了，所以暑假里我并没家访到她。开学的第一周，一切似乎比较正常，但是随着第二周开始，我出去教研活动的次数增多，学生们向我反映了她的不寻常行为。有的同学发现她经常随身携带小刀片，课上她会用小刀片划自己的手腕，学生们觉得有点害怕。还有学生说，我不在学校的时候，她不知道什么原因，要跨过走廊栏杆往楼下跳，被好多学生一起劝阻拉了回来。我当时一听就觉得事态比较严重，先上门找家长了解情况，看看是不是家庭的原因造成孩子的心理和行为问题。

我约了小然的妈妈见面，知道她是全职妈妈，主要在家照顾女儿的生活起居，夫妻平时都非常关心小然，经常和她沟通交流，疏导孩子的情绪。可能最近夫妻俩有一些争执，影响到了孩子，她向我保证回家会和孩子多谈谈的。另外，在妈妈给我介绍情况的过程中，我发现了一个关键点，就是小然在小学里面是没有朋友的，很多同学排斥她，所以这个孩子内心里是非常渴望交朋友和被关注的，这也就可以理解异常行为的出现了。

于是我在放学后没人的时候找到小然个别交流，我先问她："小然，能不能把你带的小刀给我看看呀？"她并没有掩藏，直接就交给了我，我问她："这么小的刀片是老师要求带的吗？有什么用呀？"她并没有直接回答我，我轻轻地拉起她的手，看着手臂上浅浅的印子，我抚摸着，问她："这些疼吗？"她摇了摇头，笑着说："没事，不疼。"看着她如此淡定，我心里很不好受，但是当我不停帮她抚摸手臂的时候，她竟然落泪了。我问她："愿意和老师说说吗？我想听听。"她沉默了好久，我问她：

"如果不愿意说得话，我们要不一起找心理老师帮助好吗？"她擦了擦眼泪，跟我说："不用了，老师，我不想让更多人知道。"我接着问她："那你愿意让我帮助你吗？我可以成为你的'树洞'，让你随时发泄你的情绪。"她听到"树洞"两字就笑了，问："老师，你真的愿意听吗？"我马上回答道："当然啦，我很愿意倾听。"她又揉了揉眼睛，慢慢跟我说："老师，最近爸爸妈妈一直在吵架，我觉得很烦，心里很难受，不想听他们吵，可逃避不了。"我跟她说："其实成人的世界很复杂，大人之间的事情小孩子不用操心，他们都是成年人，可以自己去解决很多问题，可能他们今天吵架，明天就和好了，所以不要放在心上，你知道他们都是关心和爱你的就行了。"她点点头说："那倒是。"接着她继续告诉我，"老师，我也不知道自己为什么会有这种行为，我觉得我需要一个宣泄的口子，我在小学的时候没有一个朋友，大家都躲着我，他们嫌我成绩不好，又嫌我孤僻，都不想和我做朋友。有时候，他们还会联合起来欺负我，我想进了中学，我应该能交到好朋友，但是我不知道怎么才能让大家注意到我？"听了她的话，我发现她很需要同伴和老师的关注，所以我对她说："想要交朋友的方法有很多，中学就是一个重新开始的地方，你不需要用这样极端的方法，可以试着换换其他的方式，可能效果会更好，你愿意尝试吗？"她犹豫了一会儿，并没有说话。我想她还是不够信任我，于是我趁机给她讲了我的故事，和她共情，让她能够更加相信我。我告诉她生命的意义，跟她分享了生活中的趣事。我知道，她的内心其实也很自卑，我同时夸赞了她："小然，你看你长得高，皮肤又白，你也很懂事，能够为父母着想。对于困扰你的成绩问题，老师觉得进入了中学，我们就可以从头开始，调整学习的方法，一定能跟上。对于交朋友，我想这就更加简单了，主动去和同学交往，让他们了解你，帮助需要帮助的同学，渐渐地，大家都会接纳你，你也很快就能交到朋友了。"她愉快地答应我，可以去尝试。

自那以后，小然会利用放学的时间来找我谈心，跟我分享她家的生活，和父母的沟通情况，也会跟我说班级里发生的事情，开心的和不开心的，她都会告诉我。我发现，她再也没有去做那些异常的行为了。自然而然，她也交到了和她兴趣相同的好朋友。在她生日那天，她还让妈妈买了蛋糕，分享给全班同学，我们也特地利用午休时间，帮她庆祝了生日，让她感受到被认同的喜悦。我发现小然脸上的笑容也越来越灿烂了。

青春期的学生会面临很多的心理问题，他们不能很好地宣泄和恰当地表达自己的情绪,他们会因为怯弱的性格、抑郁的心境、自卑的心理、失败的经历、角色的混乱等导致情绪失调,严重的甚至威胁到生命。作为班主任,要帮助学生增加积极情绪体验,鼓励他们正面看待问题,同时运用积极的心理暗示帮助他们学会控制、疏导情绪。特别是让他们能够尊重生命,走向同一和理性的自我。

异 性 相 吸

在我们的教育生涯中,肯定能够遇到"早恋"的学生,你将会如何处理呢? 有什么更好的办法来应对这类问题? 我们所采取的措施一定有效吗?

这是初二的一年,小程同学是班里的体育委员,长得高大帅气,小吴同学是班里的宣传委员,活泼开朗。班级的管理和班干部的工作使他俩都会有交集,在一次和班级学生交谈中,我意外知道了他俩之间"暗生情愫",学生反映他们"谈恋爱"了。于是,我也特别开始留意他俩,确实发现了一些端倪,他俩在班级中的眼神和肢体交流比较多,但也没有什么过分的举动。我想他俩肯定也想瞒着我,所以会收敛,再加上他俩又都是班干部,更是要做表率。一天放学,我看到他俩手牵手一起回家,很尴尬的是,他们也看到了我,迅速地分开了,表情很复杂,我也只是笑了笑,当没事发生一样离开了。第二天,我发现他俩似乎有点避着我,但我仍然和平常一样,上课批作业,也没有用异样的眼光去看待他们,仍然召开班干部会议,似乎从未碰到过他俩牵手一样。就这样,一周过去了,有一天中午,小吴悄悄地来找我:"老师,您有空吗? 我想和您谈谈好吗?"我笑眯眯地说:"好呀,当然有空啦,有什么事情要找我吗?"她拿出了一封信给我,我一愣:"这是你的隐私,我能看吗?"她点了点头,我打开信纸,看到原来是一封"情书",信中表达了小程的爱慕之情,还没等我开口,小吴就问我:"老师,我们俩的事情,你怎么不找我们谈话,也不批评我们呢?"我把信还给了她,说:"我一直在等你们告诉我呀,青春期的互相爱慕是很正常的,每个人都会经历青春期,但是很多人都不注意把握分寸,还因此影响学习。"我一说到这里,小吴就非常紧张地抓住我的手臂:"老师,我求求你,千万不能告诉我的爸爸妈妈,我就一五一十都告诉你好吗?"我点了点头。小吴告诉我,因为都是班干部的缘故,所以他俩接触的时间也多,小程给她写信后,她自然而然就接受了。小程放学会送她回家,他们也会相约一起做作业,一起去小店买零食,小程牵过她的手,但是没有其他过分的行为举止……

听了小吴的叙述,我说:"其实,我觉得挺正常的,当然在不影响学习的前提下,我也不会反对和拆散你们。不告诉父母也可以,你也要答应我两件事情,可以吗?"她的喜悦溢于言表,马上答应了我。我说:"首先你答应每两天来找我聊天,像今天一样。其次,艺术节快到了,我们班级要表演一个舞蹈节目,我想把这个任务交给你这个宣传委员,行吗?"她很疑惑,问我:"老师,就这么简单吗?"我说:"当然啦,不影响你们的学习,我为何要咄咄逼人呢。"从这次谈话后,小吴果然遵守承诺,她每天放学就召集班级里的女生,一起商议舞蹈主题和动作,大家认真排练,为艺术节展演出谋划策。每隔两天,小吴也会来找我聊聊天,她会向我汇报舞蹈排练的进展,也会征求我的一些建议。当然,她也会跟我聊聊和小程的交往,说小程在学习上很照顾她,会帮助她很多。与此同时,我也找了小程,跟他说,学校的师生篮球赛也快开始了,他可以先组织班级的篮球队进行集训,争取能够在比赛中获得好成绩。小程和小吴都很尽职尽责,为了集体荣誉,他们每天放学都认真和同学进行训练。小吴仍然坚持来找我谈心,但是她的话题围绕的都是艺术节活动,以及跟我分享她的家庭生活,反而提起小程的次数越来越少。偶尔,我也能看到小程结束训练来等小吴,但是小吴的训练却停不下来,等不下去的小程也就自己回家了。其他学生也跟我反映,小程和小吴在一起的时间越来越少了,我也知道,我的方法起到了效果。经过活动的筹备之后,我发现他俩之间真的少了原来那些倾慕的举动,反而就像普通同学那样坦然相对。他们也不再避讳我,看到我感到尴尬了,我相信他们懵懂的美好"恋情"就此画上了句号。

青春期学生之间产生的朦胧的爱慕,是他们心理和生理发育过程中的正常现象,对于学生在青春期阶段的异性交往密切的问题,也是家长和老师最为担忧的。我们要对他们之间的这种正常的情感加以理解,而不是用极端的强硬的态度,粗暴地去处理这个问题。作为班主任,换一种思路,"堵"不如"疏"。不要给学生的青春期的情感随便定性,也不需要过度地去进行说教,越多的"不应该""不适合""不对",在某种程度上反而激励学生"迎难而上"。所以我们要因势利导,正确引导他们的情感归依,通过活动育人等方式为学生创造更加健康的成长环境。

唤醒心底的爱

　　每年初二年级的第二学期,我都与家长们一起庆祝学生们的十四岁生日。还记得第一次带初二那年,我和家长们共同给学生制造的惊喜和感动。

　　期中考试过后,我悄悄地给家长布置了一个小任务,就是给孩子写一封信,哪怕几个字也可以,但是家长们真的当成一项作业在完成,有的甚至写了满满的几大张纸,内容都是感人肺腑的。

　　有的是给孩子道歉的,"亲爱的孩子,对不起,因为沟通不畅,我们之间的误会可能比较深,爸妈先跟你道个歉……";有的是和孩子分享的,"孩子,还记得你呱呱坠地的时候,胖胖的小脸是那么可爱,爸妈是多么开心迎接你的到来啊……";有的是激励孩子的,"亲爱的孩子,第一次给你写信,你是爸妈最骄傲的孩子,你优异的成绩、阳光的性格都让我们倍感欣慰,我们希望你继续努力,用心学习,越来越优秀……";有的是心酸型的,让我不禁想到了小蔡。他原本有一个快乐的家庭,和父母、姐姐一家四口来到上海生活,爸爸努力创业,为家庭劳心劳力,为孩子能在上海参加中考努力拼搏,小蔡也积极正向,学习优异,又是老师的好帮手。然而天公不作美,孩子的爸爸因为车祸离开了他们,从那时起,小蔡完全就像变了一个人,就像从天堂跌入了地狱,一个积极阳光的孩子变得萎靡不振、世故圆滑,善于隐藏自己,同学们也觉得他虚伪了好多。还记得那时候他妈妈也是处在痛苦之中。一下子失去了家里的顶梁柱,妈妈一蹶不振,也一度对儿女不管不顾,小蔡的学习也被搁置了。借着小蔡十四岁生日之际,我和小蔡妈妈做了一次长谈,妈妈在我的鼓舞下,也静心给孩子写了一封长信。

　　我利用班会课的时间,将父母写的信分发到孩子们手中,让他们集体阅读父母的信。孩子们先是安安静静地读信;渐渐地,就有了低低的啜泣声;最后,有的孩子忍不住,放声哭了出来。在整个班级中看到一群擦眼泪的学生。我想,读到父母真情流露的信的时候,他们仿佛一下子长大了。于是,我也让他们写下可能是他们人生中的第一封信,给父母回信。通过白纸黑字的真情流露,唤醒心底最真挚的爱,当他们刷刷动笔的时候,那种微妙的情绪让我为之感动,班级里也洋溢着一股股爱的暖流。

这次之后,我也发现孩子们有变化了,课堂上心不在焉的开始专心听讲了,作业拖拉的字迹开始工整和及时上交了,调皮捣蛋的开始有了正形,没有目标的也已经找到了方向,班级里获得的表扬也多了。很多家长也给我来电,告知我孩子们在信中跟他们交流了很多平时不敢说的话,有抱怨父母给了太多压力的,有协调父母之间矛盾的,有感恩父母养育之恩的,也有跟父母道歉的……家长们高兴地告诉我孩子们的转变,有的回家能够自觉学习了,有的能主动帮助家长做家务了,有的也愿意和父母沟通交流了,很多孩子学会了尊重长辈。当然,小蔡的改变尤为明显。他并没有给我看妈妈的信,但我注意到他读信时强忍眼里的泪水,我想他一定是体谅到了妈妈的悲伤心情,作为男子汉,他需要承担起照顾妈妈和姐姐的重任。自那以后,小蔡又回复到了当初。在"六一"的时候,我特别送给他一张写有寄语的小卡片,鼓励他忘却悲伤,朝着目标努力前行。很欣喜的是,我在我的书里也发现了一张夹着小花的小卡片,是小蔡祝我永远快乐!简单的祝福,让我感受到了信任和爱。小蔡还特地找我谈心:"老师,谢谢您,是您让我和妈妈都能够转换心情,不只让悲伤环绕。我们会重新开始,重振家业,重新规划我们的未来。我长大了,是个男子汉,我能够代替爸爸照顾好我的家人了。"我抚摸着他的头,笑着说:"孩子,你真的长大了,懂事了,老师愿意陪伴你成长,也希望看到你振作的样子。"小蔡又成了我的好帮手,他不仅自己自觉,还帮助其他同学共同进步,最后他以优异的成绩考入了自己理想的学校,成为一个真正优秀的男子汉。

魏书生曾说过:"走入学生的心灵中去,你就会发现那是一个广阔而迷人的新天地,许多百思不得其解的教育难题,我都会在那得到答案。"是的,越是走近,越是信任,越是了解,人与人之间的感情就是这么微妙。作为班主任,应该起到架起学生和家长沟通的桥梁作用,改变教育的方式,唤醒心底最美好的情感。

共 进 午 餐

　　每周一是我值班和陪餐的日子,那天一个其他班级的学生跑过来,塞给了我一个大大的橘子,然后就转身跑掉了,我看着学生的背影,一股暖流涌上了心头,也让我想起了多年前与学生共进午餐的场景。

　　那是开学不久,学校要求学生如没有特殊原因,尽量要在学校午餐,大多数的学生和家长是接受的,不用中午急着给孩子准备饭菜。除了身体原因和饮食习惯不同的少数民族学生,我们班级大多数学生都是在学校用餐。作为班主任的我,每天中午要给学生发放午餐,加菜盛汤。我们班级的学生非常给力,在我为他们服务一周以后,我们的班干部轮岗组织了值日班长,接下了我的任务,让我能够安心去吃午饭。也正是我"安心"用午餐的时候,就碰到了一个不"安心"的事情。我收到了小李妈妈的来电,他说:"老师,想问一下午餐的情况,我们家小李反映,午餐非常难吃,而且好多同学都不吃,都倒掉了,浪费很严重,关键还收我们的钱。"我当时就愣住了,我第一时间就告诉他妈妈:"小李妈妈,不好意思,我们并没有强求孩子必须在学校午餐,可以自愿呀。另外,小李的观点可能并不能代表全班同学吧? 我看到的情况并不是这样呀,我们班级的学生基本都能'光盘',有的学生甚至还要加饭呢。"小李妈妈听了我说的,也是一愣,跟我说:"噢,老师,不好意思,我只是听了小李回来反馈,我今天再了解了解吧。"因为和小李妈妈说清楚了,我也没把事情放在心上,想着也不是什么大事情,没想到第二天,小李妈妈又来了电话:"老师,我又问过我家孩子了,确实饭菜价钱贵又不好吃,我们花钱还吃不饱。"从妈妈的话里我捕捉到了一个关键的词"花钱",原来家长心里不舒服的是花钱的午餐,可能孩子还存在着挑食的坏习惯,所以觉得吃不好。这天中午,我特地和学生们共进午餐,我带着餐盘坐到了小李的对面,学生们看到我和他们一起吃饭,都很开心,个个都争相表现,都想成为班级里的"光盘小达人"。小李看到我坐在他的对面,表情很严肃也很尴尬,还没等我开口,他就说:"老师,我知道你为什么坐在这里了,是不是我的投诉?"我笑了笑说:"你投诉了什么呀? 老师只想陪你们一起吃午餐,想看看大家对午餐的评价。"小李一听我这话，一下子脸就红了，支支吾吾地说："我……我……""我什么呀？"我忍不住笑着问他。他终于鼓足勇气告诉我："老师，我投诉了午餐，我觉得午餐收费很不合理，菜很多烧得都不好吃，很多同学也都说不好吃，都扔了。"我问他："除了你，哪些同学说不好吃了呢？我怎么没有听到呢？"我当场就问了旁边的学生，"大家觉得饭菜不好吃吗？你们都扔掉了吗？"好多学生顿时七嘴八舌叫了起来："没有呀，老师，您看，我们还添饭呢，我们都愿意吃的呀，就是有个小小的瑕疵，不能添菜。"几个"小饭桶"们的话顿时引来了哄堂大笑，当然，有几个挑食的女生确实吃不完饭和菜，但是她们告诉我："老师，我们虽然挑食，但我们也都尽量吃掉了大部分的饭菜，就留了一个不愿意吃的，我们成不了'光盘小达人'，但我们也尽量不浪费。"听了大家的话，我问小李："你看，大家并不像你说的那样呀？为什么你斩钉截铁地告诉你妈妈很多人都不要吃，很多人都倒了饭，这不是歪曲事实吗？"听了我的话，很显然小李很不服气，他气鼓鼓地说："就算他们都喜欢吃，这个菜也是不新鲜的，都是外面加工的才给我们吃的。"对于小李的无理取闹，很多学生已经开始谴责他了，但我仍然耐心跟他解释："配菜是统一的，厨房师傅阿姨早上3点就上班了，他们洗菜烧菜都是当场做的，只不过你没有看到而已，怎么可以武断地下结论呢？"这时候小李就开始胡搅蛮缠了："那今天这个鱼就这么一点点，我们家里用午餐费可以买一条鱼。每次鸡翅也就两个，这些午餐费可以买一大包鸡翅呢，我可以吃好久。"我哑然失笑，我跟他说："你看看你的餐盘里，两荤两素，每天的午餐费连一份盒饭都买不到。更别说不收你的人工费了。"我刚说完这些，小李竟然激动地告诉我："我们都是纳税人，我们给国家交税了的。午餐应该国家有补贴的吧？"我很惊讶于他的这些话，很明显孩子受到了家长的影响。我继续耐心开导他："其实，老师从你的话里了解到了几个关键的信息，也希望你听了不要有不高兴。首先你是觉得午餐交钱不合算，最好有免费的午餐。其次你比较挑食，很多菜你不喜欢吃，所以你趁机找理由忽悠家长。当然，老师也不强求，你可以申请回家吃饭，或者叫家长给你送饭都可以的。"他尴尬地红着脸，再也不反驳我了，埋头吃饭，不知不觉地他竟然把饭菜吃得干干净净，我当场就表扬了他的"光盘"，并让他考虑好以后如何午餐。另外，我也将他的表现，拍了照片发给他的妈妈看。我告诉全班学生："以后老师会在中午陪大家共进午餐，大家可以随时反馈午餐问题。"全班学生一起鼓掌欢迎我的陪餐。

这件事后，小李也不再针对午餐了，我还让他当了生活委员，帮助同学们分餐分汤，收集午餐建议。根据学生们的反馈，我们也汇总了一些意见上报给了学校，学校也答应会逐渐优化和改善。

学生对于学校的相关决策会有意见，这件事也反映了学生的民主意识，学校其实也是一个小社会，学生在学校中就是一个小公民。作为班主任，要为学生提供享有公民权利的机会，提高他们的公民意识水平，让他们能够提出质疑，培养他们主人翁的精神。

打 破 偏 见

　　偏见是人们脱离客观事实而建立起来的对人、事、物的消极认知,大多数情况下,偏见往往还伴随着不正确的否定态度。

　　那是我刚当教师时发生的事情,现在回忆起来,很庆幸当时我能够及时纠正自我。当时,班级里有个学生叫小韦,他黑黑瘦瘦的,上课经常开小差,调皮捣蛋不算,成绩也是班级里倒数的,家长也很头痛,教育的方式也很偏激,动不动就是棍棒教育。别的调皮的孩子至少教育过后,能消停几天,成绩也过得去,可他是屡教不改,好不过一天,人前人后一个样,人人见了他都很头痛。

　　一天午餐后,我正在办公室批改作业,班长风风火火地跑到办公室,上气不接下气地跟我汇报,小韦打架了,同学们都劝不动。我连忙放下笔,跟着班长赶到教室里,眼前的景象惨不忍睹,桌椅横七竖八地倒在地上,小韦骑在副班长小张的身上,和他打得不可开交。我当时先入为主的想法是打架这么严重的事情,肯定是小韦这样的"差生"先动手。于是,我不由分说地上前一把就拉开了小韦,凶狠地呵斥他:"小韦,你发什么神经,为什么动手打人?"可能是我用力过猛,小韦愣在了原地,一动不动。小张也一身狼狈地从地上爬了起来,一言不发,用憎恨的眼光看着小韦。我厉声地问道:"你们为什么打架?"小张抹了抹脸上的灰尘,歇斯底里地喊起来:"是小韦先动手的,是小韦先打我。"我马上瞪住小韦,很嫌弃地跟他说:"真的是'差生'多作怪,什么都不行,搞事情你总是第一。"小韦的声音有些颤抖地说:"是小张先骂我的。""好你个小韦,一派胡言,撒谎第一。小张成绩那么好,又是副班长,怎么会骂你?"我根本不相信小韦的"狡辩",我决定装个样子,假装调查一下,我对全班学生说,"你们都看到了,小张是副班长,成绩又好,你们说他会骂小韦吗?"全班学生在我的诱导下以及平时对小韦的不好印象,几乎异口同声地回答我:"不——会!"小韦气急败坏地指着全班同学说道:"你们……你们诬陷人。你们不知道真相就瞎说。"我为了让小韦彻底死心,我又进一步动员:"你们谁听到小张骂小韦了呢?"学生们又几乎同声回答:"没——有!"学生们拿腔拿调的回答让小韦备受委屈,眼泪已经在眼眶里打转了,他强忍住不让泪水掉下来,愤怒地大声反驳:"不对,你们包庇小张,是你们撒谎。"我不容他申辩,大声呵止住他:"你给我站好,大家都看到了你动手打人,你还有什么话好说呢。去,到办公室里站着。"他不为所动,倔强地站在原地。我一把揪住了他的衣领,想把他扭送到办公室,他拼命甩开我的手,不停地挣扎,我直接把他按在了椅子上,让他坐住,不能动弹,他委屈地哇哇大哭,而我也强硬训斥他,做错了还哭什么,不准他哭。然后,我把他强行拉进了办公室,直到他写完检讨才放他走,这件事情就这样收场了,我也没当一回事,甚至有点沾沾自喜,觉得给了小韦一个教训。

但真没想到第二天,小韦没有来上学,我以为是他生病了,就致电他的妈妈,小韦妈妈说不知道为什么小韦就是不想去学校,说身体不舒服,那就给他请个假吧。我不以为然,然而第三天,小韦仍然没来,妈妈还是告诉我孩子不舒服不来学校了。一周过后,小韦还是没来,我才感觉到事情的严重性,没有大病休息了一周,会不会是我真的误解了他呢? 意识到可能是自己的问题,我就上门走访去了解情况,当我到了小韦家里,他蒙在被子里不想和我交流,我问了他妈妈,妈妈也说不出什么原因,但是带他去医院也查不出什么毛病,孩子就是吵着自己不舒服,家长也拿他没办法。我想一定是打架这件事,我坐到了他的床边,轻声轻语地跟他说:"小韦,是不是老师误解了你? 你告诉我事情的经过好吗?"他背过身子并不想搭理我,我继续劝他:"你为什么不去学校啊? 你不告诉老师的话,我怎么帮助你呢?"他躲在被子里低吼道:"说了你也不相信,你想让我说什么? 全班都不相信我,我为什么要去学校?"从他的话语里我能感受到丧气、沮丧,我告诉他,只要能够如实告诉我整个事情的经过,我会选择相信他。他腾地一下子从床上坐了起来,大哭道:"小张笑话我学习不好也就算了,他还用脏话骂我妈妈,说我是没有妈妈管教的坏孩子,所以我忍不住动手了。你们都觉得他成绩好,成绩好就不会犯错吗? 我是调皮,我是学习差,那我就做什么都是不对的吗? 你们有偏见,冤枉我,我为什么要相信你们呢? 他骂我妈妈,诅咒我妈妈,我会拿妈妈撒谎吗? 你们给我解释的机会了吗?"发泄完,他继续把自己蒙在被子里,大声痛哭。我很尴尬,确实我是带有偏见和有色眼光看他,才没有把这件事放在心上。我拍了拍小韦,轻轻拉下了他的被子,跟他说:"对不起小韦,老师确实错了,我先跟你道歉。我保证会重新调查清楚这件事,也请你相信老师,还给你一个公道好吗?"他用被子擦了眼泪,惊讶地看着我,也许他并没有想到我会跟他道歉,他点了点头,告诉我:"老师,我愿意相信你。"家访后,我就找了副班长小张,跟他说:"老师一直都很相信你,很偏袒你,所以老师也想知道这事的真实情况,我想你应该不会撒谎,对吗?"小张垂下了头,对我说:"老师,对不起,我'恶人'先告状了,是我不好。我去收他的作业的时候,他什么都没做,我一生气就骂了他。"急躁的我火气不免又上来了,我说:"仅仅就是骂了他吗?他至于打你吗?"他支支吾吾地回答我:"我……我……我还骂了脏话,说了他妈妈不好,所以他才动手的。老师,对不起!"我说:"你不是跟我说'对不起',你应该跟小韦说对不起。"同时,我也到班级学生中进行调查,看是否有人目击整个事情的经过。这时候我才知道确实有学生看到了打架的经过,但因为我当天的诱导,加上小韦的人缘不好,他们也就没有站出来说出真相。我当着全班学生的面给小韦同学道歉,小张也向他道歉了,因为我的带头,全班同学也给他道歉了。因为我们的偏见,差一点毁了一个孩子。

我们常常会走进"唯分数论"、以分数压制一切的怪圈,我们几乎一直在为分数而教书,只看到学生的成绩,而没有注重学生的品格,对学习薄弱和调皮的学生带有偏见,还好当时我及时反省了。作为班主任,要对所有学生一视同仁,关心爱护每一个学生,打破偏见,不放弃每一个人。

"星语"心愿

"星星的孩子""折翼的天使""雨人"……这些名字是对问题孩子的称呼,不管他们有什么缺陷,都是独一无二的存在。

那是我当年替班怀孕的同事,暂代班主任的时候,遇到了一个脸圆圆的,皮肤白白的,走路摇摇晃晃的小男孩——小欧。初遇小欧的第一天,是因为他晃晃悠悠地来交作业,摔了一跤,我扶起他,他甩掉了我的手,跟我说:"谢谢老师,我自己可以。"课堂上,我发现他写字很慢,字迹很大,歪歪扭扭的,别的同学都已经完成作业了,他才做了三分之一。和他接触的第二天、第三天,发现他经常摔跤,严重的一次还磕到了下巴,我也被吓到了,马上联系家长,可是家长的反应却很淡定,而且还闪烁其词。我特地打电话问了他的原班主任,才知道这个孩子在小时候得过脑炎,智力受损,平衡协调能力受阻,学习上更是吃力。而且这个孩子的自尊心还特别强,不愿意服输。

了解了情况之后,我就开始特别关注他。在小欧妈妈带他治疗完下巴送回学校后,我邀请小欧妈妈到办公室好好谈一下。一开始我感觉到小欧妈妈很排斥,不太愿意让我知道这个孩子的情况,在她的言语中我能感受到小欧妈妈并不太喜欢小欧,觉得生了这样的孩子是一个累赘。在她的言语中,流露出了对小欧弟弟的满满爱意。她还跟我说了一个情况,弟弟现在一岁,还在襁褓中,小欧经常会偷偷趁他们不注意时去欺负弟弟。对于他妈妈的话,我其实并不意外,他的妈妈说得也很明确,就是因为小欧这个样子才生了弟弟。我想这对于要强的小欧来说,肯定是一个不小的打击。从那以后,我也多了个心眼,关心小欧在班级中的表现,我发现他也并不是很合群,因为他不协调,大多数同学都会关心和帮助他,但他似乎也不想让同学们帮忙。虽然他反应慢,动作慢,智力也停留在幼儿阶段,但是我却在他的周记上发现了他写的《心愿》,文章很短,字数也不多,短短的两句话,却深深打动了我。他写道:"我的心愿是妈妈能天天对我笑,夸我是个聪明的孩子;别人不会因同情我可怜我才帮助我。"我在他的周记后面写下了批注:"你的心愿很动人,你放心,妈妈一定会喜欢你,老师也很喜欢你,当然大家也很喜欢你,我们都会对你微笑,夸你是一个聪明的孩子。"同时,我也把小欧的心愿说给班级里的同学们听,看到小欧见到我的评语笑逐颜开的样子,我也非常开心。我又找了个机会,把小欧的心愿也告诉了他的妈妈:"你辛苦地怀胎十月生下了他,就因为他的缺陷而忽略他,更加造成了对他的伤害,孩子的未来我们不能预料,但是我们可以好好培养他,起码让他有自理和生存的能力,将来能够自己照顾自己。弟弟的出生可能会造成他的困扰,但如果你们家长能够对他俩一视同仁,不要把所有的爱都倾注在弟弟身上,好好教育兄弟互敬互爱,我相信小欧也不会有欺负弟弟的行为,将来父母离去,兄弟之间能够互相照顾,我相信才是作为父母最想看到的结局。小欧的心愿很简单,大家都能对他微笑,我们能够表扬他是个聪明的孩子,而不是总让他觉得他是个笨蛋。"妈妈看了《心愿》和听了我的话之后,也流下了眼泪,她哽咽地说:"确实孩子变成这样之后,就抱着放弃了的念头,有了弟弟之后,更缺少对他的关心,我们只以为他心里不平衡才欺负弟弟,所以对他更加严厉。我们真的错了,老师,谢谢您!"我说:"你要谢的不是我,而是你的孩子,在他单纯的心里,期盼的其实并不多。《心愿》就当成孩子送给你的礼物吧!"

妈妈拿着小欧的周记本,找到小男孩儿,紧紧地搂住了他,又哭又笑地告诉孩子:"妈妈爱你!"他们母子这感人的一幕也深深地打动了我。虽然智力可以受损,行为可以受阻,但爱永远不会。

苏霍姆林斯基说过,只有了解孩子的心灵,时刻都不忘记自己曾是个孩子的人才能做个好老师。对于问题学生,作为班主任,我们不能歧视他们,而是要用尊重的眼光去关心他们,让他们感受到自己存在的价值和尊严。这样的学生更渴望和需要爱,我们只有和学生建立起真挚的情感,才能收到意想不到的教育实效。

约　　定

　　很多时候,我们都会和学生们做约定。不知道大家是否也有过这样的约定,我们在举行公开课的时候,为了搞气氛,让效果更好一点,让课堂更加热烈,就会鼓励学生们积极举手。

　　我想到了学生小曹,那是一个非常聪明的孩子,但是他的注意力很难集中,有轻度的多动症。他也非常渴望被关注,总会用一些特别的举动去吸引大家的注意力。有段时间,我发现了一个问题,在课堂上,我只要提问,小曹就积极举手,但是每次我叫他起来回答问题了,他就愣住了,支支吾吾,说不出个子丑寅卯来,我当时挺生气的,主观臆断小曹是公然在课堂上捣乱。于是,又碰到这样的情况,我叫他起来他仍然回答不出来的时候,我就严厉地批评了他:"你不知道举什么手? 不是浪费其他同学的时间吗?"因为我的公然批评,学生们也窃笑不已,他涨红了脸,不知所措。但是他并没有因为我的批评而气馁,他仍然会在课堂上积极举手,表现也仍然是差强人意。

　　这时候我才发现了问题,我在课间带他到办公室,想一探究竟。我强压住怒火,问他:"课堂上那么积极举手,但又回答不出来,是什么原因呢?"他吞吞吐吐地不愿意多说,于是我继续追问:"小曹,你不告诉老师的话,同学们和我都会以为你是故意捣乱呢? 但老师始终觉得你这么做肯定有原因,你愿意告诉我吗?"可能是怕我们继续误解他,他轻声地告诉我:"我上课注意力有时候集中不了,有时候老师说的我并没有听见,但是我怕老师批评我,所以我就积极举手,让您觉得我懂了,我认真学了。还有同学们总说我傻,说我不懂,我不想让他们看不起。"原来就是这么简单的原因,也让我茅塞顿开,这就是一个需要被关注的孩子,他的内心也想控制好自己,他也是一个有追求的孩子。于是,我灵机一动,我跟他说:"不好意思,那是老师误解你了。这样吧,老师有个好办法,我们做个约定好吗?"他好奇地问我:"老师,什么约定? 我答应。"我神秘地笑了笑,让他凑过头来,在他耳边悄悄地说道:"老师相信你可以慢慢改变你注意力不集中的坏习惯,我们约定,你仍然放心大胆地举手,回答得出来就举起右手,回答不出来就举起左手,这样我就会根据情况来叫你起来回答,其他同学也不会看不起你了,你觉得这个办法怎么样?"他听完之后激动得连忙点头:"好的,老师,我答应您,也请您放心,我一定会改掉我的坏习惯。"我信任地摸了摸他的头。

自那以后,我俩心照不宣,课堂上,我们都心领神会,他回答问题的正确率越来越高了,而且他更加自信更加骄傲地举起了他的右手。与此同时,我也发现他的注意力比以前更集中了,因为课堂上的认真听讲,他能够越来越积极地举右手了。不仅是在我的课堂上,其他的任课老师也反馈小曹认真了很多。他本来就是个聪明的孩子,这一改变也让他的成绩突飞猛进了。我很欣喜的是,一个突发奇想的小小约定,竟然让小曹的"缺点"变成了优点。

我非常庆幸我当时转变了视角,而不是只靠主观去评判小曹的行为。作为班主任,我们并不是总能看透学生的心思和本质,但我们可以做到面对学生的时候不要一意孤行,而是多观察、多了解,学生大多数是单纯的,我们要学会转变视角,善于启发,才能让学生向好的方向发展。

劳动,让我们更亲近

劳动不仅能增强体质,还能让人养成吃苦耐劳的精神。曾几何时,劳动最光荣是我国人民的共识,但是随着人们生活质量的不断提高,劳动被越来越多的人所忽视,所以有必要进行劳动教育。

记得那是一个寒冷的冬天,学生都穿着厚厚的冬装,手都不愿意伸出来。那是一个周一,学校例行检查各个班级的卫生,我们班级被检查到窗帘上都是水笔的痕迹和不知由来的污渍,我就召集了班干部,商议如何解决问题和整改。学生们都很为难,这怎么解决? 我们又不知道是谁弄脏的,也不是我们自己弄的,可能是上社团课的学生来我们教室的时候留下的,也不能责怪我们呀。我知道学生们有怨言,但是我告诉他们:"现在不是追责的时候,班级的卫生整改事关整个班级的荣誉,我们要想办法看怎么把我们的教室打扫得更加干净。"我发现学生面面相觑,还皱眉头,我猜到他们是不太情愿干的。很多学生在家里都是"小公主""小皇帝","衣来伸手,饭来张口"地被家人宠爱着,在学校做值日生是没有办法,让他们多做一点活,真的是很困难。

于是,我最先挽起了袖子,打了一盆水,因为学校没有清洁剂,我就放了一些洗手液,这样就有了清洁的效力,然后我把凳子放在了桌子上,将水盆垫高,直接把窗帘的下摆放在水盆里搓了起来。学生见我亲自干活,也都不好意思起来,纷纷拿起水桶、脸盆去接水,效仿我的样子洗窗帘。虽然他们手忙脚乱的,但是仍然有模有样的,有的帮忙托着脸盆,有的帮忙换水,有的帮忙放洗手液。在我的带动下,孩子们的积极性一下子被调动了起来。看着他们冻得通红的小手,我有点不忍心,我马上去办公室烧了开水,给他们倒在脸盆里,让他们不冻手,没想到他们干得更加起劲了。学生们虽然平时不太动手做家务,但是我发现他们学习的能力很强,学着我的样子,把窗帘洗得干干净净的,洗完了还不忘记用清水过滤一遍,看着他们爬上爬下的样子,我既高兴又心疼。趁着洗窗帘的契机,我把教室里的桌子移到边上,带着剩余的学生来一次彻底的大扫除。学生们一看我跟着他们一起干,自动分工,有的拖地，有的擦黑板，有的清理瓷砖……更让我惊讶的是，学生们展现了他们的聪明才智，有的把擦窗器升级加长用来擦高处的灰尘，那些凹缝里的污迹很难擦去，他们也会想办法清理，用钢尺去抠掉，白墙上的墨迹他们会用白色粉笔或修正液先处理。他们自豪地告诉我："老师，我们这是合理利用劳动工具，劳动实践出真知。"孩子们干得热火朝天，有的还脱掉了外套。几个孩子看到我在拖走廊，跑过来抢掉了我手上的拖把，说："老师，您休息吧，交给我们来，保证一尘不染。"我看着孩子们认真的样子，心里为他们自豪和高兴。不知道谁在拖干净的走廊上洒上一盆水做最后的清理，正好太阳照耀在上面，学生们欣喜地叫道："老师，快看，彩虹，果然一尘不染啊！"全班顿时鼓起了掌，跳着叫着，不仅是为走廊上那道彩虹，更为他们今天的劳动成果而喝彩。我也给他们竖起了大拇指，表扬他们做得好。学生们一起围着我喊着："老师，以后每周一我们再一起大扫除好吗？"我笑着摸摸他们一个个的小脑袋，大声地答应他们："好！当然好！以后老师陪着你们一起大扫除！"我借着这个机会继续问他们："以后你们还排斥劳动吗？"他们异口同声地说："不排斥。"之后我们每周的大扫除就像仪式一样，每个人做好分工，甚至劳动工具也升级了。养成了学生的劳动习惯后，他们自发地维护好班级的卫生，自动捡起垃圾，主动擦干净黑板，轮到坐在窗帘边上的学生会时刻注意并检查。学生们更是会主动打扫校园，会帮助清洁工阿姨，他们也体会到了劳动的快乐和美好！

　　班主任亲身参与学生的劳动过程，让劳动充满了乐趣，也让学生们对平时轻视、不屑的劳动变得重视起来。劳动是一门学问，也是一门课程，劳动中可以渗透德育，从而让智育更加充盈，让美育之花盛开。

变魔术的孩子

每学期,学校都会举办艺术节,学生会积极准备展示自己的才艺,但是每次参加学校的海选,有很多学生会尽兴而去败兴而归,毕竟学校人才很多,并不是每个节目都能够入选。所以,我会每年在班级中搞一次个人才艺展示,给每一个学生机会和展示的舞台。有的学生觉得自己没有什么才艺,我会鼓励他们,并不是要非常厉害的才叫才艺,拿手的叫作特长,只要大方地展示自己的才艺就可以了。大家可以利用这个舞台尽情展示,露一手,也可以找伙伴互相 PK,总之要相信自己是最棒的。

那一年的预备年级,是一个比较内向的班级,学生们都不太愿意展示自己,前期的报名并不是很顺利,我以为学生们可能是并没有什么才艺,但当我仔细翻看他们小学的档案的时候,发现好多学生都是深藏不露,很多学生都有艺术考级,舞蹈的、钢琴的、书法的、画画的……我想对于内向的学生,更加应该鼓励他们自信,鼓励他们更好地认识自我。于是,我继续鼓励他们,告诉他们我已经打探过他们的底了,所以每个人肯定都有才艺表演的,我也相信大家一定能够做到最好。全班 42 个学生,有 41 个都报了自己的节目,真的是五花八门,有唱歌、朗诵、独舞、乐器等,但唯独小徐没有报名,我看了他的材料,确实什么都没有写,但是我觉得即使报个朗诵应付一下也可以,但他就是不报名,也不想参与。

小徐是一个农村的孩子,家里只有爸爸,但是爸爸经常不在家,也不太照顾他,他是一个自理能力很强的孩子,自己照顾自己不算,他有时在学校也能对同学们伸出援手。但是他性格比较孤僻,轻易不和同学们接触,而且他非常有个性,很多时候他的言论也不太能够让其他同学接受。于是,我找他了解情况,直截了当地问他:"小徐,老师想问你,这次的才艺展示,你为什么不报名呢?"他闭口不答,只是不停摇头。我也没有继续强求,我就继续告诉他:"小徐,听说你爸爸是个'艺人',能不能给我介绍一下呢?"说起他的爸爸,他的眼睛闪烁着光芒,他立刻坐直了身子,来了兴致,告诉我:"老师,我爸爸不是那种娱乐圈的艺人,他是一个手艺表演者，他走南闯北去表演，他有很多的手艺，他会'川剧变脸'，他还会变魔术，他会的本领很多很多，就是……就是……"他支支吾吾的都快哭了，我摸了摸他的头，说："就是什么呀？没事，你不想说就算了，老师能够理解。"他掉下了眼泪，"就是我很少能见到他，其实我很想念他，我也很想从他那里学习手艺。"我安慰他说："爸爸的忙碌都是为了给你创造更好的生活，你应该要体谅他，你也是一个好孩子，自己的事情自己做，让爸爸能够省心，专心在外面谋生。"他点了点头。我接着跟他说："其实，才艺展示并不是一个个人的行为，而是我们全班集体的一个活动，老师不强求你，但还是希望你也能够参与其中，毕竟你也是我们班级的一员。"他不好意思地低下了头："老师，不是我不想参加，只是因为我真的什么都不会。"我耐心地鼓励启发他："不管是什么，都可以展示，你可以慢慢想一想，想好了告诉老师。"他答应了我。

第二天他过来找我，有些为难和腼腆："老师，我想好了，但是我怕同学们会笑话我，我不知道能不能表演，是爸爸教给我的手艺，可能大家会看不上。"我拍了拍他的肩膀说："没事的，你想展示什么都可以，大家都会用欣赏的眼光去尊重每个人的表演的，这个老师也会提醒，你放心吧，老师是真心鼓励大家的。""嗯，好，老师，我相信你，那我就给大家展示一下。"

到了才艺展示的那天，小徐带了很多的气球做道具，我和学生们都很好奇。学生们一个个按照学号展示自己的才艺，不管精彩与否，我们都会给予他们热烈的掌声。小徐是最后一个，他有些闪躲地走到讲台上，我们马上送上了热烈的掌声，看到大家都鼓励他，他似乎也自信了很多。他拿出了气球，然后不紧不慢地用打气筒打好一堆气球，令我们惊讶的是，他就像变魔术一样，一个个普通的气球在他的巧手下，变幻成了小狗、小白兔、棒棒糖、爱心……惟妙惟肖的气球表演，让我们情不自禁地都往讲台前冲过去，都想让小徐给我们制作一个漂亮的气球造型。小徐感受到了大家的热情，更认真地做了起来。真的是化腐朽为神奇，他的动作熟练，几分钟就能做好一个栩栩如生的小动物，他送给了每位同学一个，也送给了我一颗爱心气球，我也送给了他一个大大的拥抱。大家都鼓掌让小徐介绍一下他的才艺，他很不好意思地告诉我们，爸爸就是走南闯北靠手艺赚钱养家，表演变脸的同时也会制作气球，他也就顺理成章地从爸爸手中学习了这门手艺，有时候爸爸会带他到广场上做公益，免费送给小朋友们。他没觉得这是一个才艺，怕同学们看不起他，所以不太想展示。听完小徐的介绍,同学们马上炸开了锅,纷纷赞扬小徐的表演:"这还不能算才艺吗? 你的才艺太牛了! 你能教教我们吗? 你的这个才艺都能去卖钱了。小徐真厉害! ……"这些赞美声让小徐充满了喜悦和信心,他羞涩地笑着,跟同学们说:"大家喜欢的话,以后我还可以教大家做。"

从那以后,小徐开朗了很多,和同学之间的交往也越来越紧密了。学校和班级活动中,他都会展示他的绝活,他的气球也给很多同学和老师带来了欢乐。不过,因为爸爸实在太忙没办法照顾到他,一年后小徐就转学了,回了老家,他留给我们的回忆是美好而难忘的!

苏霍姆林斯基把孩子称之为"蕴含丰富矿藏的土地",每个孩子都是一座宝藏,作为班主任要善于开采,相信任何学生都有他的长处,鼓励他们,帮助他们看到自己的长处,勇敢面对生活,去肯定、关注和赞扬他们,让他们体验成功的喜悦。"天高任鸟飞,海阔凭鱼跃",我们就是给他们搭建舞台的人,让他们成为主角,插上自信的翅膀,尽情飞翔。

网络小主播

　　2020年突如其来的新冠疫情，让武汉全城静默，全国人民携手抗疫，而我们也进入了"悠长假期"。寒假延长，开学暂时未定，上海市教委要求"停课不停学"，将线下教学模式改成线上教学。利用网络平台进行教育教学，这对于我们老师和学生都是一种新的挑战。为了响应"停课不停学"的号召，老师们纷纷利用网络上起了直播课，调侃自己成了"十八线主播"，当然更多的是和学生互相学习、互相帮助。

　　在摸索中前行，我们首选的是钉钉平台，随着网络课程的推进，我和班上的孩子们也渐渐习惯了网络授课的模式。最为忙碌的就是每天我的微信上"叮叮叮"消息不断……

　　"老师，我的网络断掉了，我上不了课。"

　　"老师，我上不了线的，怎么回答问题呀？"

　　"老师，我的作业怎么传不上去啊？"

　　"老师，我们每天上班也不知道孩子在家学没学习？监控不到呀！"

　　"老师，爸爸妈妈不在家，怎么及时回复信息调查呢？……"

　　上网课的过程中，我每天除了日常的教学和作业批改，绝大多数时间都守着手机和电脑，生怕遗漏了什么学生和家长的消息。层出不穷的问题也不断凸显出来，监管不如线下教学便利，和学生之间是通过冰冷的屏幕进行交流，想要摸摸头、拍拍肩膀都做不到，更头痛的是作业问题，线下教学的时候就需要催促才能交齐，线上虽有"叮"功能，但是学生可以"视而不见"。

　　在经过忙碌的两周适应期后，几个任课老师向我反馈，我们班上的小杨同学在网课期间各学科的作业都没有上交，老师们"叮"他补交，他也没有回复。第二天课堂上老师讲解作业的时候，他也是不回答，说家里设备不能连麦。听了这个情况，我还是挺着急的，就马上联系他的家长，想了解他的情况。和家长沟通过程中，我发现孩子的家长工作非常忙，家里只有老人照顾孩子，家长也不是非常了解孩子在家上网课的情况。家长每天询问他，总是答复家长自己在认真上课。家长问作业完成了没有，他也说早就做好交掉了。不仅如此，小杨同学还开始沉溺网络，一有机会和空闲就打游戏，所以老师会发现他上网课的时候，会频繁地进出课堂，可能就是切换出去玩游戏了。家长屡次劝说无果，也就不再管他了，怕他出现心理问题，只要确保他健健康康就行。

　　听到这样的情况，作为老师，一方面是为孩子的学习着急，另一方面，更是担心孩子的身心健康。我也曾试着和孩子沟通，可是这孩子就是不理不睬，偶尔在线上看到他进教室了，也都关着摄像头，不主动说话，我是看在眼里，急在心里。于是我转变策略，先找到小杨的好朋友小超，让他帮助每天提醒小杨作业，让他们结成同伴互助。然后，我直接视频连线小杨，和他隔空聊天。我并没有直接询问小杨为什么不交作业，而是了解他的居家情况。"小杨，你平时在家都会做些什么呢？"他支支吾吾回答不出来，我也没有逼问他，就说："每天上课累不累呢？上完课后的时间是怎么安排的呢？"他点了点头，然后他妈妈在边上不断提醒他："快回答老师的话呀，怎么不说话呀？"在妈妈的催促下，他才愿意跟我聊起来，他不情不愿地告诉我："老师，其实上课很累的，我就上完课放松一下，玩点游戏，你不是说要寓教于乐吗？""嗯，老师很赞同你的观点，当然学习之余是需要娱乐的，但是好多老师都说你的作业来不及上交，那是怎么回事？""老师，那个……那个……以后不会了，小超找过我了，他说以后会提醒我一起做作业，做完再玩。"我立即就表扬了他，其实我心里知道已经有了瘾的孩子，是很难控制自己的，但我不能打击孩子，所以我就跟小杨说："小杨，老师想请你帮个忙，你愿意吗？"他挠了挠头，跟我说："老师，我可做不好，你找别人吧。"我跟他说："不要紧的，老师找了好几个同学帮忙，你是其中之一，小超也愿意帮助我的。"听说自己的好朋友也参与，小杨就高兴地答复我："好的，老师需要我帮助您做什么呢？"我说："这个忙并不难，老师想请你们成为小主播，每节课课前协助老师讲解作业，行吗？"一听这个任务，小杨顿时为难了，又开始打退堂鼓："老师，这个我怕我不行呀，再说我连麦有问题。"我马上鼓励他："这个你不用担心，老师一直相信你的能力，再说如果说得不好，老师也会纠正补充。麦克风的事情，你妈妈说会给你配置一个好的。万事俱备，就欠你这个'东风'了。"听了我的话，小杨笑了起来，说："老师，我可不是什么'东风'，您这么相信我，那我就试试吧。"我也开心地跟他隔屏击掌，立下了约定。

　　自从当上了"网络小主播"后，我发现小杨的作业认真了很多，很多老师也反馈,他们也启用了小杨这个"小主播",没想到效果非常好。至此,小杨的问题算是得到了解决。我想,班级里那么多的学生,可能不仅仅小杨个人存在这样的问题。居家学习,孩子们局限在自己家中的一方小天地里,他们的生活、心理更是需要我这个班主任去多关心的。因此,我将"网络小主播"活动进行了推广,鼓励更多的学生来做主播,不仅仅局限在作业讲解,还分享居家生活、家务劳动、体育锻炼等,在这些小主播的共同努力下,我们班级也顺利地度过了这一段非常时期。

2020 年,的确是充满挑战的一年,对于我的班主任工作而言,是在茫然中摸索前行,也收获了很多的经验。网络或许拉远了我们的距离,但"距离产生美""隔屏不隔爱",所以,面对学生的问题,我们都需要迎难而上,有所创新,在创新中寻求发展,等待我们的将会是别样的精彩。

一个都不能少

　　2022年北京冬奥会开幕式惊艳了全世界,有一个细节深深戳中了每个观众的心:一只可爱的"小鸽子"掉队了,另外一只大一点的"小鸽子"从队伍里跑出来,把掉队的"小鸽子"拉回了队伍中,这不禁让我想起了小雷同学。

　　那一年是初三,小雷是个活泼开朗的孩子,她大方可爱,不管班级还是学校的各项活动,都积极参加,是班级的文艺骨干。突然有一天,小雷一下子变了一个人,总是面无表情,沉默不语,不愿意与同学和老师交流,我曾多次尝试单独和她沟通,她也是爱理不理,总跟我说"没事",我想了好多方法也无济于事。我以为是因为初三了,她给了自己太大的压力,所以咨询了心理老师舒缓情绪和压力的方法,但小雷仍然闷闷不乐。于是,我联系了家长,打她爸爸的电话一直不通,好不容易打通了,爸爸就推脱自己很忙,没时间和我交流。所以,我继续联系妈妈,经过多次和妈妈的沟通交流,我才知道小雷的父母正在闹离婚,因为这个缘故,导致孩子一下子就变得很内向。每天别的学生都开心玩耍、学习,而小雷总是一个人孤单地坐在座位上,若有所思。我其实也挺难受的,因为针对父母的矛盾我是没法帮助她的,只能靠她自己去缓解。

　　初三是一个非常时期,于是我召集了班干部,一起商量如何帮助小雷走出困扰。经过多方商量,我们想组织一个"亲子party",用这种方式温暖和打动她,同时也想引导全班同学了解亲子之爱,感悟生命的意义,拥有感恩之心。这个决定大多数学生都赞成,并且积极性都非常高。只有小雷同学,在课后来找我,跟我说:"老师,我不想参加,可以吗? 这个活动很针对我,我办不到,我想请假。"听到小雷的话,我也觉得可能这个活动是刺激到了她,我挺心痛的,我告诉小雷:"我们是一个团队,老师希望所有同学都参加,一个都不能少,你放心,你的爸爸妈妈一定会陪你一起参加的。"她惊讶地看着我,没有说话,似乎并不相信。承诺了小雷之后,我联系了小雷的父母,把孩子的变化告诉了他们,苦口婆心地跟她的父母说:"我只是小雷的班主任,管不了你们的事情,但是在小雷快中考的节骨眼上,大人离婚的事情从很大程度上影响到了孩子的成绩和身心健康。我有个不情之请,能不能等小雷考试完再处理大人之间的矛盾,可以吗? 为了缓解学生们考前的情绪,我们班级准备举办一个'亲子 party',我也想请求你们能够在关键时刻帮助一下孩子,至少维持一下表面的和谐。"小雷的父母很为难,觉得我只是一个老师,管的事情也太多了,我也看出她的父亲有些不耐烦。于是我耐心地跟他们说:"我知道我没资格管你们家长的事情,但是我作为孩子的班主任,我想为孩子做点事,想对孩子负责。作为孩子的老师,我想替孩子恳求你们一次,当然我也不想小雷掉队。"妈妈听了我的话,首先点头答应了,爸爸犹豫了一会,说:"只要她妈妈愿意,我愿意配合。"我非常感激小雷的父母,至少在这个关键时刻,他们给了我面子,也给了孩子一个缓冲。

"亲子 Party"仪式在一首《感恩的心》歌声中拉开帷幕,亲子互动——感恩父母环节,学生和自己的父母互诉衷肠,通过现场连线父母,他们纷纷向父母表白,感恩父母的养育之恩,感谢父母给予了自己生命的美好……一句句肺腑之言打动着在场的每一位家长,大多数家长被感动得哽咽不止。特别是小雷同学,她抱住父母痛哭不止,她的父母也非常配合,和小雷互相回顾过往。在 party 的最后,我特地订了一个大蛋糕,庆祝他们因父母而生,全班同学和父母一起唱起了生日快乐歌,孩子们把蛋糕切给父母,感恩父母的爱。虽然这个 party 是在一片哭声中结束的,但我心里是开心的,因为这个 party 上充满了浓浓的爱。

这个活动之后,小雷同学又恢复了乐观开朗的模样,我的"小鸽子"又回来了。事后,我再次特地感谢了小雷的父母,她的父母也跟我千恩万谢,他们表示会重新考虑他们的问题,在小雷中考前他们会维持原状,不影响到孩子。

教育家巴特尔说过:"教师的爱是滴滴甘露,即使枯萎的心灵也能苏醒;教师的爱是融融春风,即使冰冻了的感情也会消融。"作为班主任,也可以努力成为一名家庭教育指导师,每个孩子的背后都有一个家庭,我们要携手这些家庭,形成合力,用我们的爱给予学生幸福成长的力量源泉。

手 机 事 件

《教育部办公厅关于加强中小学生手机管理工作的通知》是基于教育部加强中小学生五项管理工作其中之一,通知规定:学校应当告知学生和家长,原则上不得将个人手机带入校园。学生确有将手机带入校园需求的,须经学生家长同意、书面提出申请,进校后应将手机交由学校统一保管,禁止带入课堂。信息时代,学生接触新鲜事物能力是最快的。手机不仅是大人必备之物,学生也几乎人人都有,就学生的手机使用问题,很多的班主任也会觉得屡禁不止,是一个令人头痛的问题。这也让我想到了当时预备年级的小周,就手机问题,我和他不断"斗智斗勇"。

在家访的时候,小周的妈妈讲了一个特殊的情况,就是小周暑假手机不离手,有些管控不住。我告知小周妈妈:"小周妈妈放心吧,无特殊情况,是不得带手机进校园的。"这时坐在旁边不声不响的小周脱口而出:"为什么不能带? 我关机放书包里,不让别人知道,不就行了。"这时他妈妈马上说道:"老师都说了,不能带,怎么还偷偷带呢?"小周听完妈妈的话之后,露出一副不屑的表情。我觉得他对于学校规定,似乎并不太想遵守,这个学生有点"难搞",以后我还是需要多关注他的。从和他妈妈的交谈中,发现妈妈的教育还是比较正面的,只是过于溺爱而管不住孩子。

在开学的第一天,我和所有学生强调了校纪班规,也和学生们做了相关的约定,比如手机等智能电子产品的使用。我在课后还开玩笑地问小周:"你没偷偷带手机吧?"他瞥了我一眼,摇了摇头,没好气地回答我:"你不是告诉我爸妈不能带吗? 我带了干吗!"虽然态度不是很好,但是我想这学生还算是听话,遵守校纪班规的,孺子可教也。

然而我的推断很快被打破了,没过几天,就有学生向我汇报,小周带了手机到学校,有人看到他拿出来在看。我没有在教室里公然找小周,而是在课后叫他过来,了解情况:"小周,有同学告诉我,你把手机带到学校里来了,我不是很相信,我想亲自问问你,是不是呀?"他马上摇了摇头:"老师,没有,不要听他们瞎说,很明显针对我。"看到他矢口否认,我就知道不对劲,我跟他说:"嗯,老师相信你,那你愿意把书包里的物品拿出来给老师看吗?老师不是搜查你的东西,你自己愿意的话,老师想请你自己拿。"他犹犹豫豫,始终不答应,支支吾吾地说:"老师……不用这样吧,你不是相信我的吗?"我看出了异样,我跟他说:"我当然相信你啦,因为你告诉我并没有带。但与此同时,我也相信说看见你拿手机的同学的话,老师很为难,所以希望你自证清白,这样就知道谁说的是事实了。"他一听我这么说,看实在瞒不下去了,只能承认自己带了手机:"老师,我确实带了,我并没有开机,没打开看,我带手机也不是为了玩。"我继续问他:"你明知道不让带手机来,你又不是玩,你带手机来干吗?"他挠了挠头,也说不出个所以然来,我看他很为难,也不逼问,我就告诉他:"只此一次,下不为例,这次我原谅你。既然你不玩不看,就先放我这里,放学还给你。"他乖乖地拿出手机来放在了我这里。我也没有把这件事跟他妈妈提起,我还是想给小周机会。

这次之后,我确实没有再发现他有带手机的现象,也没有学生来汇报过,小周也没有什么异样之处。没几天,他的书包掉在地上,学生发现他的手机掉了出来,马上又来向我汇报了。我当时就有一股无名之火蹿上来,我觉得小周可能是一直都带着手机的,只是并没有让我发现而已,就像他当初说的一样,偷偷带着又没关系。这在学生中间的影响非常不好,我开始听到有学生抱怨:"为什么大家都不能带,而小周可以带手机,老师是否有双标?"这样的言论开始在班级中出现,我想我必须要立即消除这种舆论,但我仍然还是想给小周机会,我也看到他并没有将手机开机,确实只是带在书包里,一定也有他的原因。这次,我找了个安静的接待室和小周谈心,我压下了那无名火,问他:"小周,老师仍然选择相信你有你的原因,你看,这次没有其他的老师在,你愿意告诉我了吗?之前不是说好手机不带来学校的吗?"这回小周没有隐瞒我,他告诉我:"因为我每天放学后,要先去外婆家做作业,吃完饭再自己走回家,我妈怕联系不到我,让我带着。而且到了周末,我又要去爸爸那里,也需要联系,他们都怕可能没办法联系到我。""你妈妈让你带着?那她怎么没跟我说一下呢?""是的,她让我放书包里,不要拿出来。只有做完作业,才能稍微玩一会,她下班回家就会没收。妈妈说学校规定不能带,所以让我放放好,不会有事情的。"听他说完,我想到家访时确实没看到他的爸爸,现在看来孩子的家庭情况也比较复杂。我怕提及孩子的伤心事,也没有深究:"今天你能主动和老师说，老师才了解情况，其实你上次就可以告诉老师了。""老师，我不太想让你知道我们家的情况，所以我上次不想说。""那老师和你商量个办法好吗？你每天把手机拿来放在老师这里，我先给你保管，放学了再到我这拿回去。老师也会和你妈妈联系的，让妈妈写个证明，这样其他同学也不会再拿手机说事了，你觉得可以吗？"小周点了点头，开心地说："谢谢老师，这个办法好！""以后不管有什么事情，你都可以和老师说，我能帮助你的一定会尽力帮助你的。"他瞪大了眼睛，难以置信地答应了我。我同时联系了小周妈妈，让妈妈写了一个携带手机到校的申明。每天小周都会背着书包先来我办公室，把手机放在我专门帮他保管手机的抽屉里，放学后他也很自觉地自己拿回去，并告知我。

后来，妈妈怕他拿着手机可能不能约束自己，所以给他换了一个智能手表，但他也非常自觉地每天把智能手表交给我保管。我想我没有因为手机事件责怪小周，并且给他机会解释，让小周感觉到了我的真诚和信任，并且觉得我是一个言而有信的人，以至于在之后的一段时间里，他无论遇到家里的问题，还是与同学相处的困惑时，总是会来告诉我。后来，小周也和我滔滔不绝地解释了他在外婆家、妈妈家、爸爸家轮流住，以及家里的其他情况。虽然他的家庭情况比较复杂，但他告诉我爸爸妈妈还是非常爱他的，所以他也不再觉得不舒服了。一个小小的手机，背后的故事，是我意想不到的。感受到了学生对我的信任，我还是很开心的。小周的身上还有很多小缺点和不好的行为习惯，但是我和他都在互相学习，互相改进，最后他也成长为一个对社会有用的人。

每个学生都是一个发展中的人，陶行知先生说过："真教育是心心相印的活动，唯独从心里发出来的，才能达到心的深处。"作为班主任，需要包容学生的不足，等待他们的成长。同时，我们也要理解学生的某些奇怪行为，可能在这些行为的背后是不为人知的故事，影响他们的一生，我们可以努力去探寻，去改变。

拯救"堕落的天使"

每个学生都是独一无二的,都应当受到尊重。我们不能因为学生存在某些方面的缺点,就给学生贴标签,我们应该正确认识问题学生。问题学生是指那些与同年龄段学生相比,由于受到家庭、社会、学校等方面的不良因素的影响及自身存在的有待改进的因素,从而导致在思想、认识、心理、行为、学习等方面偏离常态,需要在他人帮助下才能解决问题的学生。我想起了当年预备年级的小富。

第一次遇见小富同学是在暑期的家访,她穿着吊带裙,画着全套的妆容,非常成熟。家里没看到父母,只有一个奶奶。沟通后,了解到这个家庭是离异家庭,孩子父母文化层次都比较低,小富跟着爸爸,爸爸一直在外面不太回家,家庭教育缺失。小学高年级以后小富就开始接触社会,交的朋友也是家庭疏于管教、不务正业的,且出现逃夜逃课、喝酒进网吧、过早涉入情感等严重问题。孩子母亲偶尔看看女儿,在她心里觉得自己女儿很乖巧听话。了解到孩子小学阶段的成长经历,我发现这个问题很复杂。学生进入初中,马上步入青春期,想要纠正她的行为就会更加棘手。

开学第一周,小富确实跟她妈妈认为的那样,对待老师非常有礼貌,在学校的表现也没有什么特别之处,我想我可能是多虑了。她表现出来的是非常积极开朗的状态,很愿意和我亲近,所以我也多次找她谈话,希望能够叩开她的心门,改掉那些坏行为。虽然小学阶段的基础并不扎实,但是我发现在课上,遇到简单的问题,她也会举手回答,很配合。我对她也抱有巨大的希望,期待她进入中学能有所改变,能够好好学习,不被社会太早感染,重新享受校园生活的单纯、快乐。开学第二周周一一早,我接到了小富同学奶奶的电话,电话里孩子歇斯底里地喊叫,不要上学。我心里直打鼓,果然暴风骤雨要来了,我在电话里安慰她,并问明原因,原来是孩子没有写作业,说想留在家里把作业补完,再上学。我愿意相信是我想错了,孩子确实在向好的方面发展,所以我跟奶奶说:"别担心,先让她在家里补吧。"然后我亲自赶到她的家里去接她,并明确告诉小富:"作业没做完不要紧的,只要告知老师原因,老师都会原谅你的。没有做完,也可以到学校来问老师。我很喜欢你,我觉得你是一个开朗、善良的孩子,你今天的举动让我觉得匪夷所思,不太能理解。"小富诧异地看着我,没说任何话,但乖乖地跟我回学校了。我并没有过度批评她,一个在小学里长期"堕落"的孩子,在进入初中新的环境下要防止她继续发展下去,自暴自弃,因此我必须对她抱有期待。到了学校,我跟小富说:"现在你应该平静了,老师想说,你今天对奶奶的行为是不对的。但是你是想要把作业做好再过来,说明你想给老师留个好印象。"她的眼泪在眼眶里打滚,点了点头,我告诉她我会和其他老师解释原因,也请她不用担心,不会做就直接问老师和同学。我希望帮助她尽快融入班级,我也和她约定有什么事情一定要想到求助我,我一定尽力帮助她。事后,我也和奶奶联系了,孩子有什么情况一定第一时间通知我。

好景不长,发生了一件惊动了警察的事件,让我震惊又伤心。警察找上了门,发现网络上出现了不雅视频和图片,通过追踪,发现最终来源于小富。与此同时,部分同学也有收到相关信息,已经在小范围开始传播,影响非常恶劣。我心中警铃大作,为防止影响发散,教育刻不容缓。首先和警察对其进行了法律方面的教育,让她知道事情的严重性,并及时删除屏蔽了所有的信息。小富也非常懊悔和害怕,她以为会被警察抓走,很快就交代了事情的来龙去脉,也及时承认了错误,表示以后再也不会做这样的事情了。然后我找到其他涉事学生,了解到具体情况,现在学生学习的途径非常多,网络信息发达,学生也比较早熟,无形中就能接触到不雅信息,所以我联系心理老师,及时给学生进行相关的心理干预和心理教育,纠正观念,不要扩大影响面。同时,我也协助警察,联系了小富的监护人,将事情告知,但也叮嘱了家长,以教育为主,不要采取暴力手段,否则只会把孩子推向更深的深渊。我同时也站在孩子的角度,向家长说明了目前的情况,如果不干预可能会产生的严重后果,也让家长认识到问题的严重,并给家长建议,关注小富的情绪,造成她这种行为皆因为她的无人监管状态,光靠老人是不行的,老人能保障孩子吃饱穿暖也已经很不容易了。同时孩子比较敏感,没有安全感,家长们要多和她沟通,引导孩子正确的情绪。多关注她的交友,她可以慢慢和小学的朋友疏远,重新在中学里交到真正的好朋友。家、校、社携手,一起帮助小富改变。

第二天我就从头帮助她,改头换面。一是她长长的盖住眼睛的刘海,不止一次被学校执勤学生记录不符合仪容仪表规范,我亲自买了发夹,帮助她把头发全部夹起来。其次,她每天化妆,我用面巾纸帮助她把脸洗得干干净净,涂了简单面霜。我带她站在学校的镜子前,镜子中出现了一个面容清秀的小姑娘,她自己都有些不好意思了。我告诉她:"你看,这样的你才像一个小天使,美丽、干净、大方。"她笑着问我:"是真的吗? 老师,这样的我好看吗? 不化妆觉得不习惯啊。""清水出芙蓉,天然去雕饰。老师送你这句话,很适合你,老师希望你的心灵和外貌一样。"她似懂非懂地点了点头。看到她的样子,同学们也非常惊讶,不再用异样的眼光看她了。渐渐地,她也忘却了那些不好的事情,也开始像别的同学一样关心班级里的事情,偶尔她还是会犯一些小错误,只需要我的一个眼神或者一句话提醒,她就会立即停止,再也不需要耗费大量的时间去讲大道理。心理老师也不断地介入干预,让她逐渐走向正轨。我也非常欣喜小富的转变,最后她初中毕业考入了她喜欢的航空学校,成为一名空姐。

孩子的问题往往是长期的家庭教育影响下形成的结果。作为班主任,面对问题学生的家长,需要尊重每一个家庭,赢得家长的信任和支持,指导家长找到合适的教育方式。面对问题学生,要及时了解学生的成长经历,引导学生向善向美。当然,在问题学生的教育过程中,反复起伏是不可避免的,我们需要不断调整方式方法,遵循学生发展的规律。

"懒汉"变形计

懒惰到底是什么？懒惰就像生锈一样，能磨去才智的光芒。多年的教育教学中，我们一直会碰到好多懒惰的学生。懒惰首先是思想懒，其次是行动懒。现在的孩子都是娇生惯养的，小时候很多事情都是由大人来代劳，衣来伸手饭来张口，依赖性比较强，缺少上进心或者说是缺少上进的动力。

小孙同学，是我中途接班遇到的孩子，他高高胖胖，最主要的问题表现为懒惰和做事没有毅力，上课总犯困，经常作业少做、漏做甚至不做，给他时间补作业，却总是耗时间。有一段时间，不做作业还发脾气，严重的时候甚至跟家长正面冲突，与家长沟通得不到满足后，就会直接耍赖。小孙的意志力十分薄弱，做任何事情都无法坚持到最后，加上他动不动就想睡觉，造成他各种各样的问题频繁出现。

小孙和大多数本地孩子一样是"拆二代"，家里有几套拆迁房。他也是家里的"小皇帝"，初二了什么都不会做，吃饭都在楼下外婆家里，吃完饭就回楼上。有时候懒惰得连下楼吃饭都不愿意，都是外婆给送上楼的。他的父亲也是吃住在外婆这里，所以这个"榜样"的作用对小孙造成了不小的影响，对他的父亲不屑一顾。他的母亲虽然有工作，但是收入也不高，不过母亲对他也不闻不问，只知道自己到处旅游享受。小孙从小是外公外婆带大的，一直都没有分开，溺爱到了极点，长此以往，小孙的学习也就越来越落后，渐渐地就掉队严重了。

刚接手这个班级，一周都还没到，小孙的各种问题就显现出来了，表现为：上课睡觉，每天的作业交不出，刚开始时，每天还能勉强补完，后来演变成越交越少；当要求他补作业时，他要么瘫坐在地上，两眼放空干坐着，要么随便瞎写，拖拉堆积，各科老师们都尝试着帮助他，但他每天只会跟老师耗时间，越耗越久。最后，所有老师都要找他催交作业，他能完成一两科已经很不容易了。我不厌其烦地找他一次次谈心，了解情况，发现了一个非常严重的事情。小孙这样的行为主要是每天放学回家他吃完晚饭会先睡一觉，这一觉可长可短，一般在晚上九十点左右，醒来之后，他就开始做作业。当然做作业他是无规律的，大多数作业都不会，东做一点西做一点,总之,没有一门功课能够完全做完。在这个过程中,小孙时不时会犯困,所以在半梦半醒中做着作业,有时候在书桌边上就睡着了,醒来就继续磨蹭,这样磨蹭到凌晨一两点钟,也不知道自己做了些什么作业,此时,他就上床睡觉了。早上,他家人会在五六点就叫醒他,让他到学校继续补作业。每天都是这样的恶性循环,小孙的睡眠质量非常差,导致他上课就想睡觉。我记得有一次最离谱的是上课的时候,我在板书前特别提醒了小孙:"小孙,这个知识点很重要,认真记下来啊,你睡着了吗?"他摇了摇头,跟我说:"知道了,老师,我没睡。"我转身写完,就这么一转身的时间,再回头,他又睡着了,口水都流了下来。我当时真的是又好气又好笑,不知道说他什么好。之后我也把情况再跟家长沟通了,让家长配合,坚持了一段时间,好了一些。但是好景不长,他又坚持不住了。就这样好两天,又走回老路,不知不觉就到了初三。他也越变越懒,越长越胖,脾气也见长,有时候批评了他,他就会生气,不理我,什么都不做了。

我仍然多次家访,多次和他谈心,引导他学会处理自己的情绪问题,但是犯困和作业上的问题仍然存在。初三了,他也知道逃避和耍赖是解决不了任何问题的,开始想要改进,就是自己控制不住自己。所以我俩约定,先解决"懒",从跑步开始。他是整个初三年级长跑最后一名,可是初三体育是要中考的,对于跑步,他的懒惰是彻底"病入膏肓",根本放弃了。我鼓励他,并且答应每天早上陪他一起锻炼,从一圈开始,慢慢加量,变成两圈,再三圈,能跑四圈了,就开始加速,每次在他快要放弃的时候我都会陪着他跑完,对于他积极的态度,我给予了肯定,这个不断进步的过程非常艰难。遇到体育课我也会去操场观察,鼓励他,给他加油打气,他逐渐找回了点信心。因为每天被"盯住"锻炼,他比之前瘦了不少。

解决"懒",还要从睡眠开始。我找来了小孙妈妈,和他一起讨论每天的作业和睡眠问题。回家吃完饭,不要先睡觉,先做作业,定好时间,最晚不能超过十点半,没做好也不要紧,到点就睡觉。早上仍然坚持六点早起,进行作业的补缺。家里就让妈妈监督,到学校里,我陪伴着他,两边有人监督,他也渐渐开始了改变,但是毕竟懒惰了好久,这样的习惯很难完全改变。经过长期的"斗智斗勇",小孙妈妈也表示筋疲力尽,和小孙一样也表现出疲态,最终演变成一切随孩子的意愿行事,孩子想怎么样就怎么样吧,不想管他了。小孙的学习态度还是令人十分担忧,我担心他可能连及格都达不到,不能顺利毕业。身边的人都在告诉我不要管他了,他妈妈也跟我一再表示："学习是他自己的事情，他自己不要就不要管他了。随便他考什么学校，毕业证拿不到也是他的事情。"妈妈甚至于给他请了一周假，让他不要来上课，好好想想准备做什么。但是我始终没有放弃，又分别跟他们母子俩进行了沟通，初三一年，坚持一下就过去了，终于两人答应不放弃，再继续坚持。我也相信榜样的力量，只要我们都不放弃他，做到持之以恒，总能感染小孙。我跟他妈妈说："他做作业的时候，尽量不要开电视、手机去影响他，如果他犯困就提醒他，时间到了，及时让他睡觉。我们要携手让他学会坚持，学会面对自己的未来，这将是他未来人生路上最宝贵的财富。"我甚至介绍妈妈联系他想考的学校，带他去参观，让他有动力去拼搏。由于我们的坚持不懈，最终，小孙通过最后几个月的努力，顺利考上了理想的学校。

拿毕业证的那天，他特地拿了个"八音盒"给我，他支支吾吾地说："老师，感谢你没有放弃我。"他告诉我，从小学开始，因为他懒，老师看到他这副屡教不改的样子，没多久就把他放弃了。没想到，我中途接班，能够一直不放弃他，一次次耐心地教育和引导他。他告诉我，他以后一定会经常来看我。我发现他突然长大了，不仅顺利毕业了，学会管控自己的情绪了，还改掉了自己的懒惰，后来小孙也考上了大学，再也不是那个"懒汉"了。

在教育学生的过程中要有耐心和恒心，老师如此，家长亦如此。等待也是一种教育，对学生持之以恒的付出和不放弃，正视学生的个体差异，教育才会水到渠成。家庭和社会环境对孩子的成长产生了巨大的影响，这更需要我们班主任用师者无私的爱和惊人的智慧去化解。一个善意的微笑，一次亲切的抚摸，一句鼓励的话语，永不放弃的态度对孩子来讲都是终身难忘的。

好动"小马达"

多动症是儿童行为障碍综合征的一种表现,会伴随轻微脑功能失调、注意力缺陷障碍。主要特征是注意力难于集中、活动过多、冲动任性和学习困难,以致难以教育和管理。教育生涯中,我碰到好几个这样的学生,让我印象深刻的是小胡,他是中途转学过来的。

初次相遇,是妈妈带他来班级的,我发现了他的语言表达缺陷,基本不开口交流,全程都是妈妈在介绍,但妈妈也隐瞒了这个病症,只告知是因为房子买在学校附近所以转学,就近入学。小胡给我的第一印象就是孩子肯定存在问题,他头发很长,油腻腻的,手指甲也很长,人倒是白白净净的,但是有点害怕陌生人的亲近。因为不了解他的具体情况,就把他的座位安排在了第二排,仅仅一天时间,他的座位周围扔满了纸巾,甚至前后左右同学边上也是,还经常踢前面同学的凳子,挤后面同学的桌子,最大的一个问题就是,他在课堂上没有停下来的时候,一直在玩各种物品,书本、书包、笔等,能拿到手里的东西都是他可以拆装的。另外,他不定时地随便站起来,调整他的凳子,一节课他会站起来十多次,前后左右的同学都向我反馈,小胡严重影响了他们的听课。一天时间,小胡就表现出了这么多的不寻常之处。我相信他肯定存在问题,教育全班学生要学会包容。放学后,我又联系了小胡的妈妈,想具体了解这个孩子的情况,结果妈妈说工作太忙,没空过来,我就将小胡这一天的表现告知了他的妈妈,他的妈妈回复我,回家会好好教育他的。

第二天,他变本加厉了,开始影响前面的女孩,把纸巾浸湿后扔向前面的女孩,把墨水往她身上洒。把自己前后座位的空间拉大,不允许别人"入侵"。课间玩水杯里的水,弄得桌子上全是水。课上仍然在自己的世界里遨游,不认真听课,也控制不住自己的小动作。同学们纷纷抱怨,到我这里来告状。无奈之下,我把他的座位调到了第一排,前面没有同学,后面拉开点距离,就不会互相影响了。我在课后找到小胡,想问问他为什么会这么做,他一言不发,不管你怎么问他,他就是什么都不回答。我又联系了他的妈妈,仍然因为她称自己工作忙,没能见面。

接下来的几天,接二连三的状况不断。同学反映他开始用试卷、本子折纸飞机,飞得教室里到处都是不算,还往窗外飞,校园里也有他的纸飞机。课间他跑到走廊上,闲着没事干,去破坏阳台上布置的花卉,他把装饰花坛里的花全都拔了往楼下扔。这次我找他,他终于说了一句话:"我在帮助除草。"我把他手里的花拿给他看,告诉他:"这是花,而不是草,除草是好事,但是破坏绿化就不对了。这些绿化有专门的园丁叔叔来维护,知道了吗?"他点了点头。每次学生反馈他的问题,我就及时给予教育,虽然他的话语不多,但教育后他会收敛很多。

但后来发生的几件事情,真的让我非常生气。在科学课课堂上,他依然不听课做小动作,还直接和老师顶撞,把书扔向了老师,对于老师的批评,他用摔凳子来发泄,影响非常恶劣。课间,他因为不合群,没有同学和他玩,他就去找班级里的随班就读的学生,他把那个学生的眼镜藏了起来,放在了两层楼梯的夹缝处,最后被高年级学生捡走了,找不到了,经过各种询问,调看了监控才把眼镜找了回来,当时眼镜也已经坏掉。更过分的是,体育课上,老师找不到他了,他想逃避上课,先是在排队下楼的时候,躲在教室的橱柜里。后来老师发现了,把他叫下去之后,他就悄悄躲到操场的花丛里。老师在训练的过程中,他独自一个人在绿化中抓蝴蝶,还把抓到的蝴蝶塞到女孩子的桌子里吓唬她们。这才转学来一周,状况不断,我放学后,亲自带着他联系妈妈,必须要好好教育他一番。妈妈见实在躲不过去了,就只能告知我真相。我先让小胡回避,单独和他妈妈进行交流。这才知道,小胡这孩子是多动症儿童,一直在服药,这些情况的发生妈妈已经预料到了,没想到问题演变得越来越严重。她告诉我,是因为服用了多动症的药物后,小胡的胃口明显差了很多,人也没有精神,所以她就私自给停药了,但没想到情况这么糟糕。妈妈也告知了我他们的家庭情况,他们是离异家庭,家里还有继父和一个同母异父的妹妹。我当时心里就已经了然了,孩子的诸多情况其实是情有可原的。

然后,我把小胡也叫了进来,当着妈妈的面,把最近他做的事情,让他自己说一说,他其实心里非常清楚,这次他也终于开口了。当我问他:"那你知道哪些地方做错了吗?"他点了点头。我告诉他:"老师发现你其实是个懂事的孩子,如果老师帮助你,你愿意改吗?"他再次点了点头。我说:"好,那当着妈妈的面,我们一起商量看看怎么解决好吗? 首先,我们需要向被你欺负的同学和顶撞的老师去道个歉,好吗? 其次,清理好自己的垃圾,老师建议你可以在书桌边上挂一个垃圾袋,这样就不会乱扔了。课堂上可能管不住自己，那么老师建议只放每节课上课的书本和笔，其余的能拿起来玩的物品全部塞到书包里。你看这样好吗?"他回答我:"好!"看着他闪烁的大眼睛，我笑着说:"这可都是老师的想法，你有什么想法，也可以说出来"。他挠了挠头，说:"老师，我觉得您的办法挺好的。等我想到了再告诉您。"我笑着答应了他，也为他愿意迈出改变的第一步而表扬了他。

这之后，小胡改进了很多。在此期间，我也走访了他转学前来的学校，从他原来的老师那里了解到，小胡原来的学习成绩还是不错的，数学也考过全年级的前列，但是因为多动症的影响，变得大不如前了。了解了情况后，我就利用晨会课，当着全班学生的面，表扬了小胡的进步，我告诉全班同学，一个班集体的每个人不可能全然相同，都有自己的性格脾气，有些性格和善，当然有些同学性格比较急躁，甚至脾气比较大，当一方有脾气时，首先要学会自己先平复情绪。希望全班同学能够给予他时间，让他回复到原来的样子。全班都给小胡鼓掌，表示对他的接受。我也会经常和他谈心，告诉他什么是对的，什么是错的，怎么去改变自己的行为。

生理方面、家庭方面的问题，班主任可能无法从根本上解决，但是可以试着从学生的角度着想，把正确的方式方法教给他们，多赏识、多表扬他们，用积极正向的态度去改变他们。当然，在这个过程中，班主任也要调整好自己的情绪和心态，才能更好地引领学生成长。

纯净"朋友圈"

语言的发展变化是社会与人类思维发展变化的产物,网络语言始终在不断丰富、变化和发展之中,许多网络用语只是一时之热,使用网络语言应当规范、审慎、严谨。如何把握尺度,是一个需要认真思考的命题。聊天软件让沟通越来越便利,但也让问题逐渐显露,我想到了小钱的故事。

小钱同学是一个非常漂亮的女生,她有很多的朋友,但是她却是一个非常敏感的女孩。虽然她看起来活泼开朗,但是内心却非常孤独。离开学校,她的玩伴就是娃娃和微信。那天,小钱的一条朋友圈动态打破了一直以来的宁静,"我受够了,为什么受伤的总是我……我一定会报复!"在这句话的最后还附上了一张被虐待流泪的娃娃照片。这条朋友圈动态并没有屏蔽我,一般学生所发的敏感话题,他们都会屏蔽家长和老师。看到这句话,我的心被揪紧了,我在她的动态下发问:"孩子,怎么啦?"但并没有得到答复,很多学生也发表了评论,有点赞的,有跟我一样询问她怎么回事的,但都未能得到她的回复,我开始担心和着急了起来。我给她发信息,打语音电话都没人接,所以我第一时间就联系了她的妈妈,问孩子最近有没有不一样的地方,家里是不是发生了什么事情或者有没有和妈妈说起学校的事情。妈妈一无所知,说:"她很好呀,家里并没有发生什么事情,小钱在家里就是喜欢聊天和装饰娃娃,她不太和我交流,也并没有告诉我什么不妥当的事情呀。"所以我就拜托她的妈妈,如果有空的话多和小钱聊聊,发现什么异常的话,及时联系我,或者叫她求助老师。

从妈妈这里没有了解到更多的情况,不是因为家里的问题,那就是学校的事情了。我联系了平时和小钱比较要好的朋友,一圈问下来,我才发现,原来她们的友谊只是表面上的,并不是真正的要好,竟然好多同学都反映不知道是怎么回事,正所谓是那种"塑料姐妹情",怪不得小钱很敏感。我觉得事情并不会那么简单,小钱并未和我以及家长建立互信,这才导致她用朋友圈来进行爆发式的宣泄。虽然着急,但是我也存在侥幸的心理,可能她只是用朋友圈发泄一下情绪,未必真的会采取什么行动。但我仍然不放弃,还是先从学生下手,不一定问女生,可能男生也会知道,所以我就继续联系学生,尽量找出一些蛛丝马迹。为了降低关注,理清事实,我私下找到了两位班级里面比较"八卦"的学生。没想到真的查探到了一些"内幕",小钱长得比较漂亮,隔壁班级有男生对她有好感,出现了女生围攻她的情况,辱骂她,厕所里面堵她,放学后会捉弄她,等等。平时关系似乎跟她很好的女生并没有帮助她,有的还参与了,有的只是看好戏,所以造成了小钱内心的痛苦。找到了根源,我就能对症下药了,我也稍微放下了心。

第二天,我单独找了小钱,告诉她:"老师看到了你的朋友圈,能够感受到你的痛苦,但是老师还不是很清楚事实,老师想感同身受一下,不知道你愿意告诉我吗?老师也不强迫,但是多一点帮助就多一分力量,你觉得呢?"小钱听了,忍不住就哭了,她非常激动:"老师,我没有错呀,为什么大家都针对我呢?"我抚摸着她的头,告诉她:"尽情哭吧,发泄出来就好了,让老师听一听来龙去脉吧?可能大家并不是针对你呢。"小钱嘟着嘴说:"老师您说帮助我,为什么还帮别人说话?为什么叫我来办公室不叫她们?"我摸摸她的头,说:"老师更担心你,所以想先听听你怎么说。"小钱一五一十地告诉了我整个事情的始末,因为有好几个女生都挺喜欢那个向她"表白"的男生,所以她就成了众矢之的,但其实她并没有这种心思,她跟那些女生解释,她们也不听。她难受的是,她们抱团在微信上攻击她,还在朋友圈里骂她,当然是屏蔽了家长和老师的,然后同学们之间就开始传播不好的言论,小钱觉得很委屈,她无缘无故被大家"网络暴力",还要受到校园欺凌。事态果然非常严重,我安抚小钱:"放心吧,老师会帮助你的,做好你自己,不要有心结,我来处理。"我把她们辱骂小钱的话语和朋友圈都截屏了下来,作为证据。接着我去找了那几个女生,一开始她们都理直气壮地不承认。我也没有多说,我先把小钱的朋友圈给她们看,我告诉她们,现在小钱感受到了委屈和痛苦,不知道她们能否理解。几个学生面面相觑,都低下了头。我又把辱骂小钱的截屏照片给她们看,告诉她们:"你们这样的话语已经是人身攻击了,你们的行为在无形中对小钱造成了伤害,你们觉得应该怎么处理会更好一些呢?老师想听听你们的想法。"她们只是沉默,我告诉她们:"老师也不是只听小钱的一面之词,你们也可以说说事情的经过。老师也会帮助你们解决。"听了我的话,那几个女生开始七嘴八舌地告诉我这件事,起因确实是她们不对,但是在微信里展开骂战之后,小钱也骂了她们,还造谣,并且也在朋友圈里发侮辱她们的话，所以她们才针锋相对展开了"骂战"。当然，几个女生也承认向小钱使用不文明网络用语和围堵她都是她们不对，她们愿意向小钱道歉。还原了事实之后，为了帮助双方都认识到自己的问题，正确归因，我就把她们双方召集到了一起，因势利导，教她们换位思考。

女生们先向小钱道歉，她们的行为给小钱造成了伤害，希望她能够原谅她们。小钱听完也认真地说："这都是小事，我没放在心上。"看小钱这落落大方的样子，我竖起了大拇指。当然，我也在这时候告诉小钱，她也存在问题，在群里造谣，辱骂也是不对的，即使她认为这是正当反击，但是却让事态越演越烈。小钱低下头，有点心虚："我只是随口说说，她们这么当真干吗？"这时，我反问道："如果反过来，你是不是也会难受，受不了呢？"她点了点头，马上就跟她们道歉了。我也毫不吝啬地当场表扬了她们所有人，能够及时认识错误，顺利将这场恶劣的"校园欺凌"化"干戈为玉帛"。看着小钱仍然闷闷不乐，我问她："怎么了，还有其他的问题吗？"小钱低着头，慢吞吞地说道："可是我还是怕校园里的流言蜚语，我怕大家还是会针对我。"此刻，我才意识到敏感的小钱受到的伤害确实挺大的，我安慰她："不会的，老师跟你保证。"为了驱散小钱心中的不安，我跟她说："你这么漂亮，怎么会没有自信呢。"她腼腆地笑了。我也跟她们所有人普及了文明使用网络的规范，不传谣不信谣，也不传播不正当的言论。在看似无监管的网络世界，我们不能随心所欲，要时刻注意自己的一言一行，退出那些无人监管的学生群聊，删除那些不当言论，创建绿色和谐的网络社交空间，让我们的朋友圈成为一片净土。经过此事，小钱的情绪稳定了很多，她的朋友圈里经常传播的是阳光正能量的内容，她依然会附上她的娃娃照片，但不再是悲伤的了。

纷繁复杂的网络空间，可以让学生放眼世界，拓宽知识面，但也可能带学生走入歧途。一个小小的朋友圈，牵动着大大的关系网。现代管理之父德鲁克曾说过："一个人必须知道该说什么，一个人必须知道什么时候说，一个人必须知道对谁说，一个人必须知道怎么说。"作为班主任，要成为学生成长中的助力者，必须拥有敏锐的洞察力，在学生犯错时，最忌讳的是单方面劈头盖脸地责备，要从心理发展、性格塑造方面对学生进行有效沟通。维护孩子的尊严，和善表达，耐心引导，学会换位思考，提高学生的自我调节能力、问题处理能力和作为公民的责任意识。

"迟到大王"不迟到

　　一直记得小时候看过一本英国作家与儿童文学插画家约翰·伯宁罕的绘本书——《迟到大王》，"准时无趣，迟到却有千百种有趣理由"。当了老师之后，发现学生爱"迟到"是校园里常见的事情，更是班主任每天要面对的问题，每天的晨检，总要汇总这些迟到的学生，并了解迟到的原因。虽然迟到并不是什么大事，但是按照学校的《一日行规》来说，经常迟到已经算违反了校纪校规，也影响到了班级的正常秩序，那么该如何解决学生的这个问题呢？这让我想起了我曾经教过的班级里的"迟到大王"——小马。

　　那是一年的新预备班，小马同学也是刚转到我们班级。开学第一天，小马就迟到了半小时，我当时以为是刚开学不适应，询问了他，知道是睡过头了，我也原谅了他。没想到，第二天、第三天……开学第一周，天天迟到，每次迟到都是半小时以上，迟到了，他也不着急，晃晃悠悠地走进教室。班级中，同学们早已各就各位，交完作业，朗朗的读书声响起，而小马的不慌不忙，总是会把班级的和谐音符打破。一周时间，新同学之间还没有很熟悉，但是小马已经有了一个响亮的名字："迟到大王"。我教育了学生不要随便给同学起绰号，但是他的行为让很多同学心里不舒服，陆续也有几个学生开始有样学样了。每次问小马为什么迟到，他总是一副不屑的表情："我睡过头了，没赶上车。"面对这样的情况，我一下子被他激怒了。第二周周一一早，小马继续迟到，我很严肃地吼了他，并罚他去办公室反思，不用进教室了。我这次非常生气地跟小马说："你别告诉我，你又是睡过了头，又没赶上车？重复这样的理由，你不觉得难为情吗？知道会睡过头，知道赶不上车，不会早点起来出门吗？"小马是一个长得比我都高的男生，被我一顿数落，他竟然掉下了眼泪。我突然也束手无措了，这么高高大大的男孩子，几句话被我说哭了，我也反思了一下自己，是不是我真的太凶了。我觉得自己刚才太冲动，处理方式太粗暴，不了解情况就罚他站到办公室，不仅伤害了他的自尊，更可能造成他的心理阴影。我放轻了语气，心平气和地跟小马道歉："不好意思，可能老师的态度不太好，请你原谅。男儿有泪不轻弹,老师也是着急了,你每天迟到对班级同学都造成了影响,而且还有同学学习你的样子,造成了很不好的影响。"他擦了擦眼泪,点了点头。

我继续追问:"那你晚上几点睡觉呀?"

"12 点左右。"

"所以你早上起不来,对吗?"

"是的,早上我起不来,就赶不上车子,错过一班车之后,我就会迟到半小时。"

"这也保证不了 10 个小时睡眠啊!"

于是我继续追问:"那你这么晚睡的原因是什么呀? 是在做作业吗?"

小马挠挠头,红着脸说:"作业我不会做,我小学基础就很差,所以我每天做作业就会做好久。"

想想他的表现,作业做得很差,经常漏做不完成,偶尔还有上课打瞌睡的现象,很明显是睡眠不足。

我又问他:"那你可以晚上早点睡,早上早点起来,到了学校你再补上也可以,但是先要跟老师解释一下。"

他停了下来,不说话了,非常为难。

于是我告诉他:"老师其实希望你能够养成自律的好习惯,升入初中,不管小学的你是什么样子,那都过去了。你可以重新开始,做好你自己。"

他仍然低着头,一言不发。

"老师想帮助你养成好习惯,学会合理分配时间,有计划。新的班集体形成,你也是其中的一员,要有集体意识。大家都像你一样,今天迟到一个,明天迟到一个,加上你也每天迟到,把班级的行规分数都扣光了,那么其他同学辛辛苦苦的努力不是白费了吗? 只有每个人都共同努力,集体才会有凝聚力。你懂吗?"

他支支吾吾地告诉我:"老师,我也很想早点到学校,我的家太远了,我自己掌控不了。"

我很惊讶,问他:"你住哪里? 要换很多辆车吗?"

"我住在宝山,很远,要乘公交车换地铁,地铁站下来,我走到学校还要十五分钟,所以我每天只要没赶上第一班车,就会晚半小时。"

听到他的情况之后,我才知道了他迟到的真正原因,不仅仅是因为作业,还有路程远。但是我告诉他:"想不想听听老师的故事?"他很好奇地点点头。我把自己的故事告诉了他:"我以前在农村学校工作的时候,路程非常远,交通也不方便,每天上班用在路上的时间要2个多小时,我不能因为家远就上班迟到对吧?为了学生,我能够放弃很多,我宁愿晚上早点睡,早上早点起,我每天5点不到就起床出门了,早上人少也不堵车,我每天都是最早到学校的。没有特殊原因,我从不迟到。你看,老师都能做到不迟到,你还是个孩子,身体各方面都比老师好,我想你一定能够克服的,要不你试试看老师的建议。尽量在学校多做掉点作业,不懂就及时问老师和同学。回家之后,作业完不成,就不要熬夜了,第二天来学校补上去。早点睡觉,早上早点起来,准时到校,好吗?""嗯,我尽量试试。"小马点了点头。

谈完话的第二天,小马果然准时到校了,虽然是卡点进的教室,但至少他把我的话听进去了。我趁热打铁,在全班面前表扬了他,也教育全班同学以后不能再叫他"迟到大王"了。他不好意思地挠挠头,低着头笑了,似乎并不相信因为这一点点小事我会表扬他。我也鼓励他,继续坚持,他能做得更好。

小马的不迟到记录才保持了两天,就又打回了原形,他又一次迟到了。我当时心里的第一反应就是:果然经不起表扬啊,这都坚持不了,这孩子自控能力太弱了。当我去找他谈心的时候,他一副无精打采、有气无力的样子,让我很疑惑,我想我有点武断了,这其中肯定有内情。我打电话联系了他妈妈,并没有先跟他妈妈反馈迟到的事情,我先问妈妈:"小马是不是发生了什么事?我发现他好像有些精神不好,不知道是不是生病了?"妈妈的口气很轻松,并没有着急,她告诉我:"老师,你放心吧,他没事的,我们回族的开斋节,白天不能吃饭,他习惯了的,您别担心。"虽然不太懂民族习俗,但我也能理解每个民族的信仰,不好多插手。我继续询问妈妈:"你们家里住那么远,每天孩子花费在路上的时间就很长,对他的学习和睡眠都是影响,家长有没有想过帮孩子改善呀?"妈妈也很为难,急着跟我道歉:"老师,不好意思,是不是他总迟到啊?我们也没办法啊,我们当时上小学还在学校附近的,但是我们租的店面到期了,只能找到这里来,我们也要生存的,我们是少数民族,只能开牛肉面馆谋生,我们的很多老乡都在这里,能有个照应。"听了他妈妈的话,我也知道了他们家的难处,也没再多问什么。我只是告知妈妈:"还是要多关心孩子的身体健康,早出晚归的作息很累,孩子睡不醒课堂效率也不高,有时候课堂上会趴着睡觉。"妈妈听了,似乎也无动于衷,只是跟我说:"老师,放心吧,我们会管教的。"我也找了小马,告诉他:"前两天你都没有迟到,可见你是一个可以坚持的孩子,老师真心觉得你很棒！老师很担心你的身体，你睡眠不足，加上你们的节日习俗不能吃东西，你能挺住吗？"小马听我不仅不批评他迟到，而且还关心他，非常感动，我看到他的眼泪在眼眶里打转。我拍了拍他的肩膀，说："没事的，老师相信你一定能做好。"

第二天小马没有迟到，而且很早就到了学校，班级里人还不多，他趴在座位上补觉，我走过去想喊他的时候，看到了他手臂上的伤痕，那时我很后悔和他妈妈联系，原来他妈妈所谓的管教就是打他。抚摸着他的伤痕，我问他："疼不疼？"他摇了摇头："我习惯了，不用担心我的，老师。"听了这话，我心里更难受，刚上初中的孩子，却要承受这么多生活上的艰辛。我只能安慰他："有困难跟老师说，我会想办法帮助你的。我也和学校沟通过了，你实在来不及到校，也会适当放宽的。"他笑了笑，说："好的，老师。"

之后的几周，小马早上虽然还是有迟到现象，但很明显迟到的次数越来越少了，迟到的时间也短了，他告诉我他每天下地铁，会骑车过来，他停了一辆车在地铁站。在学校里他做作业也更积极主动了，不懂会找老师问，最重要的是他的精神状态渐渐好转了。看到小马的变化，我知道我对他的关心确实让他感受到了，他才能愿意接受我，去改变自己。我也知道他是少数民族，不适应学校食堂里的饭菜，所以我也允许每天他自己带饭菜，早上我帮他把饭菜放好，中午用微波炉给他加热好。在这些细节之处的关怀，让小马不断改变，不再迟到了，上课也不打瞌睡了。小马在初一时就因为家实在太远了，就被父母送回老家学习了，可是和小马的师生缘并没有因此被隔断。

俗话说，"没有规矩，不成方圆"，但规矩是死的，人是活的。作为班主任，在做规矩的同时要对学生适度包容，因势利导，循序渐进，才能让自己和学生的心连在一起。班主任在工作中要具体问题具体分析，不能凭主观臆断，不问青红皂白，就如同"迟到"一样，可以有一千个理由。多细心观察，关心每一个学生，让每一个学生都能感受到爱的力量，用爱去润泽他们的心灵，相信他们也一定能在爱的"包围"下有所改变。

借"一分"还"无穷大"

在我们的教育过程中,是不是也会遇到这样的案例。对于学生来说,每次考试成绩下来,考 90 分和考 91 分差别不大,他们也并不在意,但是考 59 分和考 60 分,差距简直是天壤之别,它代表着能不能及格。所以,考了 59 分的学生,能不能多拿到 1 分,对他们来说意义重大。

遇到小卢那年,是预备年级。小卢同学是一个聪明伶俐的男孩,活泼机灵,但他非常调皮,小学就有一个"小猴子"的绰号。他做事很主动积极,就是学习不上心,特别是英语,妈妈说他根本不背书,一个是靠他记忆力好,另外他就靠"吃老本",进入中学,渐渐就开始有点应付不过来了,他的每一次测验都离及格差上那么几分。那是升入初中的第一次期中考试,试卷批改过程中,办公室的窗口窜出一个个小脑袋,一张张小脸上都写满了既焦急又喜悦的期待神情,都叽叽喳喳地问:"老师,我得了多少分呀?"趴在窗口的这些"小鬼头"里面也有小卢,我摇了摇头,告诉他们:"别着急,试卷还没有批改好,明天再告诉你们。"

第二天上课,当我走进教室,出乎我意料的是,教室里一个个学生都坐得非常端正,个个敛声屏气,眼睛一眨不眨地盯着我手中拿的试卷。我习惯性地扫视了教室一圈,将试卷放在了桌上,学生们一个个都有点坐不住了,有的发出小声的话语:"不知道我几分?""好害怕呀,我可能不及格了。""不知道最高分是多少啊?"……看着学生们的样子,我其实挺欣慰的,说明他们还是非常在意自己的成绩的。我笑了笑,问他们:"想知道自己得了几分? 想知道谁考得最好吗?"他们一个个不住地点头,异口同声地回答我:"想。"我笑了笑说:"我非常高兴地告诉大家,是小卢同学考得最好,他终于考到 60 分,及格了。"大多数的学生反映出来的是不屑一顾,"啊,60 分就是最好了呀。"及格分数对于大多数学生来说可能是挺丢脸的,但对于没及格过的小卢来说无异于石破天惊,他脸上欣喜的表情并没有逃过我的眼睛。对于其他同学来说,也觉得不可思议,大家都将目光集中在了小卢身上,有的学生还不太相信,有的还调侃他。"同学们,老师提议,我们一起送给小卢热烈的掌声吧,祝贺他向及格分数迈进了一步。"学生们在我的提议下，真诚地为小卢鼓掌，小卢也不敢相信自己的进步，压抑不住自己的喜悦，站起来接受大家的祝贺。我示意他坐下，然后把试卷一一发了下去。学生们拿到自己的试卷，有的欢喜，有的哀伤，但有"好事之徒"并不相信小卢能够考及格，竟然还帮他检查试卷，这一检查不要紧，马上有人举手，大声地向我报告："老师，你给小卢算错了分数，他并没有 60 分，他是 59 分，他还是没有及格！"嘈杂的教室立刻安静了下来，全班学生悄无声息地看着小卢，报告的学生拿着卷子走到我面前，有一种誓不罢休"英勇就义"的感觉。面对这个理直气壮的学生，我看了看小卢，他异常平静，仿佛这事和他没有任何关系一样，刚才的欣喜转瞬即逝，他又恢复到原来无所谓的样子，多一次不及格也没有关系。

我拿过试卷，看了看，我知道他确实只有 59 分，我是特意给了他一个及格分数的。于是，我拿出笔，在 60 分的前面写上了"59+1"，我告诉全班学生："小卢同学确实只考了 59 分，但是今天老师在 59 分后面加上 1 分，我愿意借给他 1 分，因为我相信，小卢同学他总有一天会加倍还给我的。"我还特意在分数下写了一句话："欠 1 分，要还的！"我让全班学生见证，卷子就是"借据"。我再次看到了小卢的欣喜表情，学生们也不再紧盯住他了。这件事情之后，小卢果然像变了一个人，他的学习比以前认真了许多。他妈妈也高兴地向我反映，小卢回家能够背诵默写，还会适当进行复习。小卢的成绩也有所进步，他本来就是个聪明的孩子，果然不会再不及格了。他是随迁子女，第二年他就和父母一起回老家了。

多年后，我收到一封来自北方一所大学的来信，信里除了信纸还夹了一张复印的试卷，正是那张"借据"，原来是小卢给我的来信，他依然珍藏着那份试卷。信中他字迹工整，成熟了很多，在小卢的信中，他感谢我曾经借给了他弥足珍贵的 1 分，正是那微不足道的 1 分成就了现在的他，他顺利考入了他们省重点高中，之后又进入了重点大学。他告诉我，他会继续努力，考研考博，无限回报我借给他的那 1 分。回忆当年，我也只不过在自己的教育实践中运用了所学习到的方法，对我来说，加减分数易如反掌，但小小举动真的改变了小卢。

在我看来，这样一件小小的事情却能打动学生，是因为作为班主任，要对学生贴心关怀，给予学生毫无理由的肯定和鼓励。不要因为学生的成绩不理想而对他们心生苛责，要照顾他们的心情，并鼓励他们上进。教育学生，有时候鼓励比批评更加有效。用班主任善意的教育，改变学生的未来。

悲伤逆流成幸福

　　成为教师是受我母亲的影响,从小耳濡目染,也让我感受到了作为一个班主任的无限可能性。教育者的爱一旦浸入学生的心灵,就会产生巨大的力量,不仅会使他们的心灵萌发出善良、崇高的情感,而且能点燃他们智慧的火花。

　　逢年过节都有一个高高瘦瘦的男孩来我们家,他叫小杰,他是来看我母亲的,很多时候他都是很安静的,母亲问他,他才开口回答,不主动说话,给他什么吃的他就吃什么,也不挑剔。在我念书的时候,我就认识了小杰,他几乎每个周末都会来我们家,母亲会做很多好菜招待他,他会在我们家学习,做作业,吃饭,就像我们家的一员。当时我有点讨厌他,因为我觉得他似乎分走了母亲对我的关怀,他本就是一个非常内向的男孩,所以我也对他爱答不理的,他并不在意,但是他却非常听母亲的话。直到有一次,他来我们家,我非常过分地欺负他,母亲才告诉了我小杰的悲伤的故事。

　　小杰是一个无父无母的孩子,跟着年迈的爷爷奶奶生活。他的母亲犯了过错,小杰父亲一怒之下将小杰母亲杀了。最终,小杰的父亲被判了死刑,他同时失去了双亲。这对于一个初中学生来说,简直就是晴天霹雳,一个完整的家庭瞬间崩塌了,小杰的学习成绩也一落千丈,他对任何事情都提不起兴趣。原本就内向的他,变得话更少了,人也更加孤僻,不合群,整个人一直处在悲伤之中,默默地躲在角落,非常颓废。作为班主任的母亲,非常心疼小杰,她想尽办法要帮助他。每天放学,母亲都会亲自送小杰回家,还会在他家里和他的爷爷奶奶沟通交流,让他们一有情况,第一时间就联系她。每个周末,母亲都会去接小杰,让他来我们家过周末,母亲会给他准备很多好吃的,会带他和我们一起去公园玩,去逛街给他买新衣服,也会辅导他的学习……现在我才理解母亲,当时那么做是想让他能够有"家"的体验,能够感受到亲情之爱。听了小杰的故事,我也非常同情他,那之后,我向他道了歉,也慢慢接受了家庭里多了这么一个孩子。虽然他很多时候还是沉默不语,但是渐渐地开始融入我们的家庭,比以前开朗了很多。他也是一个非常孝顺的人,他经常会主动帮助母亲做事情，比我更勤快。每次母亲给他准备的好吃的东西，他都会记得留一些，带回去给爷爷奶奶吃。母亲给的零用钱，他也不舍得用，都存着，在过年过节的时候，他都会记得给母亲准备礼物，当然也不会落下我。就在小杰慢慢忘记悲痛的时候，家庭的变故更是雪上加霜，奶奶摔断了腿，行动不便，连自己都照顾不了，更别说照顾小杰了。"屋漏偏遭连夜雨"，小杰的爷爷也因为生病的原因久治不愈去世了。家庭的压力更大了，奶奶的负担也更重了。原本开朗了一些的小杰，似乎又回复到了最初的状态。母亲很着急，她联系了他们所在村的领导，共同帮助这个命运多舛的孩子。小杰的大伯也在这个时候担任起了他的监护人，义无反顾地照顾这个孩子。母亲每个周末不仅接小杰回家，还会叫上班级里的学生，一起陪伴小杰，开导他，让他能够尽快打开心结，走出悲伤。多方携手，小杰慢慢走出了阴霾，越是艰苦的生活，他越是奋发图强，他顺利地考上重点高中、大学，找到了一份适合自己的工作。他一有空就会回来坐坐，还是话不多，但我能感觉到他把自己当成了我们的家庭成员。他常说，如果没有母亲，可能他不会有勇气活下去，更不可能有未来。现在的他，组成了自己的温馨小家，寻找到了自己的幸福，还有了自己的宝宝，我们都为他感到高兴。

亲眼看见了母亲对待学生的那份用心，以爱心教育学生，学生会视她为亲人。母亲的无私奉献深深地感染了我，潜移默化中成了我的榜样。冰心说过："有了爱就有了一切。"爱心赋予了班主任无穷的魅力和智慧，使平凡的教育事业洒满阳光，用无私奉献去播撒每一缕爱的阳光，才能温暖身边的每一个学生。

"小结巴"的蜕变

　　口吃是一种语言障碍，它牵涉到遗传、神经生理发育、家庭和社会等诸多方面，是非常复杂的语言失调症。

　　初遇小权同学，是在新学期的第一节自我介绍课上。新接手班级，我都会和学生们做一个游戏——自我介绍，最快地让老师和同学们记住自己的介绍。轮到小权的时候，他一开口就是："大家好，我……我……我……叫……"过了好一会儿，还没有说出自己的名字。班级里有他小学的同班同学，已经悄悄地在喊："小结巴，他是个小结巴。"还有的学他的样子："我……我……"好多学生都开始笑话他。他的脸涨得通红，差点哭出来。我鼓励他："不要紧的，不着急，慢慢介绍就行。"在我的鼓励下，小权勉强完整地完成了自我介绍。我当场也教育了学生，不能拿别人的缺陷开玩笑，要试着帮助而不是嘲笑。课后，我和小权进行了交流，了解情况，发现只要耐心引导他慢慢说，他的口吃就会好很多，我想他应该是可以矫正的。我咨询了相关的医生，了解到抑郁羞怯、自卑懦弱等都可能是口吃者身上常见的性格特征。他们从内心里就认为自己处处不如别人，随着口吃特征的日益加重，这种性格上的负面情绪会一天天累积起来，如果没有排解出去，这些沉重的压力最终会压垮他们。于是，我就和小权约定，我们一起试着矫正口吃。

　　我和小权约定的是先纠正课堂发言。老师们都发现他课堂上很积极，但越是踊跃，越是回答不出来。他是个十分要强的孩子，思维很活跃，积极性很高。老师提问之后，他都会迫不及待地举手，当老师叫他起来回答问题的时候，他就会因为心急和兴奋，然后结结巴巴，一句话也答不出来，同学们就会取笑他。久而久之，老师们都反映，不管会的问题还是不会的问题，他都不再那么积极举手了。我找到小权，他告诉我："老师，我很害怕，只要老师一叫我的名字，我就会紧张得什么都忘了，一紧张就开始结巴，结巴就想放弃，什么都说不清楚。"我笑着告诉他："你看，你现在很放松，和我交谈就很好呀。只要慢一点，放轻松些，我想会有所改善的。先要克服你的心急和紧张，你先试着在心里把答案过几遍，有把握了之后再举手，等你非常有把握的话,就举右手,这样我就知道你准备好了,我就可以叫你起来回答。我们可以练习一下噢!"从那以后,我会陪他练习,让他渐渐地克服紧张感。有了这个约定,我们配合默契,小权的口吃也好了很多。

让我意外的是,我发现小权在唱歌的时候,口吃就好多了,于是我鼓励他多唱歌来矫正口吃。正赶上学校的艺术节表演,我让他报名去参加,证明自己。他马上就退缩了,"老师……老师……我……我……不……行",他一紧张就又开始结巴了。我笑了笑,给他讲了一个故事,凤凰卫视著名主持人窦文涛先生,从小也有口吃,初中的时候因为学校给了他朗诵的机会,让他渐渐敢于说话了。他说过,要珍惜任何一次当众出丑的机会,这是唯一可以改变自己的机会。在我的激励下,小权也渐渐打开了心结,很认真地练歌,放学后还会唱给我听。我也录制下他唱歌的过程,让他一遍遍自己听了之后,去改进。比赛前夕,我找了音乐老师指导他,增强他的信心。他也不再畏惧给同学们表演,他的口齿也越来越清晰,口吃现象好了很多。后来,只要有上台的机会,我们都会优先考虑小权。我们帮助他矫正,练习朗读和唱歌,平时说话心平气和、速度慢些、声音轻些,先想好,再慢慢说出来。效果很好,小权再也不是那个"小结巴"了,虽然偶尔他着急了,还会有些结巴,但是几乎已经听不出来了。我告诉他,纠正是一个长期的过程,必须要靠他自己的恒心和毅力。一晃十多年过去了,小权也已经工作了,他总会告诉我,他很幸运,遇到了我,矫正了口吃,没让他自暴自弃,不再被人嘲笑。我告诉他,我也很幸运,让我遇到他,才能有机会看到他的蜕变。

对待特殊的学生,不能因为口吃而责怪他。作为班主任,要多加关心与爱护,不给学生添加心理压力。要有足够的耐心和爱心,去跟学生沟通,多引导他们,给学生建立良好温馨的环境,慢慢疏导他们的紧张情绪,帮助学生建立自信。

学生扶我上讲台

记得刚踏上工作岗位的时候，就有同僚告诉我："给孩子一片绿叶，他们就会还给你一片森林。"

那是我还在农村学校任教时，从家里到学校不仅路程远，而且交通不便利，但我觉得做一个乡村教师是非常幸福的事情，虽然不能干出什么惊天动地的大事业，但是可以用青春和智慧培养农村的孩子，让他们能够快乐健康地成长。

记得那次在下班的路上，我因为交通意外左脚扭伤，行走不便。家人带我去医院拍片检查，医生告诉我：左脚软组织挫伤和轻微骨裂，伤筋动骨，至少要休息三个月。我当时一听就愣住了，休息那么长时间，也就意味着我有将近一百天左右不能上课，我的心里开始犯难。我们的岗位都是一个萝卜一个坑，英语老师本来就缺，我要带两个班的课还要担任一个班级的班主任，如果我休息了，学生们怎么办？我也没骨折，撑着点的话应该没有问题的，所以我做出了大胆的决定，拄着拐杖去上班。校方对于我的决定并不是很赞成，还是希望我能够休息好再上班，不要硬撑。我没有气馁，跟学校商量，我先试两天，不行的话，我再回家休息。在我的软磨硬泡下，校领导允许我先上两天，不行就回去休息，休息好了再继续工作，否则得不偿失。我也保证绝不逞强，不行肯定就会休息。

学生们知道我受伤了，都很担心，他们知道我为了他们坚持上课的时候，更加担心我了。学生们背着我商量和策划，如何分工来"伺候"我这个"伤病员"。每天上课前，会有四个"保镖"来办公室接我，两个帮我拿教具、课本和作业，两个来扶我。讲台边上，学生和家长帮我准备了高脚凳，方便我坐，旁边还放了一个小凳子，让我把受伤的脚搁在上面。最麻烦的是上课的板书，专门有当日轮值的学生来帮助我代笔。那时候是夏天，天气很热，扭伤的脚要裹着厚厚的腿部矫正器，不太方便脱卸，造成腿部过敏出汗，很难忍受。学生会关切地问我："老师，您还疼吗？您上课行不行啊，如果支持不住，就让我们自习吧。"课后，他们也会围上来，拿着书和本子对着我的脚扇风，帮助我过敏的脚散热。特别是连上两节课的时候，学生会非常体贴地建议我布置课堂作业让他们完成，让我能够多休息一会。学生们对我的照顾真的是无微不至，下课了四个"保镖"会扶我回办公室。四个学生分工为"送餐员"，会帮我拿午餐和汤，等我吃完，他们会帮助我收拾干净。四个女生分工为"保姆"，负责我最为头痛的上卫生间问题，他们尽职尽责，每节课课后都会来问我一下："老师，您要不要上卫生间？"让我真的很难为情，觉得很麻烦他们。他们的分工还有："接驾员"——专门在校门口接送我上下班；"送水工"——负责帮我烧水倒水；"背包侠"——帮我整理物品和背包；等等。总之，学生们分工明确，把我照顾得细致周到。办公室里的老师们都很羡慕我，也"抱怨"我的学生们抢了他们照顾我的机会。

学生们的行为让我非常感动，就这样，很快三个月就过去了，他们陪着我克服了很多的困难，扶着我进进出出，我没有因为个人的伤痛缺席过一节课，学生们也因为我的伤病，在帮助我的过程中，更加认真学习，一些原先对英语不太有兴趣的学生也为了不让我多操心而自觉了很多。还有学生怕我受伤了情绪不好，会在休息时间来陪我聊天，就像我经常找他们谈心一样，让我能够放松心情。借着我受伤这件事情，学生们的合理分工，让我看到了班级的凝聚力，我也趁机和学生们进行了班级管理的职务重组，按照帮助我的模式进行各个岗位的分工，用这股热情让我们的班级更加团结完善，更加合力强大。

我与学生之间的情谊，是在不知不觉中建立起来的，在"互帮互助"中慢慢加深。有些事情，哪怕是很小的忙，我也会帮助他们，所以学生也很乐于帮助老师，当然，建立师生情谊的方式也有很多种。作为班主任，我真正体验到了身教重于言教，领悟到了教育需要师生之间的共同付出。学生扶我上讲台，我愿助其到达理想的彼岸！

落选班长

又是一年带教新班级,班干部选举是常规的活动,我们班级的惯例是认真分析,细致观察,按照各方面的情况综合评定。为了公平公正,所有学生包括任课老师全员参与,学生自荐,同学互荐,老师推荐,综合评定班干部人选,票数只作为参考。选择这样的选举方式,是因为曾经有一位叫作小叶的同学,她的故事一直是我心里不能忘记的心结。

小叶同学是一个非常善良的孩子,她身上充满了正能量,在班级里成绩也一直非常优秀,聪明伶俐,能歌善舞,口头表达能力也很强,积极参加班级和学校组织的各项活动,表现优异,也深得各科老师的喜欢和好评。预备年级是新组班级,学生之间也不是非常了解,我通过一段时间的观察,综合了各方面的表现,先决定任命小叶为班长。我还清晰地记得,当时班级中有一个男生小凡抗议:"为什么老师就自己任命了班长?"我还反驳了小凡,"那你有没有更好的推荐呢?"学生因为我的高压,也没有再抗议了。事实上,在班级工作中她还是非常认真和积极的,我并没有觉得她不能胜任这个职务。但是过了一段时间,很多学生开始反映小叶的问题,她的自尊心很强,时间相处久了发现她不太能够听取同学们的意见,我行我素,比较强势;她的行为有时也有些过激,男女生之间没有太明显的界限,和男生关系比较好,有时候工作进展不顺,还会对同学大发脾气;她还比较高傲,自视甚高,觉得自己高人一等。学生们的反馈,都是我没有发现的点,可能是小叶在我面前的表现非常好的缘故,我反而忽略了她的不足,也有一些对待优秀学生偏袒的成分在里面。当然我不能只听学生的一面之词,我找了小叶谈心,我的处理方式也可能过激了一些,我直接指出了学生们反映的问题,没有婉转地去和她沟通。每次的交流,小叶都表现得非常诚恳,保证肯定能够做好班长的工作。她的为人和工作态度我并不担心,但是学生仍然反映她的很多行为太死板,导致了班级同学内部的分裂,影响了班级的凝聚力,有些班干部也开始消极怠工。

我经过了慎重考虑,决定重新选举班长,我采用了最简单的方式,投票选举,全班表决。选举结果也正如我心里预料到的，小叶的票数远远少于另一个学生，毫无悬念地落选了。当时的我，其实心里似乎也松了一口气，还有点暗暗欣喜，因为不是我撤掉她的，而是学生没有选她，但我却忽略了她的神情变化以及她的情绪波动，我没有留心这名落选班长的失落。因为换掉了班长小叶，学生们比以前团结了，班级里的各项工作也十分平稳有序，也没有学生来反映现任班长的不足。第二年我就被临时调到其他年级担任班主任，这件我认为的"小事"也早就不记得了。虽然我去了其他年级，但在校园里，我总会和小叶不期而遇，可是我发现，我每次遇到她，她都会有意无意把头别向其他地方，或者是快速地跑开，没有像其他学生那样很热情地跑上前来跟我问好和打招呼。一开始，我也没有特别留心和在意，反正我也不教他们了。但是后来我发现，即使很远看到我，她也会故意躲开，或者绕道走开，很明显是故意避开我。我开始反思，是什么让小叶这么优秀的学生会有这样的举动呢？百思不得其解的我，很想找她谈一谈，但始终都没有找到机会。有一次，我找到她，想和她沟通一下，她告诉我："老师，不好意思，我还有好多作业要做，做不完，会被批评的。"

一直到小叶毕业，我都没有机会和她好好交流。冷静下来的我，也认真反思了自己工作的不足，确实在班干部选拔的过程中有很多不妥当的处理。那时候的我，工作不够细致，观察不够入微，没有考虑到学生的情绪。如果当时利用班会的机会，化解学生之间的矛盾，如果我好好跟小叶聊一聊，也许问题就能迎刃而解，她和我都不会存在这个心结。

这是我一直引以为戒的案例。作为班主任，新接班级不提倡指定班干部的做法，可以临时委派，最终确定要通过深入了解，积极动员，民主选举，多方调查，及时谈心等步骤进行。在对待学生的教育上，我们要学会窥其心灵深处，走进他们的内心世界，有效沟通，肯定学生的优点，也要帮助学生改正缺点。师生之间要真诚相待，才能正确缓解师生关系的紧张局面。

优点放大镜

在我们的教育经历中,常常会发现很多家长用"放大镜"去看别人家孩子的优点,用"显微镜"去看自己孩子的缺点。很多时候,我们教育者也会走入误区,用"放大镜"去放大学生的缺点,而忽略了他们的优点,殊不知,这样的做法会加深孩子的挫败感和自卑情绪。

小彭同学是我从预备年级接班时遇到的一个孩子,他从预备班到初一,课堂上发言的次数寥寥无几,和同学之间的关系也并不融洽,是一个十分内向的孩子。他对班级和学校的任何活动都不是很热衷,能不参加几乎都不参加,学习也没有动力。我和他父母沟通过,父母反馈在家也是这样,不太和他们交流,喜欢自己闷在房间里做自己的事情。父母对他的学习不太满意,经常会因为他的学习问题发生口角。我很想让小彭有所改变,课堂上,我会经常叫他起来回答问题,想用激励、表扬的方式鼓励他,但他就是不怎么开口,偶尔说几句话。当然,我也找他谈过心,但是他的态度也总是不冷不热的,不多说话。多次和父母沟通,也没有达到好的效果,他的父母总是放大他的缺点,特别是对他的学习,总说他学习不上心,总躲在房间里画画。我不管用什么方法,表扬、批评和谈心、说教,都没有起到什么很好的效果,自然也没有任何成效。但是我注意到了小彭很喜欢画画,他总会在自己的座位上,默默地画画,而且他画得很不错,能够抓到人物的神韵,特别是我曾发现他设计的漫画非常有意思。我也因为他的这个兴趣,有了一个很好的主意。

初一的第二学期,我和班干部们商量,想在班级的宣传部增加一名组员,就是小彭,可以让他担任板报设计中的绘画部分。我们在班会上进行了选举和自荐,我想通过班级事务的参与,来调动学生的积极性,并且挖掘学生的潜能,发挥他们的才能。在班会上,我推荐了小彭,本来他并不想参与,也没有提起兴趣,当他听到我推荐他担任板报绘画策划时,我发现他眼睛一亮,掩饰不住兴奋感。但是因为他平时都不太善于表达,所以他很快就低下了头,把他的喜悦藏了起来。班会后,我找他谈心,他很开心地告诉我,如果我能够让他担任这个职务,他一定会认真完成任务。我知道他是真的喜欢画画，也期待他会因此而有所改变。那一天开始，每个月的板报主题鲜明，别具一格，非常用心。小彭的才能被充分发挥了出来，他就如同"神笔马良"，不管是用粉笔还是水彩笔，只要在他手里，在黑板上一挥，几笔就能完成一幅画的轮廓。画画的时候，他全情投入，非常专注，感觉整个世界都静止了，他的画也基本上一笔成型，没有过多的涂抹和修饰。当别的同学在画的时候，他会主动帮忙上色，有时候也会指点一二，原来的他和同学之间并不是很融洽，通过板报的设计，他和同学的相处明显缓和了很多。说起画画，他就会滔滔不绝，而且很有自己的见解，同学们也很佩服他的绘画能力，有时候同学们有问题，都会请教他。那一学期，任课老师来我们班级上课，都会夸赞我们班级的板报出得好。发现了小彭的特长后，我还推荐他参加了学校的各类绘画比赛，比如"阳光天使杯"、区级的艺术节绘画比赛，等等，他都能不负众望，获得非常优异的奖项。我也发现他的脸上笑容越来越多了，再也不是那种冷冷淡淡的态度了，对班级里的事情也开始关心起来了。

初二开始，我发现小彭有了更加惊喜的变化，话不多的他，愿意和我交流了，还会主动来告诉我每期黑板报的主题，也会先把样张给我看。课堂上的他也有了变化，会主动举手回答问题。课后的他，不仅会和同学一起玩，也会主动和班干部商量板报的设计。简单的板报任务让沉寂了两年的小彭能够活跃起来，让我真正了解到每个孩子都有可塑性。我给了小彭适合他的发展舞台，利用他的兴趣，培养他的积极性。初三的小彭，就像换了一个人，有了自己的目标学校，学习认真了，主动参加绘画比赛，做事也认真，还被评为优秀宣传委员。我不仅鼓励他保持绘画的天赋，还激励他为了理想学校而努力。他也没有让我失望，一天天地进步，整个人自信了很多。

苏霍姆林斯基说："教育——这首先是人学。不了解孩子，不了解他的智力发展，他的思维、兴趣、爱好、才能、禀赋、倾向，就谈不上教育。"我们班主任所面对的学生，是一个个独立的有差异的个体，我们在教育的过程中，要用善于观察的眼光去发现学生的才能，放大学生的优点，因材施教，最终让每个学生都能走向成功。

拿什么拯救你

——我们的《班级日志》

每个班级都有自己的班规班训,在教育过程中,我们也会用不同的方式管理好自己的班级,我们学校规定每个班级需要填写《班级日志》。

还记得我当初新接的预备年级,学生全是随迁子女,为了能够让学生尽快养成良好的行为规范,经过班会讨论,决定按照学号,每人担任一天值日班长,负责记录《班级日志》。我也充分信任每个孩子,认为"不愿当将军的士兵不是好士兵",肯定都会以此为荣,自然而然会认真记录,而我也每两周才检查一下,可没想到结果却出乎我的意料。看着我们班级那本皱巴巴、满是划痕、笔迹潦草的《班级日志》,我感慨万千。很多时候看到的违规名字都是互相"报复"而被记录下来的,今天你记我的名字,我就明天记你的名字。

《班级日志》如何起到行规功效呢? 我校要求填写《班级日志》的目的就是让学生通过每天的记录,来约束规范自己的行为,让每个学生能够在奖惩之间养成良好的行为规范。我以为给学生记录《日志》对他们来说是很光荣的事情,但是,我班却出现了这样的几种情况:1.当轮到记录的这一天,这个学生能够严格要求自己,而当不是他记录的时候,他就忘记了应有的行为规范了。2.今天这个学生被记了下来,他暗暗等着,轮到自己的时候,再把那个记他的同学也记下来。3.关系好的学生互相串通好,这次你不记我,下次我也不记你。4.有的索性当"好好先生",什么违规都不记。

针对这样的几种状况,我思考分析了会出现这些情况的原因。1.预备年级的学生还没有脱离小学生的一些行为习惯,他们爱跑爱跳爱闹,不能严格地约束自己,即使一天的行规记录他们能做好,但是其他时间他还是会违反。2.学生的管理能力不强,辨别是非的能力不强,虽然预备年级属于中学生了,但是我们的班级实际情况决定了学生之中并没有很强的管理能力的孩子,这时候让他们去充当一天的班长,反而让学生很为难,因为当他去制止某些不规范的行为时,往往其他同学

— 117 —

不当一回事，造成了记录者的不作为。3.没有形成良好的行规教育是最根本也是最主要的原因。

于是，我将这本皱巴巴的《班级日志》重新装订和修饰了一番，选择一节班会课和学生们共同探讨"如何拯救《班级日志》"，想借《班级日志》之名来讨论如何拯救我们的班级行规。孩子们七嘴八舌地展开了讨论，各抒己见，我发现，其实，当大家真的养成了良好的行为规范的时候，我们班级这本有着制约效用的《班级日志》根本就是形同虚设了。

首先，我们投票选出了大家公认的班级"行规之星"，也就是在我们《日志》中罗列出来的各项行规都做得很好的几个学生作为记录员和监督员，因为他们本身就做得很规范，当他们去制止班级中的不文明现象时，大家都能听取他们的劝阻。其次，我们制定了"一月一行规"的班级公约，21天可以形成一个好习惯，所以我们根据《班级日志》内容，每个月完成一个行规养成计划。当然计划也有相应的奖惩机制，按照小组共同完成，各组比赛，最先完成的小组可以要求最后完成的小组实现他们的一个要求（合理范围）。当然偶尔有个别不能完成的学生，那么全班进行监督。最后，我们决定当《班级日志》中的某些行规没有人做不到时，我们就换新的一条行规上去，继续互相监督。同时，我们适当地修改了《班级日志》的内容，不仅仅是作为行规制约的记录本，更是一本记录我们班级日常生活的日记本。

鲁道夫·德雷克斯说过："一个行为不端的孩子是一个丧失信心的孩子。"行规养成教育是我们每个班主任在新接班级时候必须先要做好的一步，而且行规教育也是我们班主任工作中必不可少的一项。当孩子养成了良好的行为规范之后，自然而然也就形成了一定的自信心，良好的行为规范对孩子今后的人生都是有着不可磨灭的影响。

《班级日志》是了解学生非常有效的途径，班主任就是要尽力开启学生的心灵之门，感学生所感。

1.以《班级日志》了解学生思想动态。《班级日志》是班主任工作的好帮手，它是了解学生的窗口，能使学生和老师随时进行反思。2.用《班级日志》促学生自主管理。有责任感的学生会将违纪表现记录在《班级日志》里，老师读后，可与学生商量对策，尝试改变。经过一定的时间，违规现象就会慢慢减少。它为管理班级提供了第一手材料，有利于学生进行自我管理，更早开始自律。3.借《班级日志》助学生心灵成长。学生以《班级日志》为平台，相互交流，相互帮助，一起营造良好的班风学风，共同进步，通过改变自己，以良好的心态去学习、生活，规范自己的各项行为，让每一天都过得充实而有意义。

通过拯救《班级日志》，我更真实地看到了学生的多个侧面，更深刻地了解到学生们丰富的情感世界，也更加深刻地感受到自己肩负的重任。作为班主任，我们更多的是要塑造学生的人格，健全学生的思想，培养他们正确的人生观和价值观。因此我将结合自己的实际，不断探索适合自己的班级管理特色，不断地去学习，在实践的过程中再不断地反思，不断地总结，不断地去改进、提高，使自己的教育工作更加有利于学生的成长。

山不过来，我就过去

　　一位学人听说世上有一种"移山大法"，他去拜访一位大禅师，禅师回答："世界上根本就没有'移山大法'，但有一种方法也能达到你所希望的目的。"学人激动地问："是什么法子？请师父快告诉我。"禅师平静地说："山不过来，我就过去。"这让我想到了我和小储之间的故事。

　　初遇小储同学，是我中途接的初二年级。他是个瘦瘦小小的男生，头发有点长，一脸桀骜不驯的样子，给我的第一感觉就是很难"驯服"。

　　中途接班，学生和老师需要一定的磨合期，我和小储之间的"矛盾"缘于英语默写。我每天课前都会花几分钟进行词汇默写巩固，而小储总是处在默写低分行列，有时甚至一片空白，不背不默写是他的常态，当然订正不交也是"家常便饭"。一次两次我还能容忍，接二连三我是忍无可忍了，于是，小储就成为我办公室的常客，每天定时定点中午或者放学来报到，订正——背诵——重默，陷入了无限的循环之中。我俩的矛盾也就在这无限循环中慢慢积累，直到某一天的课堂上，小储为了课堂默写能够拿个高分，想了个极其可笑的方式，在桌上打了个小抄。我当时也是气不打一处来，想着每天利用课余时间陪他背默，他竟然不争气，还想着"歪门邪道"，我一把抢过了他的本子，直接给扔了出去，让他不要默了。在我的愤怒之下，他也不妥协，不认错，直接当着全班同学对我大吼。我非常震惊于小储的行为，我一直以为我是非常关心他的，但他竟然这样对我，我的心也很痛，在极度愤怒和心痛之下，我让他站到教室后面去，但他不为所动。我也是气昏了头，并不理智，直接把他揪到了教室后面，让他好好反省。倔强的小储虽然站到了后面，但是一脸的不满，站着也不消停，没有用正眼看我，对我爱搭不理的。上完课，其实我的气也消了，我仍然告诉小储放学来办公室补课，小储没有回答我。放学我等了他好久，他始终没有来，我去教室找他的时候，早已经是人去楼空。老实说，我的心里还是很不舒服的，觉得这个学生真的是"无药可救"了，我一度想着就放弃他吧，反正学生自己也不想上进。看着空荡荡的教室和小储的座位，课桌上还有他打小抄的痕迹，我不想让心里这个疙瘩继续下去，让我和小储之间的矛盾越积越深。于是，我迫不及待地想去缓解，我马上赶到小储家，想就我今天的行为跟他道歉。

当我来到小储家，在楼下碰到了他年迈的外公，外公看到我的到来，紧张得不知所措，只是摇头告诉我，小储这孩子很有个性，不好管理。我并没有急着上楼找他，我先向他的外公了解孩子的情况，原来小储的父母关系名存实亡，妈妈带着他生活，平时妈妈也很忙，基本上是早出晚归，都是外公照顾他。外公年纪大了，还要每天给他做饭，早晚骑自行车接送他上下学，但是孩子仍然对老人的态度很差。从侧面也了解到妈妈带了个继父回来，孩子不服管的态度就变本加厉了。了解了大致的情况后，我就上楼找小储，他的房间很黑，他也没有做作业，坐在床上拿着手机聊天，我敲了敲开着的门，笑着问他："我能进来坐会儿吗？"他抬头瞟了我一眼，不置可否地继续玩手机，我也没客气，直接走到床边，跟他说："老师来的目的是想和你道歉的，我今天课堂上的行为太过激了，希望没有伤害到你，对不起！"小储惊讶地抬起了头，欲言又止。我说："你有什么想说的吗？也可以告诉我，前面老师不太了解你，现在我多了解了你一些，希望通过以后的相处，老师能够更多地了解你。"他哽咽着说："老师，我也有不对的地方，我不该打小抄，不该对您大吼，我知道错了。"我笑了笑，为了让他保留男子汉的倔强，我换了个话题："其实老师觉得你的英语有很大的进步空间，老师每天这样让你来背默，本意是想要帮助你提高，你已经初二了，老师很为你着急，我们一起努力，争取能有进步好吗？"他沉默了一会，点了点头，但他突然开口跟我说："老师，以后如果我犯错了，能不能不要在课堂上当着同学们的面批评我呢？我觉得很没面子。"我哑然失笑，敲了一下他的脑袋："原来还挺要面子呀？今天是老师的失误，让你难堪了，其实我当时真的很生气。现在我知道了，我下次一定会注意，也希望你不会再有下次了。"听了我的话，他快速地抹了一下眼睛，装作若无其事的样子："谢谢老师，一定不会有下次。"

第二天的中午，小储主动带英语书来到我的办公室，跟我说："老师，我们能继续一起复习吗？"我很惊喜，高兴地对他说："当然可以，老师随时欢迎你。"他腼腆地挠了挠头，笑了："老师，我可能基础比较弱，一时看不出进步，但我会努力的。""老师相信你，希望你能够坚持！"我鼓励着他，想要给他自信。之后的日子里，我不断地去关心他，当我开始向他走近的时候，他也信任地向我靠拢。在这个过程中，我也帮助他化解和家人的矛盾，让他能够体会父母的辛苦和难言之隐，学会宽容和接纳,学会感恩和孝敬长辈。小储的变化真的很大,他的英语成绩也逐渐提高,初三毕业考到了他理想的学校。现在的小储已经踏上了工作岗位,每年他都会想到我,在节假日跟我道一声祝福,问候我。

师生关系其实是平等的,在师生之间发生矛盾时,主动来缓解彼此矛盾的应该是老师。班主任就像学生的父母,对待不同的学生都应该宽容,主动迈出一步,真诚地走近学生,那么学生也会迎接你。教育是"潜移默化,润物细无声"的,今天的老师如何对待学生,那么明天的学生就会如何去对待他人。我们要用言传身教来促进学生的和谐发展。

"表扬"的艺术

著名教育家马卡连柯说过:"批评不仅是一种手段,更应是一种艺术,一种智慧。"

最近处理了一个老师在课堂上丢失手机的事件,让我不禁想到自己曾经教过的班级里的小军,讲究智慧的处理方式扭转了孩子成长之路的方向。

记得事情的发生是因为我们班级的语文老师在放学时去班级辅导学生,收学生当天的订正作业,随手将手机放在了讲台上,回办公室的时候忘记拿了。等她想起来的时候,学生已经陆续放学了,无从查起。知道事情之后,我马上拨打语文老师的手机号码,但是手机已经关机了。语文老师着急的是,手机里面存着的信息非常重要,一百多个联系人的电话号码和几百张家人的照片,一旦丢失,非常可惜,所以特别着急。我俩商量了一下,手机是在教室里丢失的,肯定不是校外的人拿去的,如果贸然去报警,可能拿手机的孩子就毁了。我俩商量下来,还是继续打手机试试,预备年级的孩子应该没有那么大的胆子将手机转卖,可能是没有手机想要拥有而已。经过深思熟虑,我俩决定继续拨打电话,看是不是能够打通。我和语文老师回家,交替着拨打手机,每隔半个小时就拨打一次,这样一直坚持到晚上十一点左右,我终于打通了电话,我既兴奋又激动,没想到坚持还真的有了结果。接电话的孩子,我一听就听出来是小军的声音,我当时并没有急着指责他,我告诉他:"这个号码是语文老师的,手机是你捡到的吗? 明天会还给语文老师的对吗?"电话那头的小军有了一时的沉默,然后答应我第二天将手机还给语文老师。第二天一早,我并没留意小军何时进的办公室,但是手机已经放在了语文老师的桌子上。等到语文老师检查的时候,告诉我手机完好无损,里面的信息并没有丢失,只是多了几个陌生电话,可能是小军拨打的。因为手机失而复得,语文老师也不想过分追究,但作为班主任,我不能错过教育的机会。手机在讲台上,一定是老师不小心落下的,看到了没有第一时间还给老师而是占为己有,要不是打通了电话,这个手机是否会物归原主都不一定,这孩子的行为真的太不像话了。我当时真的是火冒三丈,我很想把他揪到办公室，狠狠地批评一顿，让他承认错误，向语文老师道歉。我甚至想马上叫他的父母来校，一起教训他一番。但是理智也告诉我，这样的极端处理方式可能适得其反。于是我三思而后行，静下心，想了个好办法，把批评改为表扬，对于小军还手机的行为进行表扬。现在社会上捡到手机不还的情况比比皆是，但是小军能及时把手机还给语文老师，及时止损。

利用这个教育契机，我召开了一次主题班会课，在班会课上我表扬了小军"拾金不昧"的行为，还给他发了一张奖状和小奖品，鼓励班级里的同学能够向他学习。同学们也为他鼓掌，为他喝彩，投以羡慕的眼光。在班会课上，我们一起分享了班级里的好人好事，也鼓励同学们互相说说彼此的优点。学生们一下子就兴奋了起来，开开心心地进行互夸，也有夸小军爱帮忙，乐于助人，大家夸得更多的还是他这次做的好事，我默默地观察了一下小军，发现他听到同学们的赞扬后，耳根越来越红，不好意思地低下了头。我借机转移了话题："大家都赞扬小军的行为，那么我们想一想，如果小军没有将手机还给语文老师，那么后果会怎么样呢？"学生们纷纷举手，踊跃发言。有的说："那不就算是小偷了吗？那可就有了污点了呀。小军不会的。""老师丢失了手机，丢失了信息该有多着急呀？""如果不归还手机，良心肯定过不去。"我发现小军的脸由红转白，非常尴尬，始终不敢抬头看我。我想他的心里肯定很紧张，忐忑不安。见到时机差不多了，我告诉学生们，初中生应该有明辨是非的能力了，什么事该做什么事不该做，要学会判断，不该做的事情一定不要去做。当然也要有学习的榜样，去做自己力所能及的好人好事。"拾金不昧"一直都是中华传统美德，更应该好好发扬。

一节班会课就在热烈的讨论中结束了。放学后，小军来到办公室找我，他把奖状和奖品还给了我，告诉我："老师，我是故意拿走手机的，我当时鬼迷心窍，想要拥有它。没想到我晚上拿出来玩的时候，电话接通了，我心里很害怕，怕被警察抓走，所以我还是把手机还了回来。没想到您没有批评我，而是表扬了我，我真的受之有愧，我不能收您的奖状。我也认识到了错误，以后肯定不会再犯了。"我欣喜于他的知错就改，也庆幸我没有责备和批评他，而是选择了表扬。我将奖状还给了他，告诉他："我表扬的就是你的知错能改，我相信你一定不会再犯。"他认真而坚定地点了点头，用信任的眼光看着我。

面对学生犯错，如果班主任只是简单的训斥和批评，那么留给学生的可能不一定是悔恨,往往适得其反,引起他们的自暴自弃和逆反心理。班主任在某种程度上是学生信赖和能抓住的"最后一根稻草",如果他们在需要帮助的时候,我们没有及时拉他们一把,而是将他们推出去的话,那么可能会将他们送入无尽的深渊。不管是表扬还是批评,都需要一定的艺术,从错误之中挖掘闪光点,促进学生的自我反省,自我纠正,才是教育的根本。

干净的选举

　　每年的中队组建都会选举新的班干部成员,我们班级的制度也一而再、再而三地根据班级的情况进行整改和完善,让每一个学生都能有他们的"用武之地"。记得我刚当班主任的时候,经验不足,班干部的选拔也是按照简单的学生投票来进行,这也就让班级问题凸显了出来。我也在解决问题的过程中,不断成熟,不断成长。

　　记得那是我新接的初一年级,因为中途接班,我不太了解班级学生,我想在原有的基础上重新组建班委成员。我把这个意向传达下去,让学生们可以考虑起来。一天中午,班里的一名小干部神秘兮兮地来找我,告诉我:"老师,我跟你说个秘密,你千万不要说是我说的。"我点了点头,默认答应了他。他告诉了我一个让我为之愕然的消息:小翁为了能够选上班干部,在班级里拼命拉票,拉票不算,他还用现金贿赂同学,他答应选他的同学事后就会给他们五元钱。我很诧异这会发生在他身上,他是一个不可多得的聪明孩子,各方面能力都比较强。小翁的这种贿选行为,让我仿佛从小翁的身上看到了社会上的一些不良风气。我非常生气,在如此美丽的校园里,竟然会出现这样的"腐败"之风,而且是在我眼皮底下发生的。自认为和学生打成一片的我,对于这样的"金钱交易"却茫然不知。愤怒的我想一票否决他的资格,但我答应了这名小干部,当作不知道这件事。于是,我将计就计,想看看小翁选举的结果会怎么样。第二天的班会上,我下发了选票,让学生写下他心目中班干部的人选。果然,小翁的票数很高,看来好多同学都被他"收买"了,我并没有当堂宣布结果。小翁的表情从兴奋到失落,我告知全班学生,选票只是一方面的依据,我还会综合评定他们的表现。有部分学生听了我的话,悄悄地转头看向小翁。班会并没有出现结果,但选了小翁的学生在课后开始找他"收账",小翁因为结果未定,不肯兑现承诺的五元钱。于是,矛盾升级,学生们纷纷来向我告状。因为多方检举,小翁"贿选"败露,纸终究包不住火,不用我多追问,小翁主动来找我了。但是他来找我并不是承认错误,而是理直气壮地问我:"老师,什么时候定班干部?

我的票数最高,我能不能当选班长?"听着他近乎质问的语气,我差点恼羞成怒,想狠狠地教训他一顿,可理智告诉我不能冲动,那还是一个孩子。我让他坐下,转移话题,和他拉起了家常,可是小翁有些抵触情绪,顾左右而言他,只想要选举的结果。于是我就采取了迂回战术,我给他讲了一个真实的央视新闻调查栏目的报道:山西某地区的村级选举,一位候选人把200余万元现金抬到了主席台,在当选后,给全村每人发1800元,最后这次选举被定性为贿选,结果作废。

听我这么一说,小翁的嚣张气焰有所平息。我顺势告诉他这样的行为采用的是一种不正当的手段,如果踏上社会,严重的话还能算得上是犯罪。为了个人目的不择手段而当选上的班干部,是不是觉得很可耻呢?很明显他知道我已经了解了他"贿选"的行为,他也非常害怕我将结果直接作废,他很紧张地跟我认错:"老师,我以后不会这样去花钱拉选票了,我想当班干部只是想要能够更好地为班级服务,真的没有其他的目的,您相信我吧。我知道错了,我一定会改正的。"看到他真诚地认错,我也见好就收。我问他:"那你如何解决给予同学的承诺呢?"他拍着胸脯告诉我:"老师,一人做事一人当,我会为我的不当行为向同学们道歉,求得他们的原谅。"小翁鼓起了极大的勇气,在班级里向同学们真诚地道歉,当然同学们也都原谅了他迫切想要为班级服务的心而采取的不当行为。

经过这一番波折,我们迎来了新的选举。这次我们改变了方法,首先让想要当班干部的同学来自荐,说一说自己想要竞选班干部的原因和将会为班级做哪些服务,来打动班级里的同学。其次,结合任课老师和班主任的评价。最后,全员投票进行选举。可喜的是,小翁用他的真诚打动了同学们,他依然获得了很多票数,顺利当选了我们班级的班干部。我也当场表示希望小翁同学能够"吃一堑长一智",真正兑现自己服务班级的承诺。果然,他也不负众望,在今后的学习生活中,成了同学们真正的榜样。

社会生活中,学生们会耳濡目染很多的不良风气,自然而然会带进校园。作为班主任,在处理过程中不能慌乱,要正确处理学生的错误,教给他们正确的人生观和价值观,教给他们做人的道理。当学生们在认识和行为上有了偏差,我们应当正确引导他们,帮助他们纠错,如正面指正、个别谈心、冷处理、共情法等,也许有时候的效果不能立竿见影,但我们需要用更多的耐心去对待学生,以鼓励为主,帮助学生健康成长。

"会说话"的显微镜

在教育生涯中有没有碰到学生因为好奇心而犯错的现象呢？我相信有很多，但无论是出于什么原因犯错，学生都会有一定的心理负担，曾经带过的班级中有学生因为好奇灭火器，去玩耍而造成了对他人的伤害。今天，想跟大家讲讲"会说话"的显微镜的故事。

那是我职业生涯中带过的最有意思的班级，学生只有 9 人，很多老师都很羡慕我的班级人数少，个中原因我也不多赘述了，当然事实并不是人数少就很好管理，不管人多人少，都是一个班集体。

那是初二的生物课，需要解剖鲫鱼，学生们非常积极，平时的学习他们确实薄弱了一些，但令我刮目相看的是他们的动手能力真的非常强，生物老师还跟我极力地表扬了他们一番。正因为他们的动手能力强，老师对他们也比较宽容，没有完工的实验可以继续进入实验室研究。然而他们急切万分地跑来向我汇报，生物老师放在桌上用来观察的显微镜被弄坏了。我立刻到教室里展开调查，问有没有人看到是谁弄坏了显微镜，到底是怎么回事。可是大家都说并不知道是什么情况。于是，我和他们几个一起还原事情的始末，我仔细问清楚是谁最早到校，谁最先发现显微镜坏了。小陈说她是最早到校的，但是并没有去实验室，因为她做实验是和小钱组队的，所以等小钱来了才一起去实验室想要完成实验，结果就发现显微镜坏了。每个人都把自己到了实验室看到的情形描述了一番，可就是没有发现是谁把显微镜给弄坏的。我心里很气愤，初二的学生，已经能够明辨是非了，却敢做不敢当。可是面对我们班级的这几个学生，我在心里告诫自己，一定要冷静，一定要仔细分析，要想一个好办法来查出真相。我一脸严肃地看着他们，一改往日的和颜悦色，有几个学生低下了头，也有眼神躲闪的，肯定有知情者，不过我假装不知道。虽然我的表情严肃，但是我的语气很平和："没事，既然大家都没看到，也不知道是谁弄坏的，但是我们班级就这么几个人，而且显微镜肯定是坏在我们班级，那么我们就让显微镜来'说话'吧？"听到我说的话，他们都非常好奇地看着我，想看看显微镜怎么会"说话"。我告诉他们显微镜顾名思义就是越细微的越能够发现，谁动了它都能留下指纹，在它下面也一定能够辨认出来，到那时候，还不愁找不出真相吗！不过我话锋一转，弄坏显微镜可能是某个同学的无心之举，承认错误，并不丢人。但以目前的情况来看，在显微镜没有主动"说话"之前，我们班级弄坏的公共财物，就要集体赔偿，人人都有份。因为班级缺少诚信，就这么几个人，知道真相的也不愿意说出来，真正弄坏的也不肯承认，那么我们不仅要平摊显微镜的费用，更要双倍赔偿。虽然我的决定可能未必合理，但是我的目的就是想让那个学生主动承认自己的错误。

听到我要让显微镜"说话"，但前提是集体赔偿，我就开始听到不同的声音了。"到底是谁干的？""敢做不敢当，承认呀，别连累我们！""太讨厌了，不承认是想搞哪样呢？"9个人的班集体，很容易发现端倪，我看到了眼神躲闪学生的犹豫，目光也集中在了一个人身上——小茹。我已经了然于胸谁是真正的"肇事者"，我没有当场揭穿这个真相，还是想给她机会主动承认。我阻止了他们的指责和埋怨，我让他们计算一下每个人需要赔偿多少费用，这时候小黄就跳了起来，他可是个脑子好使的，双倍赔偿的费用并不低，他喊了起来："老师，我又没有参与，凭什么我要赔偿，我不赔！"我忍住心里的笑意说："你是不是这个集体的一员？这要是在人家店里弄坏了，可能还要十倍赔偿呢，双倍赔偿已经算很够意思了。现在没有人承认，你们是一个集体，当然都有连带责任。坐下吧，抗议无效！"小黄不情不愿地坐下，但是嘴里还是嘟囔着："我可不赔，我没有责任。"其他学生面面相觑，此时的小茹已经低下了头，始终没有抬起来。于是，借着这个机会，我给他们讲了以前我如何处理丢钱和丢手机的事件，我告诉他们我为那两个学生感到自豪，因为他们在犯错后能够及时认错，"亡羊补牢"，他们的品质就值得我们去学习。这个世界上，人都会犯错，犯错不要紧，最关键是能够去承认，去面对，去想办法弥补。"如果今天生物老师和我一样，问大家：这个显微镜是谁弄坏的呀？你们也是这样都不承认，也不告知他真相，那么生物老师会怎么看待我们的班级呢？老师相信你们，肯定不是故意去弄坏显微镜的，现在却因为这无心之失，让整个集体蒙羞，让整个班级来承担，是不是你的心里也很不好受呢？如果你想要承认的话，可以在课后没人的时候，悄悄地来找我，我随时恭候。"

虽然这个班级的学生人少，这个班级的形成也有他的历史原因，但是我坚信学生们的品质。果然不出我所料，课后小茹就来找我了，她主动承认了错误，确实是她不小心弄坏了显微镜，她是最先做好解剖鱼的工作的，因为解剖后很容易发臭和腐烂，所以她想用显微镜观察一下鱼的内脏，然后把死鱼处理掉。在准备回家的时候，书包带到了显微镜，显微镜掉到了地上。她当时很害怕，匆忙将显微镜复原放好，但是镜片和镜架已经摔坏破损了。她抱着侥幸的心理想着不承认也不会查到她，但是听到老师说能找出指纹，以及还会无缘无故让同学们"背锅"，心里始终过不去那个坎，还是来承认错误吧。她诚恳地对我说："老师，双倍的赔偿我一个人来承担，不要让同学们一起赔，是我做错的，我会承担责任。我也会和生物老师道歉的，主动告诉他是我弄坏了显微镜。"看着释然的小茹，我也释然了，我告诉她："因为你的勇于担当，老师奖励你不用赔偿显微镜。"她惊讶地瞪大了嘴巴，"啊，老师，不会吧？损坏公物要赔偿，我会跟父母交代，并且愿意赔偿的。"我笑着摸了摸她的头，说："是对勇于承担责任的奖励，老师很高兴，你最后的这份勇气，相信你以后一定能够记得，不管发生任何事，勇于面对和承担责任比赔偿更可贵。"她点了点头，眼眶里含着泪水，她告诉我，正是因为我的那句"相信"让她鼓起了勇气。

事后学生问我："老师，什么时候让显微镜'说话'呀？"我说："不用等到它说话，我们班级的同学从来都是诚实的。""哈哈——"全班都笑了，看着学生们脸上洋溢着的笑容，我也笑了。

教育是一个长期的过程，作为班主任，我们要清楚自己教育学生的目的是什么。我们要让他们形成良好的品质，培养他们健全的人格。因此在处理学生犯错的过程中，我们要寻求不同的方式方法，既要注意维护学生的自尊心，平等对待学生，又能够圆满地解决问题，这也往往取决于班主任的态度。

奇妙的女生情谊

　　学生之间发生矛盾是常有的事情，他们身处在同一个学校，同一个班集体，每天见面和相处的时间很久，在长期的交往中，往往会因为一些小分歧和小摩擦而闹得不愉快，有时候仅仅是一句玩笑，一个眼神，一个举动，都可能引发同学之间的矛盾。有些矛盾可能过几天自然而然就化解了，但有些矛盾如果不及时处理的话，就会日渐恶化。这也让我想起了曾经班级中的女生们，那是一个关于女生的故事。

　　一天半夜，我的电话铃声响起，我在睡梦中，并不太想接，但是电话铃声不断，我不耐烦地接起了电话，口气也不太好，但是电话那头传来的是带着哭腔又气急败坏的声音，我仔细一听，是小张妈妈的声音。这么晚打我的电话，肯定是孩子出了什么问题，我马上就清醒了，我一边安抚着小张的妈妈，一边了解事情的缘由。小张妈妈根本冷静不下来，连珠炮般一通数落，我终于听出了事情的来龙去脉，原来小张在班级中和小夏发生了一些矛盾。从小张妈妈的话里，我知道原来小张在微信朋友圈看到了小夏的一些似乎在讽刺她的言论，又看到了同学们的评论，她心里难受，独自在哭，表现出了不正常的行为举止。她妈妈觉得很担心，反复问她，她才肯说出事情的原委。小张和小夏都是小赵的好朋友，但是小夏想独占小赵的友谊，在玩耍的过程中，如果有小张的出现就会拉走小赵，不让小张接近她，小张感受到了明显的被排斥感。小张的妈妈受不了，所以一定要打电话告知我，让我解决这个问题。当然，我也不能只听小张妈妈和她的一面之词，我还要了解小夏的情况。于是，我让小张妈妈放心，我会去了解事情的真相，尽量帮助她们。但是，小张的妈妈不依不饶，吵着要第二天叫小夏的父母到学校一起见面，面对面地好好聊聊。对于情绪激动的小张妈妈，我只能安抚，因为已经半夜了，我就让她早点休息，我会处理好的。同时，我也发了信息给小夏的妈妈，让她早点带孩子来学校，我想从小夏那儿了解一下情况。

　　第二天，小夏在妈妈的陪同下，一早就来到了我的办公室，我询问了小夏到底她们之间有什么问题。小夏告诉我，她和小赵是好朋友，因为小张没有朋友，所以总想挤进她们的圈子，而且总想"争宠"，感觉她想来抢走小赵，所以自己有点不太喜欢她，但是没有针对她，反而有时候是小张会故意说一些"坏话"，她也觉得气不过。她承认自己在朋友圈发了不太友好的话，但并不是针对小张，就是有感而发，但是小张在下面的评论语气很讽刺，所以她也和她对骂了起来，后来她觉得不太好，就删掉了。她也没想到小张会受不了，她只是不想自己的好朋友被抢走。

听了双方的各执一词，我也终于了解了，这样的问题说大不大，说小不小，也许可能因为这样的互相排挤会让敏感的学生产生心理问题。矛盾的症结其实是她俩都想成为小赵的好朋友，于是我找来了小赵，也想听听她的想法。小赵告诉我有时候她也很为难，她愿意和她们都成为朋友，但是她们俩似乎有些不合，她已经尽量想要化解她俩之间的矛盾，有时候她却被牵着走。她也向我举了例子，比如去交作业，小夏陪她一起去，但是小张也想和她一起，小夏就会拉着小赵赶快走掉。还有出黑板报的时候，她们三个一起设计，小夏和小张总会互相争论，意见不统一，最后也都是小赵出面协调，才能最终妥协。小赵觉得自己在她们之间周旋，也非常累，为什么大家就不能好好做朋友呢。是呀，其实这件事情就是那么简单，大家放下成见，都能成为好朋友，为什么还要闹到让家长来互相争论的地步呢。我先将三个学生聚到了一起，让小赵告诉她俩自己的想法，同时让她们开诚布公地把自己的想法说出来，让她们能够面对面沟通，敞开心扉说出自己的心声，教她们学会宽容。纯洁的友谊是不能掺杂各种不良心思的，想要交朋友就要真心以对，当然爱屋及乌，我们也可以和朋友的朋友成为好朋友。三个纯真善良的女孩，因为谈心，又哭又笑，反而很快就冰释前嫌，真正握手言和了。等到小张的父母赶到学校想要"找麻烦"的时候，也是目瞪口呆，女儿又快快乐乐的了，而且又多了一个朋友。他们也不好意思去责难小夏和她的家长，双方父母和孩子一起坐下，将事情圆满解决了。后来，几个学生也相继分班和转学了，但是她们仍然保持着联系，保持着最真诚的友谊。

有时候，有些冲突很难避免，我们要正确看待学生之间的矛盾，具体问题具体分析，处理前要保持一个平稳的心态，耐心听取学生的解释，不能随意、盲目地下判断，要了解事件的全过程，引导学生学会宽容，帮助他们淡化冲突，理性分析，让发生矛盾的学生自己进行协商解决，培养他们处理问题和解决问题的能力。同时，还要从家长的角度考虑，采取妥善的处理方式，不让矛盾升级甚至恶化。

一封"如愿"的辞职信

"尊敬的徐老师,您好! 我很遗憾在这个时间向您提出'辞职',我正式向您提出辞去班长的职务,我辜负了您对我的期望……"这是班长大彭给我的"辞职信",我的第一反应是觉得有些可笑,第二个反应觉得是大彭在试探,我并没在意,但我还是比较清楚大彭写信的缘由的。

我的这个班级里的学生人员构成比例比较复杂,男生多女生少,本地学生和随迁子女学生对半分。初中阶段的学生,自然而然就形成了小团体。很巧的是班里的正副班长都姓彭,学生习惯地按照她们的生日分为大彭小彭。大彭是本地学生,她的能力非常强,有一种天生的优越感,唯一不足的是喜欢"打小报告",做事有些浮躁。小彭是随迁子女,但可以参加中考,她做事负责,诚恳待人,可能没有大彭的才艺和优越感,但是她做事扎实。其实,我一直觉得这两个班长在很多时候是可以互补的。我并不知道她们是什么时候开始产生矛盾的,我想应该是有各自的小团体吧,往往会为了一点鸡毛蒜皮的小事斤斤计较,她俩也都是要强的孩子,很多时候,反而小彭的能力比大彭要更强一些。我其实更欣赏小彭的为人处事,她更加能够吃苦耐劳,没有"娇小姐"的脾气,几次组织班级的活动,也非常成功。

这样的两个"派系"也经常会来向我告状,让我来做裁决,一般我都是采取息事宁人的态度,内部消化,基本就是做个"和事佬",毕竟这两员大将都是我的得力助手。有时候可能大彭更计较一些,我也会征求她的意见,是否需要我出面去调解和为她做主,或者我会告知她事后我肯定会找小彭沟通的,让她能够放心。也有令我觉得欣慰的地方是,有时候出现矛盾,第二天她们就和好了,这也是这个年龄段孩子的相处模式,对于青春期的孩子之间的交往来说,这其实是很正常的事情。学生之间的"恩恩怨怨"就是这样,不要当真,耐心等待,有时候老师和家人插手,反而会"恶化",这也是我这几年做班主任的经验。虽然很多时候冷处理还是有效的,但也不是长久之计。随着竞争逐渐激烈,小团体的抱团也愈加明显,大彭和小彭之间因为班级管理和班级活动的开展意见不一而矛盾升级。所以在这个时候,大彭给了我这封辞职信，我当然知道在大彭心里觉得我不可能接受，她从侧面想了解我到底如何取舍，是否会更加偏袒她。其实我自己也是第一次碰到这个局面，依然想做"鸵鸟"，冷处理这件事。但是，大彭并没有给我机会，她看到我并没有及时处理，就又给了我一封信，列举了一些理由，并写下她已经下定了决心辞职，并且也希望如果家长问起来的话，我能跟家长解释一下。看到她的坚决，我也答应她我会仔细考虑的，我想她更期待的是我的挽留，但我收到两封信后，我并没有这么做，我想利用这样的契机进行一个调整和教育，挫挫她的锐气，从而让她能够有所成长。

经过深思熟虑，我在第二天先单独找了大彭，我很平静地告诉她："两封辞职信我收下了，经过深思熟虑，我决定同意你的辞职，并且我也答应你，会帮助你和家长沟通。"听了我的话，大彭非常震惊，不敢相信我会这样处理。我看到她的泪水在眼睛里打转，又问她，"如果让你推荐的话，你觉得谁能够接你的班。"她咬了咬嘴唇，不假思索地告诉我："小彭吧，她适合。"她的回答也让我觉得很惊讶，我以为她会推荐她的小团队里的姐妹，没想到是这个结局。当天，我就借用班会课的时间，宣布了大彭的辞职，也公布了新的任命，小彭成了班长，全班同学也没有太大的争议，只是觉得有点不可思议，大彭为什么要辞职？大彭的脸色并不是太好看，我想她的心里一定很不平静。我在班会前也征求了小彭的意见，她很愿意为班级服务，欣然接受了这个职务，并且让我相信她，能够处理好班级事务，团结更多同学。接下来的日子里，小彭果然不负众望，她稳重踏实，兢兢业业地协助我管理好班级。大彭卸掉了班长之后，也似乎收敛了自己的言行，原先的"派系"也渐渐相互融合，到我这里打"小报告"的情况也越来越少了。在这个过程中，我也上了一节关于"友善"的主题班会，让班级里的学生能够更加和睦团结。

一个月过后，大彭主动来找我，我知道她忍不住了，她毕竟还是个孩子。她告诉我："老师，对不起，因为我的冲动和不懂事，辞去了班长的职务，其实我还是想做的，现在后悔也来不及了。小彭做得很好，我也很欣赏她。我想来和您道歉，我会配合小彭，也会继续和她竞争，而不是像以前那样只会告状，制造矛盾。"听了大彭的话，我是从心底感到高兴，但我必须让她认清现实，培养她的受挫力。我对大彭说出了我这么处理的理由，首先大彭给了我两封辞职信，我完全尊重了她的意愿，批准了她的辞职。其次，她推荐了小彭，我也顺理成章让小彭当了班长，而且目前看下来，小彭的工作非常认真，我也没有理由撤掉她，或者说重新选举，这样对她也是不公平的。最后,我接受大彭的道歉,并且表扬了她,因为她通过这次事件,认识到了自己的不足。我也告诉大彭,其实我也是给她机会去更好地认识自己,让自己在这样的挫折中快速成长起来。

初中阶段的学生,由于年龄特点和心理的变化,往往会犯一些成年人看起来很幼稚的错误,在这种情况下,作为班主任,人为地设置一些挫折,以打击其骄傲情绪是非常有必要的。当然,这种挫折应当有一定的限度,应当在事后向学生说明,并且不是以真正打击学生为目的,而只能是通过这种人为设置的挫折让学生受到教育,使其明确挫折对自己的作用,并正确认识自己的能力,排除自己的骄傲情绪,戒骄戒躁,从而取得更大的进步。

静 坐 洗 心

　　静坐有一定促进身心健康的功效,对身体来讲,静坐属于端坐姿势的一种,对于学生来说,可能他们觉得静坐是一种"惩罚",在我看来,偶尔的"静坐"可以让学生沉淀和反思。

　　还记得那年新接的预备年级,刚开学时的拓展课还没有选课和安排好,所以暂时安排学生上自习课,我就布置学生自己安排时间,看书、做作业都行,但要保持教室内的安静。然而,预备年级的学生自我管理能力还是有待提高的。一开始上课,我在教室里面收学生的订正作业,他们安安静静地做自己的事情,偶尔有点声音,也是轻声地讨论题目,不影响到其他学生。这个时候,其他班级的老师来叫我帮助一起统计拓展课报名名单,就那么一会儿工夫,我就隐隐听到教室里传来的喧哗声。我的办公室离我们班级隔开了三个教室,但是越来越响的吵闹声传到了我的办公室,我放下手中的统计表,慢慢走近教室,声音越来越清晰,我甚至能够分辨出那些说话最大声的学生,伴随着"震耳欲聋"的喧哗声,我的怒火也陡然而升。学生们的纪律问题一直是个难题,平时我比较忙碌,希望学生能够真正做到老师在和不在一个样,但总是事与愿违,为了能够让学生们真正做到自律,我也是规定了班级纪律委员进行管理,每日安排值日班长,但并不是所有学生的管理能力都有力度,每日更换值日班长监督也让班级的管理越来越混乱。每次我耐心地跟他们讲点大道理,他们会规矩几天,但是过了这几天,又恢复到了老样子,周而复始。从办公室走到教室的几步路,我就已经想好了如何"镇压"一下他们。我气势汹汹地推开教室门,所有人都抬起了头看着门口,吵闹声也戛然而止。虽然很气愤,很想大发雷霆,但是心里又有个声音让我必须保持冷静,好好处理这个问题。我表情严肃,铁青着脸,没有开口,就站在门口看着他们。学生们看着我这样,我相信他们也知道我很生气,都纷纷放下了手里的书或者笔,端坐在位置上,静待我的"发飙"。虽然我怒容满面,但我并没有痛骂他们,当时的想法就是经过不止一次的教育了仍然没有好转,那么即使我发怒,也只是循环往复,仍然回到原来的"怪圈",好两天就又恢复到老样子，反而没有达到教育的效果。所以，我并没有说话，足足看着他们有 5 分钟，我的沉默可能也让学生的心里非常忐忑不安。我等待他们心里有了悔改之意的时候才开口，说："老师今天非常难受，不是因为你们，而是因为自己，我一直很信任他们，我始终相信班干部们会在我不在的时候主动维持秩序，我的学生也始终能够做到我在和不在一个样。但是，今天我亲眼所见，就离开一会儿的时间，我们的班级竟然热闹得如同'菜场'。作为班主任，我该好好反思自己，我的教育是失败的。"我动情地跟他们说着，甚至带着失望、不忍和抽泣，我告诉学生，"从你们的行为上也可以从侧面反映出老师我的不称职，没有教育好你们，那么我有个想法，下面还有一节自习课，接下来的时间我们就全体静坐，我就站着反省一下自己的不足，你们可以静坐休息一下，做一下正念冥想。当然如果坐累了，可以继续自习。"

　　学生们迷惑地看着我，收起了桌上的书本，全部自觉而又默契地把手放在桌上，挺直了背，都坐得端端正正的，眼睛齐刷刷地看着我。而我站在讲台前，并没有看他们，而是望着窗外的景色，依然沉默。整整 40 分钟，我基本没有动，站得腰酸背痛，学生们也没有做其他事情，仍然端端正正地看着我，我相信这里一定有大多数的同学们在认真反思。下课的铃声响起，学生们看了看我，我已经很累了，但我相信教育的契机来临了，我不能功亏一篑，我还是没有动，学生们也不敢动。其他班级的学生在走廊里休息玩耍，很多学生发现了我们班级的异样，有"好事之徒"还趴在教室的窗台外看热闹。这要是在平时，我们班级的调皮学生早就"吆五喝六"地赶他们了，今天他们都不敢动了，偶尔会看一眼窗外，但是很快就收回了目光。有些班干部脸上露出了不忍，可能是心疼我站了这么久。也有些学生欲言又止，但仍然控制着自己。我看看时间也差不多了，刚想说话，全班学生都陆续站了起来，带头的反而是那几个大声喧哗的孩子，这时候他们特别有默契，我知道效果到了，他们想要一起陪我站，如果我不喊停，可能我们就全班这么站着了。我用有些虚弱的语气跟学生们说了几句话："孩子们，如果今后你们的自习课都能像今天这节课一样，那么老师肯定为你们感到骄傲。如果今后我们的班级都能够这么默契，这么有团队精神，那么老师相信，你们一定能够做到老师在与不在一个样。接下去大家都坐下，整理书包，排队回家，值日生留下来值日。"说完，支撑不住的我也坐了下来，学生们从来没有那么迅速地整理书包，到教室外整整齐齐列队回家。留下来值日的学生,不忍心地围在我身边问我:"老师,你不要紧吧！您放心,以后我们一定会乖乖的。"我心里窃喜,我想今天的教育一定收获了成效。

第二天的早自习异常安静,值日班长反馈,同学们交完作业都安静地回到座位看书,等待课代表领读,再不见平时的吵闹,即使偶尔有同学大声喧哗,班干部一提醒,也就安静了下来。从那天后,很多任课老师也夸赞我们班级的纪律越来越好。

2021 年《中小学教育惩戒规则》出台,针对教师不敢管、不会管等实际问题,还细化了教育惩戒的实施要求,让我们的教育更加有的放矢。依法规范教育惩戒是在给教育惩戒立规矩,更是在用规范的教育惩戒为中小学生立规矩,让其敬畏、信服进而自觉规约个体。从这一点看,依法规范教育惩戒是利于教育教学管理、师者形象建设、构建和谐师生关系、家校管理的杠杆,也是助力学生健康成长的"利器"。作为班主任,我们可以运用我们的教育智慧,以身作则,用行动感染学生,从而达到教育的目的。

一　张　喜　报

去年的暑假，收到了小曹传来的一封喜报，他被复旦大学录取了，这一直都是他为之奋斗的目标，最终通过他的努力也实现了他的梦想，我为他高兴，当然也为他骄傲。

在欣喜之余，也让我回想起和小曹同学相处的日子。当初我是中途接班，这个男孩给我的第一印象并不优秀，而是莫名的有一些喜感。新接班，我都会通过和其他任课老师的沟通，通过家访，和家长的联系，以及和学生的接触，尽量去了解每一个学生。小曹是个非常有自信的孩子，他做事很积极，课堂上思维也很活跃，喜欢动脑筋，照理说这样的孩子很受老师的喜欢，但是这孩子给我的感觉却是拖泥带水，而且是个"马大哈"，他的桌子永远是班级里面最乱的，很多资料真的无从找起。我觉得他略带喜感，是因为乱成那样的桌子，也只有他自己能找到自己的资料放在了哪里，他总是处于课前开始找资料的循环中，然后他的桌子只会越来越乱。最让我对他有看法的就是他的英语学习，这孩子靠着记忆力好，只是"吃老本"，成绩忽上忽下，不稳定，还有这孩子总会靠点小聪明神游在课堂之外，让你又好气又好笑。你说他不认真吧，他还挺能动脑筋，你说他认真吧，他的状态总有些浑浑噩噩。

让我对他有所改观的是因为那一次学校艺术节，积极的他当然不甘落后，踊跃报名。他自编自导了一个相声节目《吹牛》，看着他穿上大褂，仍然有点"婴儿肥"的脸，我就觉得更有喜感了。我被这孩子打动的是他对于节目的认真，不仅自己改编台词，还逮到机会就会抓着同学排练，我可以在校园的各处看到他排练的身影，我能感受到孩子对待艺术节的重视和对自己表演的尊重。这个过程中，他也并没有耽误自己的学业，这是我对他逐渐产生好感最重要的原因所在吧。从那以后，我不仅观察他的表现，更会在适当的时机找他谈心，让他能够不断地成长和进步。也许孩子也能感受到老师对他的关注，他渐渐地和我成了互相信任和谈心的"朋友"。不管他是在学业上还是在生活中，只要遇到困难，他都会来找我一起想办法，找到更好的解决方案。印象比较深的是那年，小曹申报"美德少年"的事情，这个荣誉并不是很好争取，但是对于即将面临初三的他是很有帮助的，我能看出小曹心里是非常渴望的，所以我也想尽力帮助他去争取。我们利用放学时间，结合小曹的实际情况，一起讨论如何进行填报，哪个方面的美德更加适合他，并且希望又大，最终我们确定了"尊老爱幼美德少年"，因为他有每周都去敬老院照顾上了年纪的老爷爷老奶奶的经验。我让他先根据实际情况写起来，实事求是地把自己的经历写下来，只要有内容就不怕没话说，然后我再来帮他润色，让事迹更加生动。我们经过一周时间的收集资料，打磨文章，修改细节，最终顺利地通过学校审核报送到了区和市，当然，小曹也因为事迹感人，获得了市区级的"美德好少年"的荣誉称号。那几天，我发现他似乎又有些"飘"了，在喜悦中开始骄傲了，于是我仍然不厌其烦地和他谈心，告诉他为人处事的道理。小曹的爸爸也说孩子最信任我，希望我能够多多教育他，让他的那份浮躁趋于平静。我和小曹属于"三天一大谈，两天一小谈"的相处模式，我成了在他后面提点的朋友。

很快，小曹就面临初三自主招生，我知道他的目标大学一直都是复旦，他的理想高中也非复旦附中莫属，虽然可能还是有点差距，但我依然鼓励他不要放弃。即使在被他人嘲笑，觉得他自视甚高，可能也有嘲讽的话语去打击他，我还是鼓励他向着自己的目标前行，哪怕失败了也不后悔，还能凭着自己的实力考。他本就是个自信的孩子，加上我的信任和鼓励，他毅然决然地选择了复旦附中，并且也顺利地进入了复试。当时我还记得那是晚辅导课结束时，教室里几乎没人了，他兴奋地告诉我他的整个面试经历，以及反思了自己其实在某些方面还是比较薄弱的现实，我告诉他："没事的，后面的日子里可以补起来，时间永远不晚，就看自己是否真正下定决心，真正去努力。"他坚定地告诉我，他一定会朝着目标努力的。果然，不久他就拿到了提前录取的通知，中考达到标准分数线就可以了，这时候的小曹又开始有了优越感，渐渐放松了起来。我及时找到了他，语重心长地跟他说："你别以为录取了就能够骄傲了，能够放松了，你要凭着自己的实力，考到一个高分，让复旦附中的老师们看到你并不是虚有其表，你是有真正的实力的，即使是裸考，你也能考上他们的学校的，懂吗？一定要加油，让自己不留遗憾！"小曹知道我看出了他的"惰性"，难为情地向我保证，他一定不会辜负老师对他的期望，也一定能够在最后给我一个惊喜，让我相信他。最终，他果然不负众望，以 600 多分的总成绩送给了我一份"大礼"。这样的孩子,值得我们去期待。

　　高二的那年我去复旦附中看他,他长高了人也壮了,但依然还是那个"马大哈",和他的交谈中,我看到了他身上那股不服输的精神。他不停地努力往前冲、向前追赶的精神也是我需要学习的。我们之间更多的是"朋友"关系而不是师生关系,我们有很多能够互相影响的地方。高三很忙,他依然在拼搏,而我也仍然不断地鼓励他,我想这封喜报也是他送给我的最好礼物,他的努力也终究有了回报,我也祝福小曹前程似锦!

　　如何打开正确的师生相处模式,相信因人而异,不同的学生相处的方式不一样。专制型的师生关系模式中师生双方是不对等的,因为本身的不对等,教师就拥有绝对的支配权,而学生只能被动甚至是被强制地接受信息,这种模式也是比较常见的,这种方式也许更有利于日常管理,但是容易影响学生自身的发展。作为班主任,我们应该提倡民主型师生关系模式,开放、平等、互助地去对待你的学生,既尊重学生,又严格要求学生,在发挥学生主体性的同时又给予合理的引导,让师生在平等和谐的氛围中共同发展,共同进步。

追星的旅途

每个人的学生时代都有过追星的经历吧！2022年比较火的热词："刘畊宏女孩，王心凌哥哥，孤勇者小孩。"可见不同年代，不同层次，都或多或少有自己喜欢的偶像，有的是因为喜欢明星的帅气、美丽，有的是因为赞赏明星身上的精神品质，但有的却是盲目追星，这不禁让我想到了我曾经的学生小乔。

小乔是一个家境富裕的孩子，平时的吃穿住行都是比较高档的，用的也是名牌，在学校里她因为要穿校服没办法穿名牌衣服，但她穿的运动鞋价值不菲，也是同学们羡慕的对象，当然她也自然而然有了优越感，但是并不影响班级的正常管理。知道小乔疯狂追星是因为她妈妈打来了求助电话，我一直都知道我们班级有一部分女生在小乔的带动下，都或多或少喜欢某些明星，美其名曰"追星"，我也很能理解这其实是中学生的年龄特点所决定的，也是他们成长过程中正常的心理和生理方面的反应，可以说追星是他们自我认识和自我发现时期的一个载体吧。但是往往成年人不能理解，或许还会反感，他们也忘记了自己那个年代和时期，也曾有过这样的对于偶像的喜爱。我其实是可以理解的，我知道吸引学生们的是偶像的那些"光环"，其次是很多学生会有从众的心理，某个时期的"顶流"就是他们喜欢的对象，过了一个时期又换了，喜欢另一个流量明星了，所以只要不盲目追星，我觉得都是可以接受的。

显然小乔并不是，通过妈妈的描述，小乔的行为已经算得上是疯狂了，因为家境好，家长给的零花钱也多，小乔平时买明星的相关产品不算，还用钱在直播间给明星刷礼物，有时候利用周末去机场蹲点，守明星。小乔的妈妈觉得已经无力去管教这个孩子了，加上夫妻二人平时做生意非常忙，疏于照顾孩子，所以非常担心孩子无心学习，从而误入歧途。对于小乔妈妈的求助，我已经了然于胸，我先是安慰她的妈妈："不要着急，我们一起想点好办法，让小乔能够慢慢地有所转变。"当然我也告诉了她妈妈，这个年纪追星是一个很正常的事情，我们要劝阻孩子的是不要盲目和疯狂地追星。妈妈在我的安抚下，慢慢平静，我也开始酝酿该用什么巧妙的方法,利用合适的契机来教育学生。

于是,课间,我就待在教室里批作业,深入到学生中,听听学生们讨论的话题。果然小乔拿出了她的偶像的签名明信片,向同学们炫耀她蹲守的成果,看着同学们羡慕的眼光,我觉得小乔追星也带有极大的虚荣心的成分。我不动声色地观察着她们之间的互动,我发现小乔是个很大方的孩子,虽然带有炫耀成分,但是同学们问她要明信片,她都愿意给,还让同学们好好保存,当然还有一个目的,鼓动同学们也一起加入她的追星团队。在仔细观察她后会发现,她的书包和学习用品上也都是带有明星头像,和同学们聊天的话题永远围绕着她崇拜的偶像。我悄悄地开始查找她的偶像的资料,搜集一些有用的信息,在这其中,我重点找的就是这个偶像明星的励志故事,想利用"迂回战术"让小乔扭转盲目追星的思想和行为。等我渐渐熟悉她的偶像了,我就开始深入"敌后",插进了她们课间聊天的行列里,决定和她们一起"追"。我的参与让小乔非常惊讶,她们以为会和我有代沟,没想到我竟然和她有共同喜欢的明星,真的是"志同道合",她在我的面前就像打开了话匣子一样,跟我滔滔不绝地讲述她的追星经历。课间的时间总是短暂的,她会在放学后找我一起聊天,我也借这个契机,慢慢走进她的内心。我曾问过她为什么会这么喜欢这个明星,并且疯狂地去追他。一开始她并不想告诉我真正的原因,只是告诉我,她就是喜欢,因为她的偶像长得帅气,没有其他理由。但是我看到她闪躲的眼神,我觉得那并不是最主要的理由,一定还有隐情,但我不想逼她,我想到了合适的时候,她一定会告诉我。

接着,我又利用班会课的契机,和全班学生一起探讨追星的话题。班会课之前,我们做了个问卷调查,每个学生列出自己心目中最喜爱的三位偶像,排名前列的偶像都是各类明星,歌星影星居首,而父母反而居后。我发现懵懂的少年们对明星偶像的崇拜程度太高了,他们以偶像为标杆,偶像似乎就是流行风向标,但我得让他们懂得,喜欢是一回事,盲目崇拜就过了头。因此,我特地找了很多关于追星的故事,有正面的也有负面的,特别是当学生们看到因为盲目追星而不幸发生意外和家破人亡时,他们都非常震惊,因为他们的年纪根本体会不到这样的痛苦,他们也并没有碰到这样的情况,所以非常震撼。在动摇了学生的信念之后,我乘胜追击,让学生们发表自己的观点。学生们可能被吓到了,所以一开始并没有踊跃发言,待平静之后,纷纷表达自己的看法。令我欣慰的是,大多数的学生都表示盲目追星真的不可取，把学生拉到正轨之后，我特别想听小乔的看法，所以我点了小乔的名字。但是在小乔发言之前，为了和她共情，我先发表了自己的看法，我还特别强调了我和小乔的偶像是一样的，但我仍然觉得喜欢即可，不用太执着，如果太疯狂的话，可能会影响到学习和生活。轮到小乔了，她表达了自己的看法，其实她的偶像能够影响她的原因是她能够从她的偶像身上看到很多正能量，娱乐圈有很多的明星，但并不是所有的明星都值得崇拜，她的偶像是靠着自己的实力，慢慢走到今天的，所以有值得让人们去追的资格。但今天的课，让她反思了自己的追星行为，发现自己确实有些过了，她会学着理智追星，学习偶像的正能量，真正帮助自己提高。听了小乔的话，我如释重负，表扬了全班学生的理智，特别是小乔的"回头是岸"。我也鼓励学生们，不要只看到偶像明星的风光，我们还可以追英雄、追楷模、追榜样……明星是人，普通人也是人，每个人都有自己的人生价值，每个人也都有值得学习的优点，崇拜真正值得崇拜的人，才是真正的追星。

课后，小乔找到我，告诉我疯狂追星背后的故事，她虽然家境条件好，吃穿不愁，但是爸爸妈妈的关爱她几乎体会不到，她把这种渴望寄托在了去追她的偶像，把时间和金钱花在偶像的身上，有一种兴奋感和满足感。我终于找到了答案，原来小乔缺失的是关爱，我牵起她的手，告诉她："放心，以后我们还能够一起喜欢你的偶像，但是老师会帮助你逐渐将注意力转移到学习上。也请你相信自己的父母，他们努力打拼，是为了给你一个更好的物质环境和学习环境，我相信他们一定是非常爱你的。"小乔也跟我说："老师，我答应你，以后不狂热，不盲目。"事后，我和小乔的妈妈见了面，把小乔的情况告知了妈妈，妈妈当时就哭了，她知道愧对孩子，保证以后尽量抽出时间陪孩子。从此，小乔就像变了个人，她开始努力学习，课后也会来找我聊天，除了聊明星偶像，还聊她的父母。

每个时代都有每个时代的特征，追星是一种普通的社会现象，是"粉丝"们心灵的寄托和梦想的折射，对中学生来说，他们并不成熟，他们处于青春期，他们的人生观、价值观并没有完全确立。作为班主任，我们要肩负起引导的责任，在他们迷茫的时期，让他们及时清醒，不要追求那些徒有其表的，而是要追求精神的力量，把握好追星的分寸和尺度。

做学生喜欢的老师

　　成为学生喜欢的老师,一直是我坚持的目标。成为学生信任的老师,没有代沟,成为他们的心理按摩师,让他们在遇到难事的时候还能有一个倾诉的人,那就是我成为老师的最终目标。选用曾经我的两位学生写给我的信:

老师您好,我的好老师!

——摘自学生小张

　　每个人生命中肯定会碰到一个点亮自己生命道路的一位好老师,在那漆黑幽静的世界里,他们就像是那黑暗之中的唯一一支蜡烛,给我们内心世界的那一片黑暗与迷茫引路。

　　我的好老师——徐老师! 您还记不记得那件事!

　　"学校12月要开展读书节活动,其中会有英语讲故事大赛,英语……"这个消息传开后,大家都不愿参加,个个心里都是紧张加焦急:会不会抽到我呢! 会……我也不例外,心里简直是上下翻腾,仿佛心里有个人在用石头砸我的心,心跳急速上升。真是不想要什么来什么! 您考虑了一会儿,然后把目光投向了我。当您报到我的名字时,我涨红了脸,心里一千个一万个不愿意。旁边同学还在一旁说风凉话:"你中大奖了!"但看着您对我信任的眼光,心里有一种说不出的感觉!

　　既然选了,那这件事我就有责任把它做好。回到家,把作业做完,我就开始尽心地去准备了。您把这次要读的英语短文发给了我,然后告诉我有什么不会的单词就问您,您会告诉我的。碰到不会读的单词,我立刻发消息给您。就这样,在不懈的准备、老师的期盼和教导下,我和其他两位同学来到比赛场地,坐到比赛区域,开始准备了。怎么办? 手心手背都是汗,全身发热,怎么办?

　　比赛快要开始了,作为观众的同学们陆续地进入了会场,您也进来了。比赛随着美妙的音乐慢慢地拉开了序幕。可我心里却焦急烦躁,什么都没听进去。

随着主持人幽默诙谐的话语，比赛选手一个一个地演讲完，轮到我了。我突然感觉脚上像挂上铅球一般，一步迈得比一步艰难，走到讲台中间，突然有一团火，把我从头到脚烧得浑身滚烫，嘴不自觉地开始朗读起来。读完后，我的浑身都在发抖，这时我看到老师对我投来鼓励的目光，向我竖起了大拇指，我心里又是一阵莫名的感觉！

当评委宣布获奖名单时，我仔细地听着，一个名字都不敢漏，听完后，我知道，我失败了。当时，心里有一种委屈道不出来。鼻子一酸，好想大哭一场。可在现场，我发现，您在看着我，所以，我并没有哭，我仰了一下头，把眼泪憋了回去，以微笑的姿态来面对您。回到教室后，我再也忍不住我的泪水，任它流下，我趴在桌子上，没有发出声音，但心里其实很伤心。这么多日的努力，终将白费；老师的期望，终将变为失望。

您对我说，比赛，重在参与！有谁没有失败过？比赛，不是为了证明你有多么强大，而是为了证明你有没有跨过这坎儿的勇气。再说，凡事注重过程，在这期间，你也不是很努力吗？所以没必要难过！这时，我心里再一次有种道不出来的感觉！

这时，我发现，您的一头乌黑的头发在阳光的照耀下，显得格外飘逸。您那明眸善睐，让我从中体会到爱的温暖。我愿时时刻刻把您当作我的榜样。谢谢您！

老师您好　我的好老师！

——摘自学生小彭

如果我们是那新出土的嫩芽，老师便是对我们无私奉献的春雨；如果我们是一间黑暗的屋子，老师必定是那透过窗户的缕缕阳光，照亮黑暗；如果我们是一堆钢铁泥墙，那老师必定是让我们成为高楼大厦的工程师。

记得那一次，运动会开始的前一天，所有班级的气氛都十分紧张，每个人都想为自己的班级而战，去取得累累的胜利果实。老师您却十分特别，前一天，您很放松，和风细雨地对我们说："孩子们啊，老师可没要求你们一定要拿什么奖，尽力就好啦！只要自己努力了，玩得开心，也挺好的！何必那么紧张，放轻松，保持最好的状态来迎接明天！"老师对我们的激励，使我们有了更大的决心，其实，那时候，有一个念头滋生在我们心里：一定要尽自己的努力得奖！我们又怎么看不出老师眼里的期待呢？当时就觉得，要是辜负了老师的一片心意，真的太过意不去了，即使老师没有说什么，但我们要更加努力。老师眼中期待的星光，如同点点星火，点燃着我们的心。那次比赛，许多同学的身体都有点不适，老师把自己充饥的食物分给大家。老师陪我们在烈日炎炎下看着每位同学奋力的身影，赢了，也陪着我们欢呼雀跃，老师，就是位良师益友，陪我们见证了胜利和喜悦。

我相信每一位学生都不傻，也不笨，只是没有找到合适自己的老师，或者学习方法。其实，当你真正发现身上有厚重的期望的时候，会压得你喘不过气来，让你想要第一时间逃走的时候，老师，是真正陪伴、帮助你的人。假如你和老师并肩作战，便可如释重负。"严师出高徒"，在每一位成功者背后，肯定有一位严厉的老师。如同当你看到娇艳的花朵，那一定有每天给它们赐予温暖的阳光。默默无闻地在背后奉献着自己全部的力量，可却何时求过报酬！

老师，想起您军训时在烈日中陪我们一起辛苦的身影，备课时比我们写作业还要晚休息的身影，一直在呕心沥血教育我们的身影……回过头，您早已是我们年少时期生命中最重要的那个人。

学着做学生们喜欢的老师，就要走进他们的心灵。作为班主任，学会蹲下身子，放下架子，多去倾听，一定会享受到心灵与心灵交汇的幸福感。如果一个孩子生活在鼓励之中，他就学会了自信。如果一个孩子生活在接受之中，他就学会了爱。成为一名幸福的班主任，并不是嘴上说说而已，而是用自己的实际行动去换来的。

我的"反省大会"

有时候,作为老师也需要拥有反省自己的勇气。我的"反省大会"其实还是含蓄了一些,我觉得说是作为对自己的"批斗大会"可能更为贴切一些。

机缘巧合,我总会成为"救火老师",当然顺其自然,也就甘之如饴了。记得那年是我刚从小学进入初中,教育教学经验有了,但是初中的教学经验还比较薄弱,需要有经验的初中英语老师的带教和指导。当然,刚接班的时候,我也知道班级的总体情况,但是我自信满满,觉得没有什么能够难倒我。但事实并不是如此,我们班的第一次期中考试就考了个倒数第一,而且成绩非常差,我顿时没有了刚开始的从容淡定,作为班主任,更是觉得无地自容。学生连自己教的学科都学不好,应该还是自己的能力有限吧,我一度开始怀疑自己。虽然学校领导并没有找我,但是我也觉得面子上很过不去,更是愧对学生和家长。很多同事安慰我,这个班级本来就底子弱,中途接班,肯定还没有适应,不用自责。但是,他们越是安慰我,我越是觉得难受,该如何让学生学习成绩提高,确实是一个难题。反观我的学生们,倒似乎习惯了一样,一切都无所谓。我既着急又生气,着急是因为没有好办法,生气是因为学生不争气,我也很后悔,总是那么好说话,总是担下"救火"的名义,最后一名的成绩给我的打击真的是透心凉,好几天都没有缓过劲来。

可能是发现了我的心情变化,我的师父找到了我,和我沟通了我的现状和想法,他建议我好好调整自己的心态,找到原因,对症下药,同时鼓励我再接再厉,依然保持自信,保持努力向上的那股劲,相信我一定会克服当前的困难,毕竟困难只是暂时的。教育教学的过程中总会遇到难题,教育学生怎么做的同时,自己更要学习,否则如何教学生?听了师父的教诲,我突然恍然大悟,生气后悔有什么用啊,事实已经这样了,问题出在哪里是我需要反思的,而不是一味地怪罪学生,推卸责任。我深思熟虑后,很想知道在学生心目中,他们需要怎样的老师。带着这个疑惑,我利用一节班会课,跟学生们先分析了本次期中考试的现状,也将我的困惑开诚布公地说给了学生们听,当然我并没有责怪学生,我问学生,我想和大家讨论一下,有这样结果的原因。学生们七嘴八舌地交流起来,大多数学生都把责任归咎在自己身上,"老师,我们底子薄""我们无心学习英语""我们听不懂""我们不努力"……听着懂事的学生们的各自揽责的话,我心里很不好受,这其实也不能怪学生,他们三年换了三个英语老师,底子能不薄吗? 其实我想更多的是我的责任,经验不足,对学生预设不清。我强挤出微笑跟学生们说:"老师没有责怪你们,老师想利用这个时机,开个老师的'反省大会',专门给老师来找找茬,不管是英语教学上的,还是班主任方面的,大家都能畅所欲言。"学生们听了我的话,原来讨论的热闹激烈的场面瞬间停止了,纷纷缄默。我突然意识到,这么明目张胆地给老师找不足,学生们肯定心里有负担,怎么可能光明正大地举手发言! 我苦笑着说:"老师看大家还是有所顾虑,但是老师还是想要改变现状,能够真正帮助你们提高学习成绩。要不这样,老师给大家发张白纸,大家可以不记名地将老师的不足写在上面,越真心越好,越诚实越好,是给老师找不足,不要出现'拍马屁'的话。"学生们听了,面面相觑,但是拿到了纸之后,我发现,他们几乎没有怎么思考,直接都开始下笔,我当时心里就犯嘀咕,原来我确实存在很多的缺点,学生们都不带思考的。不过我心里更加矛盾,既希望学生实事求是地给我找出不足,但又不希望学生们从我身上找出那么多,看着学生们埋头奋笔疾书,我心里是忐忑不安、七上八下的。也不能在教室里转悠看学生们写什么,只能在讲台前装作若无其事的样子。等学生们写好,我收上来一看,竟然收获满满,学生们确实认真找了很多我的不足之处。比如:课堂上的语速太快了,学生们的底子弱,还没有听明白呢,我就已经讲下一个环节去了,时间久了,他们就越来越脱节。还有的知识点我讲得比较复杂,学生听不明白,一节课下来,他们觉得就跟没上课一样。有时候,我急于完成进度,课堂上以我为主,"一言堂",给学生练习的机会少,还没弄清楚呢,这道题就过去了,他们都还没来得及消化。很多题在我的眼里很简单,觉得他们是应该会的,但事实上他们并不会。也有反映我的板书太多,字又潦草,本意是好的,想让他们多记点知识点,但太多,学生来不及记下来,下课就擦掉了。有的学生说,英语作业太少了,回家只是背默,对于他们这些不太自觉又不太喜欢英语的学生们来说,根本毫无效果,最多第二天来学校订正,陷入"恶性循环"。当然也有学生指出我班主任方面的不足,说我比较严厉,还没有和他们相处磨合,他们不是很适应。这些也都是普遍的问题,给我敲响了警钟,我的怨天尤人瞬间消失了,原来最大的问题果然在我的身上呀,自己的自我感觉太好，事实上学生并没有适应我的节奏，我下定决心必须整改。

我将学生们用心写给我的这些内容逐条读了出来，并一一进行了"检讨"，同时我也向学生们保证，我会慢慢调整。学习上，我会先慢慢降低对他们的标准，对于教材和知识点的把握，我也会不断学习，然后放慢速度，给他们消化的时间。当然，严厉的时候我还是会严厉的，班级的管理我会更加合理化，先了解他们的情况，再进行完善。我非常诚恳地对学生们说："希望同学们也能够即时给老师提意见，中肯合理的意见我一定接受，当然，我也希望你们和我一起改进，一起进步。"学生们被我的真诚打动了，他们纷纷为我鼓起了掌，他们也没有想到老师会采取这样的方式，在他们面前反省、检讨，我也深深地感受到他们内心的不平静，他们一定也会反思。因为收效较好，我和学生们会不定期地开展这样的"反省大会"，有对我的，也有对他们的，果然"皇天不负有心人"，我们的这个班级在各个方面都有了提高。

作为班主任，如果不反思自己的教育能力和教育方法，不勇于面对自己的问题，不积极接受和改变自己的教育观念，那么也就带不好新时代的学生。学生之所以"亲其师，信其道"，是因为我们作为他们的引路人，给他们正确的指引，我们用自己的言行潜移默化地感染他们。我们要相信教育是快乐的，反思也是幸福的。

"占课"下的雪中情

曾看到网上的段子手们编辑了关于学校老师的一些话语,其中有这么一条:"今天体育老师开会,你们的体育课就临时上我的课了",这仅仅是一个笑话。在我们的教育教学中,老师临时有事情,调课的现象是很正常的,当然我的学生们还会催着我"还债",他们会跟我念叨什么时候把课还给体育老师。

记得那一年,上海破天荒地下起了大雪,早上起床,看到窗外白茫茫的一片,让人有一股想要堆个雪人、打个雪仗的冲动。对于怕冷的我来说,要冒着大雪去上班,着实是一件比较痛苦的事情,即使难得的大雪让我的眼前豁然开朗,但我仍然畏惧体验寒冷。

在当时,上海的教室里没有暖气也没有空调,我们只能紧闭门窗抵御严寒。一早上就是我的课,我怕学生们太冷,先让他们在教室里做了五分钟的热身运动,然后再开始上课。可是课才上到一半,外面又开始飘起了雪,学生们的注意力一下子被纷飞的雪花带走了,他们目不转睛地看着这一难得的大雪,天空中沸沸扬扬的大片雪花,真的就像白色的"精灵"降落人间,好美啊!其实我也被深深吸引了,但我们这是课堂,当时我还教语文课呢。为了拉回学生的注意力,我灵机一动,将课堂教学直接引到了雪上面。我让学生们动脑筋想一想,他们在课堂上和课堂外学习到的关于雪的课文、诗词,包括关于雪的歌曲等有哪些?学生们一听完我的问题,如同炸开了锅,立刻将思绪拉回了课堂,纷纷举手,把他们知道的关于"雪"的知识分享给全班。《沁园春·雪》《白雪歌送武判官归京》《春雪》《雪孩子》……没想到学生的知识储备量还挺多。我们班的小亮举手起来唱了一首《飘雪》,还挺好听的。他们讨论热烈,我也暗自欣喜,学生们的心思顺利回归了课堂,我的课也顺利地上完了。下课了,学生们就管不住自己了,抑制不住自己内心的激动,急着想要跑出教室去玩雪,短短的10分钟哪够啊,我又怕孩子们伤着,所以我用了"高压"手段,强制他们只能在教室或走廊里看看,不要出去没事找事。因为大雪,第二节体育课肯定也上不成了,学生们委屈着噘嘴来求我:"徐老师,您把下节课占了吧?带我们出去玩雪好吗？我们保证听您的话，不乱跑不打闹,乖乖的不会出事的。"我并没有被他们的话语说动,依然坚持安全第一,不纵容他们。

学生们看一招不行,便想出来第二招。他们联合体育委员,先找体育老师商量,这节课给徐老师,然后万一徐老师同意了,就一起出去玩。体育老师可是孩子们最喜欢的老师之一,对于他们的合理要求基本都是有求必应的。然后又换了一帮孩子来"求"我:"老师,您看,我们长这么大,第一次看到大雪,如果您不给我们去体验一下,以后我们可能就没有机会看到了,等我们长大了该多么遗憾呀!""老师,体育老师都答应了,您也答应吧!""老师,我们保证安全,您可以监督我们!""老师,您上课让我们想了那么多关于雪的诗词,难道就不能让我们近距离地接触一下它吗?"我震惊了,孩子们在这给我挖坑呢,看着他们"可怜巴巴"的小脸和他们"可怜兮兮"的话语,我无奈地点了点头,但是我仍然提醒他们不乱奔跑,不要滑倒,不要摔伤,将安全要求反复提醒了他们之后,我就带着他们一起走出了教室,近距离接触难得一见的雪。不知大家能否想象那一场景,学生们撒欢地在雪地里奔跑、打滚,搓起雪球打雪仗,早忘了"乖乖的"这几个字了。我和体育老师不敢懈怠,毕竟学生的安全还是第一位的,我们两个分工照看着学生,降低他们摔跤的风险。突然,一个大大的雪球砸到了我的肩上,那是我们班级最好动的小闵,在我没有反应过来的时候,他吓傻了,他想用雪球砸同学,结果一个方向不准,打到了我身上,当时的气氛瞬间冻结,如同这冰天雪地,玩闹的学生们都停了下来,有的甚至还指责小闵,怎么这么没有礼貌,竟然用雪球砸老师。其实我长这么大也没见过上海的大雪,刚踏上工作岗位几年的我也是孩子心性,有懂事的孩子跑来帮我掸掉身上的雪,小闵扔下手里的另一个雪球,急切地跑向我,嘴里连连喊着:"老师,对不起,我不是故意的。老师,您原谅我吧?"我也怕小闵的这一举动把本来开开心心的氛围打破,我不动声色地蹲下,快速地抓了把雪揉了个球,当小闵跑到我面前时,我砸向了他,顿时让小闵愣在了当场,学生们哄堂大笑,他们知道,我并没有生气。因为我的这一举动,学生们的胆子大了起来,纷纷做起雪球,跟我和体育老师玩起了打雪仗,我和学生们在雪中增进了我们之间的感情,也让我不再畏惧寒冷,这样的场景好多年后都不曾再有过。最后,玩累了,跑累了,班长建议我们在操场中间堆一个大雪人,留给其他班级的同学们看,因为当时就只有我们一个班级敢这么肆无忌惮地出来玩。其他班级的同学都非常羡慕。我一声令下,大家摩拳擦掌,开始滚雪球。聪明的孩子们在校园里寻找，他们用捡来的枯枝做雪人的手臂，问食堂阿姨叔叔要胡萝卜做雪人的鼻子，最有意思的还是小闵，拉下了自己衣服上的两粒黑纽扣给雪人做眼睛，还笑着跟我们说："等雪人化了，我再来找纽扣，钉回去。"他的话把我们都逗乐了，学校的操场上一片其乐融融的景象。很快，雪人只差一个嘴巴了，我们机灵的班长用美术材料里的红色硬卡纸剪了一个嘴巴，一个漂亮的雪人就成型了。体育委员还把她的红帽子和红围巾"借"给了小雪人，顿时让我们的雪人充满了生机。围着它，学生们开始吟诗作赋，背诵课文，我们一起手拉手唱起了校歌，嘹亮的歌声引来好多班级的学生和老师驻足。自从这件事后，我发现我们班级的学生跟我的关系更加亲密了，对我也更加信任了，班级的凝聚力越来越强。

老师的占课，可以理解，很多时候想多给学生讲点知识点，想多抓几个薄弱的学生，但是不占用学生正常的课是我们的准则。作为班主任，我会和学生沟通好，不占用他们的时间，不违背他们的心意。课也并不一定在室内上，走出教室，上一节雪中实践课，同样精彩，不仅学到了知识，而且增进了感情。

突如其来的幸福

　　人生中每时每刻都有意想不到的小幸运,也会有幸福突如其来。在我的教学生涯中,总会有不经意的小幸福,让我的生活充满了诗情画意。

　　记得那是我从小学教到初中的一届学生,时间长,自然感情也深。那天,是一节平常的英语课,我也一如既往走上讲台,和平时一样准备上课。突然,我发现学生们脸上都带着喜悦之情,笑眯眯地看着我,我以为我的脸上有什么呢,茫然地擦了擦脸,学生们笑得更开心了,我觉得莫名其妙,为什么今天的学生这么兴奋,好像也没有什么好事发生呀。我如常地喊了一声:"Class begins!"(上课)随着班长的:"Stand up, please!"(请起立)全班站了起来,我还来不及和学生们问好,学生们就大声跟我道了声:"Happy birthday, Miss Xu!(生日快乐,徐老师!)"毫无心理准备的我,恍惚之间才想起原来今天是我的生日。我连忙跟学生道谢,真心感谢他们竟然记得我的生日。这还不止,当我让他们坐下的时候,班长走到讲台前,拉开了两边的黑板,视频里播放着我们一起经历的点点滴滴,并伴随着生日快乐歌。这时候,我们班的小机灵小顺悄悄地走到后面的柜子,拿出藏好的生日蛋糕,捧到我的面前,全班学生一起唱起了生日歌,唱完歌他们一起鼓掌,喊道:"老师,您快许愿呀,快吹蜡烛。"我被这突然到来的祝福震撼了,刹那间,我被一股强大的幸福感包围着,我竟然傻傻地站在原地,流下了喜悦的泪水。那是我教师生涯的第一次,我所爱的学生们帮我过生日,那是多么感人和令人激动呀。看着孩子们深情的笑容,听着他们真挚的祝福,我只能不停地跟他们道谢,就好像我是他们眼里的"孩子"一样,是他们在细心呵护着我。在喜悦和激动的心情下,我们临时改变计划,以生日为主题上完了这节开心的课。

　　下课后,我仍然怀着激动的心情,打开了学生们送给我的生日礼物,打开盒子,最上面的卡片写着:徐老师,我们爱您! 然后下面是每位学生给我写的祝福语,一张张小卡片就代表着全班每个人的心。读着每个孩子的话语,我心潮澎湃,我能从每句话中看出孩子们对我真挚的情感,虽然没有华丽的辞藻,但是那一声声"徐妈"是对我最大的肯定。从小学到中学,和他们之间的相处片断,仿佛就在眼前,看着他们从小长到大,我确实就像他们的妈妈一样,真心爱他们每一个,这个过程中,可能有分分合合,可能有误会,但我们都携手一起走过。这时候,我的眼眶又一次湿润了,随着年纪增加,越来越不喜欢庆祝生日了,但是学生却牢牢记得,我想,这真是我前世修来的福吧。

第二天,就是孩子们的"六一"儿童节,为了感谢他们,我也为他们准备了一人一份小礼物,给他们一个小小的惊喜。每年我都会给孩子们准备不同的礼物,所以他们每年都猜测老师会准备什么,还会带着礼物去其他班级炫耀。今年也不例外,孩子们惊喜之余纷纷猜测礼物是什么,礼物不论贵重与否,都是我们彼此爱着对方的心意。

渐渐地,我的教育生涯也从五年到了十年,从十年到了二十年,每一届都有学生会想到给我过生日,我也会在学生们生日的时候给他们送上祝福。我想,爱是相互的,学生们能够记得我的生日,我也应该记住他们的生日,这也是平等和尊重的表现。随着工作的变动,我也碰到了不同的校长,有的校长会在老师生日的时候送上短信祝福,有的校长会给同月生日的老师们一起庆祝生日,这就如同我们对待学生一样,用真心去换取真心。很多时候,幸福就在那一瞬间,它甚至能让我们把受到的委屈和烦恼都抛之脑后。

陶行知先生曾说过:爱是一种伟大的力量,没有爱就没有教育,教育的最有效手段就是"爱的教育"。所以作为一名普通的班主任,要懂得教育是爱的事业,教育学生首先就要爱学生,真心的付出一定会获得孩子们的回报。我们可以从孩子们身上看到爱的阳光和温暖,成为一名幸福的班主任。

肩负那一份责任

当我们成为一名教师的时候,责任就已经不知不觉地落在了我们的肩上。无论什么时候,我们都需要保持一份责任心,不管承担怎样的责任,我们都要以学生为本。

还记得当年由于人事变动,学校安排我临时带班,由于不熟悉班级情况,压力比较大,相对来说,责任也比较大,虽说是个临时班主任,我也必须对学生尽职尽责。

班上有个女生小包,有严重的哮喘病,时不时会发作。以前并没有经验,只是在交接的时候,上一任班主任告知我这一情况,虽然已经有了心理准备,但事情真的发生的时候,我仍然有点措手不及。那是一节体育课上,体育老师让学生们开场热身,慢跑两圈,这也是体育课的常规,就在一圈跑完后,小包同学就摔倒了,她发病的场面非常让人担忧,她不停地大口喘气,脸色苍白,头上直冒虚汗,似乎一口气接不上来就会晕倒的样子。大家都被这样的场景惊吓到了,学生们急着喊着跑来办公室叫我,我先让大家不要围着她,给她留出空间,然后把她扶到卫生室,我马上联系家长和120急救。当时小包根本走不动,我二话不说就背起了她,将她先在卫生室里安顿下来,询问她是不是有急救的药,她当时告诉我:药正好用完了。因为没见过哮喘的情况,我也是非常焦急,在卫生老师的帮助下,先让她用学校备用的氧气瓶吸氧,然后让她在空气流通的地方坐着,在等候120的过程中,小包的情况一直没有多大的缓解,但我一直在边上给她拍背顺气。万幸的是,救护车很快就到了,我陪着她一起去了医院,始终紧握着她的手,给她安慰,因为施救及时,她也很快就恢复了。之后,我也有了经验,始终关注着小包的情况,小包发病的情况会偶尔发生,因为一直关注着,所以每次都能"化险为夷"。小包非常感谢当时我对她的急救,特别是腰不好的我还背着她,让她在多年之后仍不忘向我表达感激之情。

在这个班级里,还有一个有抑郁症的女孩小程。父母对她期望非常高,无形中给了她很大压力,加上父母对她的态度不同,父母之间的关系也并不太好,各方面的因素造成了这个女孩不仅性格内向,还有点抑郁倾向,偶尔性情还比较暴戾,会毫无征兆地对班级同学大发雷霆。我找过小程,和她谈心的过程中,发现了她会去网上查找抑郁症的表现,说明她的内心确实存在些许问题。因为不了解情况,我先找了家长,父母的表现也是截然不同,母亲闭口不谈孩子的问题,父亲否认这个情况,只是说以前看过医生,现在已经好了,让我不要放在心上,不会有事情的,她的家长还嫌我小题大做。我也觉得很迷茫,但孩子的种种表现,肯定是有问题的。我寻求了心理老师的帮助,在心理老师的干预下,我们觉得还是有必要关注小程。得知这个情况后,我先组织班级干部的会议,引导学生给予她更多的关心,还专门让她的好朋友及时关注她的情况。同时,我也和任课老师进行沟通,一起帮助纠正她的行为。另外,我和心理老师又找了家长协商治疗方案,不能不当一回事,一定要帮助孩子。最重要的就是小程,我经常找她谈心,承担了她在校的看护和指导。在经过多次的谈心后,我也了解了小程压抑在心中的困惑,在她积极配合治疗后,她的行为和情绪逐渐得到了矫正,并顺利毕业。家长也多次和我联系,感谢我在孩子成长路上扶着孩子一起走。

在这个班级里,有四分之一的家庭是单亲或者重组的,学生和家庭的问题给班级的管理工作带来了很多困惑,有的甚至很棘手,作为一个临时班主任,对我的挑战也是很大的。我始终抱着对学生负责的态度,尽自己所能帮助学生克服学习和生活中的各种困难。

教师对学生的爱是无私的,没有爱就没有教育。歌德说过:"责任就是对自己要求去做的事情有一种爱。"作为班主任,就是要对学生有责任心,责任源于内心对他们的爱,也正是在这样的过程中,教育才能发挥它的效用。

唤醒学生的潜能

爱是教育的前提,但远不是教育的全部。作为一名教师,我们要点亮学生心中的灯。

在我的办公桌边上,有一本学生自制的相册,相册里贴有 2018 届毕业生和我的合影,也有他们每个人的照片,还有我们日常校园的点滴生活,相册并没有贴满,学生留给我不仅仅是纪念,更是让我能够补全。在相册里,有一张我和她的合影,一个圆脸秀气微笑着的女孩——小陈同学,我们习惯叫她"CC",现在的她已经是一个大学生了,但每每看到这张照片,许多故事都会浮现在眼前,往事仍然历历在目。

小陈是个内向的女孩,圆圆的笑脸,一双带着稚气的眼睛,虽然是初三的学生了,却像永远长不大的孩子,充满着童真。那时候的她,由于基础薄弱,没有明确的目标,得过且过,反正过一天是一天。她结交的朋友更是不爱学习,总是关注与学习无关的事情,因为交友问题,她的母亲也是非常头痛。小陈对我毫无保留地信任,我想应该是源自我的真诚吧。

小陈是一个单亲家庭的孩子,跟母亲和外公外婆一起居住,母亲比较强势,说一不二。第一次接触小陈的家庭,是暑假里的家访,天气炎热,她的家人对我千恩万谢,感谢我能冒着高温上门家访。同时,她的家人也跟我讲了很多关于小陈的情况,一是学习比较薄弱,想让她考个高中,但依照目前的情况来看,他们都觉得很难。二是家庭问题,小陈这么大了,每天还都是外公接送,走回家也就十分钟,家人将她保护得太好,让小陈没有受挫的能力,接受不了压力。另外,她的母亲对她的交友问题也是很头痛,因为和她比较要好的女生几乎都不想要学习,总是和她聊一些与学习无关的事情,妈妈觉得严重影响了小陈的学习,但是也不能阻止她的交友。和家长交流之后,我基本了解了孩子的情况,然后我就找小陈谈心,帮助她给自己定一个奋斗的目标。但是在交流的过程中,我发现小陈并没有明确的方向,走一步算一步,她觉得妈妈的要求有点高,自己不太可能实现。我想小陈可能还是对自己不够自信,于是我就问她:"没有目标不要紧,你喜欢什么学校或者将来喜欢去做什么呢?"小陈想了好久,迷茫地摇了摇头。我提醒她:"老师发现你画画很有天赋哦,有没有想过从画画这方面着手,找找这一方面的学校和专业呢?"听了我的话,她的眼睛一亮,又惊喜又疑惑地问我:"真的吗,老师?"我告诉她当然是真的,再把文化课赶一赶,她能够考上一所和绘画相关的高中。听了我的话,她似乎有了目标,但仍然非常为难地跟我说,"老师,我还要和妈妈商量一下,或者您也可以和我妈妈说说。"很明显,被保护得很好的小陈,也很没有自己的主见,因为从小到大都是妈妈给她做决定。我答应了她,让她放心,我也会和她妈妈说明利弊关系的。之后,我就和小陈的妈妈进行了深度的沟通,我建议妈妈还是继续培养小陈的绘画兴趣,孩子很喜欢,就让她继续学着,同时加强文化课的提高,中考的时候可以选择相应的高中。小陈的妈妈也很惊讶,还问我:"老师,我从来没想过还有这方面的高中,都没有了解过。"我给小陈妈妈提供了一些资料,让她可以考虑看看,找最适合孩子的才是对她最有益的。妈妈当时很犹豫,觉得孩子本来的学习就不是很好,然后又怕因为画画耽误了学习,所以就给她停掉了。经过我和妈妈的沟通、交流、开导,也指出了孩子身上的闪光点,我还把学校里孩子展出的画作给妈妈看,告诉妈妈孩子的潜能是无限的,加以培养,一定会有所成就的。

通过多次的交流谈心,小陈给自己的高中做了规划,在妈妈的帮助下,也重新开始了绘画的学习。因为重拾了兴趣,她在文化课的学习上也更加用功了,成绩虽然进步不是很大,但是她非常刻苦。英语、数学都是她的弱项,但是我发现她总会在课后向同学和老师求助,她每天都会准备英语词汇、句型的卡片,抽空就背诵,数学题目不会一定会找老师,直到会做、搞懂为止。特别是在课堂上,她比以前更加积极了,不管答案正确与否,她都踊跃回答。周末的时间都留给了去画室画画,画室的辅导老师也称赞她的天赋高。经过小陈一刻不停地努力,最后如愿进入了她的目标高中。因为对我的信任,小陈进入高中之后,只要遇到学习或者生活中的困惑,她都会咨询我,征求一下我的意见。如果和妈妈之间有什么一时无法沟通的情况,她也会找我帮忙协调。

现在小陈顺利进入了她理想中的大学,也考入了她想进入的顶尖设计专业,对于人生道路的选择和她的理想,她都会及时告诉我。当然,在这个过程中,她也会有迷茫,但她总会信任地听取我的建议,因为她知道,我一直是支持她的最强有力的后盾。

作为一个班主任,并不需要惊天动地的壮举,只需要在自己的"一亩三分地"上播撒真诚和对学生的关爱,把学生当成自己的孩子去对待,观察他们,了解他们,欣赏他们的闪光点,唤醒他们的无限潜能。一直以来,我都抱着对学生负责的态度去做教育,我想这也算是教育的真谛吧!

温暖的色彩

师爱，是一把金钥匙，能打开孩子封闭的心灵；师爱，是阳光雨露，能让孩子们如花般绽放；师爱，是一双温暖的手，能抚平孩子们的伤痛。

小刘是寄养在"临时家庭"的福利院儿童，她是一个比较安静的女孩，她的智力有问题，还带有一点唇腭裂，因为这样的缺陷，孩子被扔到了福利院，孩子也不知道自己的亲生父母是谁。临时寄养在当地的爷爷奶奶家，一方面是给了小刘一个家，另一方面寄养家庭也能得到孩子的抚养费，但毕竟不是自己真正的家，小刘在这样的环境下偶尔也会闹脾气，不开心。因为智力的问题，她不会表达自己的情绪，最多就是不声不响，表现得很不开心而已。领养她的爷爷奶奶年纪也大了，能够照顾她的生活起居已经是尽力了，照顾她的情绪对于两个上了年纪的老人来说有点难。

一天，放学比较晚了，突然接到小刘爷爷的电话，说没有接到小刘，两个老人非常着急，找了很久都没有找到，没有办法就打了我的电话。我的第一个反应就是，小刘是个比较听话的孩子，不会随便乱跑。因为智力问题，她也没有什么朋友，肯定也不会是贪玩出去了。我一时有点担心，孩子会不会被拐骗？考虑着要不要报警，但是找不到小刘也才两三个小时，报警也不一定会受理。我镇定下来，询问小刘的爷爷，最近孩子有没有什么异样之处，或者是和家里人有没有矛盾呢？爷爷想了想说，也没什么大事发生，这孩子本来就不声不响的，一般也不和他们多交流，到底有什么心事，爷爷确实不清楚。正当我一筹莫展的时候，想着平时小刘在校的表现，以及猜测她可能会去的地方，当时的我也很懊悔，知道小刘是福利院的儿童，更加应该多关心她，这里也有我的失职。我不断尝试着否定一个个想法，这时候小刘的奶奶想到了一件事，她说，这两天小刘告诉她，看不清黑板上的字，想要配眼镜，但是奶奶并没有放在心上，现在想起来，是不是因为没有在意，这孩子赌气躲了起来。听奶奶这么一说，我想了想，确实发现了小刘的异常，因为她的个子比较高，所以坐得比较靠后，课堂上的小刘从来不会捣乱，即使她的学习能力很弱，很多也听不太懂,但她仍然很努力,认真听课,听不懂的,她就做自己的作业,能学多少是多少,总之,小刘的态度一直都非常端正。课间,她也总是安静地做自己的事情,同学们知道她的情况,也都很照顾她,不会去歧视她。但是小刘内心比较自卑,同学们虽不歧视她,但她也没什么朋友,她不主动,同学们也不会主动去找她。那几天,我确实发现小刘不太对劲,课堂上有些烦躁,现在回想起来,可能就是她看不清所导致的。另外,我也发现课后她在走廊徘徊,可能当时是想来找我说她的情况,但没下定决心,而我疏忽了,并没有主动去问她,只以为她是在教室外面玩,没留意她不同寻常的举止。了解了大致情况后,我和爷爷奶奶分析这孩子应该不会跑得太远,毕竟她的情况证明她也是一个胆小的女孩,不会轻易离家出走。每天都是爷爷接送她的,没有接到她,要么就是躲在学校没走,要么就是自己走回家躲在了附近。有了方向,我们就兵分两路,奶奶在家附近找她,我和爷爷在学校找,终于如我所料,小刘躲在了学校操场的绿化带中,不仔细找还真轻易发现不了她,她蜷缩在里面,低声哭泣,哭得非常伤心。爷爷刚想大声喊她,我阻止了他,我轻轻地走到小刘的身边,抱住了她,抚摸着她的头,让她能够尽情哭,我告诉她:"小刘,有什么事可以和老师说,躲在这里,大家都为你担心。"她抱着我哭了好久,就像个幼儿园的孩子,我任由她抱着哭,眼泪鼻涕都流在了我的身上,我也不介意。爷爷反而在边上手足无措,一直跟我道歉:"不好意思,老师,把你衣服弄脏了,对不起!"我笑着对爷爷摇摇头,告诉他没事的。我安慰小刘:"老师知道你为什么哭了,别哭了,现在爷爷在这里,你有什么委屈也可以告诉爷爷,好吗?"小刘听着我的安慰,很快也平静了下来,但是一直都不开口。我问她:"是不是看不清黑板上的字,想去配副眼镜呀?"她点了点头,抽泣地说着:"是的,我看不见,我告诉奶奶了。"我转头对爷爷说:"小刘看不见了,爷爷奶奶不是不给你配眼镜,是想着周末带你去,不信你问爷爷?"她也转头看着爷爷,爷爷连忙点头,笑着跟小刘说:"是的,我们去配眼镜,爷爷是工作太忙,想着周末带你去,不是不给你配。"听了爷爷的话,小刘也停止了抽泣,开心地跑过去抱住爷爷,拉着爷爷一起回家了。果然,这样的孩子很容易满足。

从那之后,我开始特别关注小刘,当她戴上了眼镜之后,还特地来给我看,告诉我戴了眼镜能看清楚很多,她还告诉我配眼镜的过程,看着小刘的笑脸,我也觉得非常高兴。小刘也逐渐开始信任我,特别依赖我,有什么事情都会来找我帮忙,甚至她每天都会来找我,哪怕在我身边逗留一会也好的,我发现了她类似孩童般地黏着我,当然我也不能让她失望,总会抽空关心她,给予她温暖。班级里的学生看到我对待小刘的态度,他们也懂得了关心、帮助小刘。随着年龄的增长,小刘也越来越懂事,到了初三,她也顺利地考进了理想的中职校,现在,她成了一名点心师,她非常刻苦,重复的手工工作并没有受她的智力影响,她做得也是有模有样的,她也会时常带着做的点心来看我。毕业了,她顺利进入了酒店,成为一名后厨,福利院也给成年的她安排了居住的房子,看着她健康成长,我的心里也油然而生了一种幸福感。

"育苗有志闲逸少,润物无声辛劳多",特殊的学生就要给予他们特别的爱,作为班主任,要像和煦的春风般去温暖学生的心灵,微笑着去面对他们,尽自己努力去帮助他们,让这些有缺陷的孩子也能有生活下去的勇气,为他们的未来绘上温暖的底色。

越过心里那道坎

　　教师生涯中,是否曾有过自己的能力被质疑的经历呢? 作为班主任,其实和学生一样,都有一个适应期,但如果越过心里的那道坎,就会发现眼前豁然开朗。

　　那是我第一次教初三年级,想着只要能够让学生喜欢,就会处理好班级的事情,所以我还是非常有信心带好班级的。但总是事与愿违,现实的打击还是很残酷的。

　　事情发生在我的一节英语课上,学习一直很优秀的小姚一直在埋头书写,整堂课没怎么抬头,我误以为她在做其他的作业,心里其实挺生气的,所以我也没有给她面子,直接提醒她上课不要做其他作业,要认真听讲。我想我这么不客气地提醒,她应该会听得进去,但出乎我意料的是,她直接站了起来,微笑着告诉我:"老师,我一直在记英语笔记,只不过是问隔壁班级借来的张老师的课堂讲义,可是您讲的和张老师讲的有很多不一样。"当时的场面非常尴尬,全班的学生齐刷刷地转向我,用疑惑的眼光看着我。我真的不知道该说什么来缓解尴尬,我也不清楚我是凭着怎样的毅力将这堂课上完的。我心里非常忐忑,我发现了学生们质疑我的眼神,对于年轻且经验不足的我,紧张到不知如何去化解,学生的质疑很快就会变成不信任。于是,我下定决心学习老教师的经验,我和张老师商量,多去听她的课,认真参加初三年级的教研活动,多学习其他老师的教学经验。每天认真备课,批改学生作业到深夜,其中的辛酸并不亚于初三的学生。可是这个辛苦的过程并没有学生看到,我发现我的课堂上,学生还是带着点不服气的。好几次,小姚仍然是在记录着借来的笔记,我心里着急和难受,很想改变这样的状况,但我也不知道如何跟她沟通和交流。在我还没想好怎么缓解这种状况的时候,小姚的妈妈找到了我,当面质疑我的能力,她觉得我们的班级并不像想象中那么好。我作为班主任的管理能力有限,作为英语老师的水平有限,似乎学生对我也很不服气,这样的话深深地刺伤了我的心,可我不能责怪学生和家长,我反省下来,还是因为自己没能得到信任。那段时间,我确实有点怀疑自己,也有些打退堂鼓的念头,更让人觉得难受的是,家长反馈了之后,学校领导也找我谈心。很幸运,领导并不是针对家长的反馈,而是给了我指导和帮助,并且告诉我是因为信任我能够做好才安排我来带初三年级的。是呀,人都有第一次尝试,不能因为受到了挫折就想着退缩,我不可能永远都不去教初三年级,越过了心里那道坎,当时我就释然了。我重新梳理了自己的心情,调试好自己的情绪,我想家长的不满意也是源自学生的不信任,那我一定要从学生入手。

我先利用课余时间找了小姚,当时小姚非常忐忑,有点局促不安,我想她肯定是认为我想找她"麻烦"。我微笑着让她坐到我的对面,我知道她很喜欢写作,想成为一名作家,我就从她的兴趣开始和她聊。假如将来她真成了一名作家,但是她的第一部作品获得的是读者们的批评和质疑,她会怎么样?她说:"虽然老师您是假设,但是如果真的碰到那样的情况,我一定会很伤心和难过的。我相信我的第一部书一定是全力以赴和认真去写的,虽然没有写作的经验,但是我肯定是很努力的。"我笑着跟她说:"对呀,就像老师我一样,我第一次带初三,我当然也会全力以赴和认真努力的,我也不想换来大家的质疑和不信任,你觉得呢?"小姚听了,低下头,沉默了。我继续笑着跟她说:"其实,如果我们换位思考的话,你是不是也能理解老师了呢?课堂上你可以提出你的质疑,老师虽然没有经验,但是专业并不弱;可能老师的知识梳理没有张老师精辟到位,但是我想也并不会有所忽略。老师并不是想要博取同情,只是想让你了解,我也是默默努力,想要让我们班级越来越好的。"整个谈话的过程,我并没有提小姚妈妈给我的难堪,我也想心平气和地听取她的一些想法。最后,让我没想到的是,小姚主动跟我道歉,她说:"老师,对不起,我只是和妈妈随意说了一下,并不是想让她来为难您,没想到妈妈竟然会来质疑和批评您,我替她向您道歉,对不起。"我微笑着摸摸她的头,真诚地告诉她:"没事,你的妈妈也是为了你好,我能够理解,但是我也请你们相信,老师是有决心带好你们的。"小姚很惭愧地点了点头。

和小姚谈完之后,我召开了一次班会。班会上,我和学生们一起反思不足,一起做初三规划。我也把我努力学习的过程告知了学生,同时,我鼓励他们,和我一起让我们的班级越来越优秀,不仅仅是成绩,包括其他各个方面。同时,我也告诉学生,不要羡慕其他班级,他们能做到的我们也可以做到,但首先要信任自己的老师,如果连学生都不支持和相信我,那我们怎么能够共同提高呢。学生们被鼓舞了士气之后,各个都摩拳擦掌,做好准备,我们班级的凝聚力也有所增强。和学生们沟通之后,我也约谈了小姚的家长,她的家长非常不好意思地跟我道歉,我告诉家长我并没有放在心上,也请家长不要介意。同时,我把自己的教育教学理念告知了家长,请家长放心,孩子在我的班级,一定不会让她受到委屈的。

事实证明我们班级最后的中考成绩很不错,虽然在这一年里我有委屈和辛酸,而且付出了比别人更多的努力,但是我乐在其中,我赢得了学生和家长们的信任和理解。

作为班主任,教学经验是可以通过时间和实践来积累的,但是教学热情如果磨灭了,那么有再多的经验也没有用。成长过程中,总会经历坎坷,教育是心灵与心灵之间的沟通,也许付出一时会遭受到误解和质疑,但是只要自己不气馁,不忘教育初心,一定会越来越好,越来越强大的。

无　人　监　考

　　这是一次对于诚信教育的改革，是我们尝试用彼此信任来面对考场和考试的故事。

　　不知从何时起，学生的学习压力越来越大，特别是初中学生，他们的考试也出现了新的名词，周练—月考—期中—期末——一模—二模，学生在这样的大考小考中，周而复始地循环。我一直以为他们已经适应了，但是在一次周练中，我发现了一个现象，不知是学生麻木了，还是已经丧失了复习的信心，班级里出现了悄悄对答案的现象，同时这一现象还变本加厉起来，不仅有悄悄翻书的，还有打手势的，甚至有老师还看到传小纸条的，这样的作弊风气决不能纵容。

　　首先，我先找了那些始作俑者，我发现他们的态度很消极，并没有意识到自己的不良行为，口气也很不友善。他们认为频繁的测试令他们身心俱疲，虽然知道定期的测试是老师想了解学生掌握知识的程度，但是他们觉得自己总是陷入高度的紧张中，一根弦一直拉紧，长此以往更容易变松。听了学生们的话，我也觉得挺有道理的，但是作弊的行为是不诚信的表现，当然也是不可取的。于是，我就在全班召开了一次诚信主题班会，我用情景再现的方式，把学生们在考场中的表现用戏剧化的形式表演了出来。学生们看着自己的这些行为，在哄堂大笑的过程中他们都面面相觑，懂事的他们知道自己的行为是错误的，纷纷向我道歉。我笑着跟他们说："不用跟我道歉，是为你们这种不诚信行为跟自己道歉，不管是小考还是大考，我们都要认真对待，作弊的行为永远都是可耻的，是一定要杜绝的。现在，我也想听听你们的想法。"学生们听了我的话，开始吐露自己的心声，我这才知道了学生们的真实想法。有的学生说，太多的测试会让他们变得越来越模式化，做题时，看到题目有点相似就照搬照做，对于没做过的题目就不想去动脑筋了，乱了阵脚，想要放弃，想要翻书看看找找答案。有的学生说，每次考试都会有排名和分数，无形中给了大家压力，大家都想分数好看点，也就开始了不择手段。包括成绩好的学生也害怕自己的成绩不理想，有退步，家长那里又过不了关。甚至有的学生说，现在对试卷上的叉叉都麻木了，错就错呗，考得差也无所谓了……听了学生们的心声，我心里也不是很好受，我怕学生们的信心不断被消磨，挖空心思作弊剥夺了他们的羞耻心，对于"诚信"两字的理解也越来越模糊。当然，被抓出来的学生，不仅被警告，还有可能在自己的档案上留下不光彩的一笔。我们在班会上还讨论了考试的目的，为什么要考试？如果没有考试，我们对于每个阶段的知识掌握程度如何进行把控？要用光明正大的方式去对待每场考试。学生们畅所欲言、开诚布公地进行交流。

于是，我就和学生们商量，今后我们采用"诚信试场"，学生们诧异地看着我，我告诉他们，以后我们实行无人监考。他们异口同声回复我："无人监考？"我笑着点点头，回答他们："是的，无人监考，让你们在没有人监督的氛围中，放松自己，同时培养你们的自我约束能力，做到诚实守信。"学生们都觉得这个建议有意思，可以尝试，他们觉得这个方式至少可以让他们能够将紧张的心情释放，我们就愉快地决定来一场关于考试的"革命"。

很快，又一次的月考来临了，我们的无人监考制度也准备实施了，学生们无比兴奋。我把试卷发下去之后，就离开了教室，让他们进行答题，和他们约定了开考半小时后我会巡视一次，解答可能出现的问题。当我过半小时走进教室的时候，发现教室静悄悄的，只见学生埋头答题，沙沙的书写声不时传入耳朵。时间也在不知不觉中流逝，没有学生对考试发出质疑，甚至我走进教室里，很多同学都没有注意到我，更没有像以前那样，有打手势和悄悄地翻书看看的举动，学生们异常乖巧，我也颇为惊讶，无人监考了，学生反而自我约束力变强了。自那以后，我们班级改掉了以前的"歪风邪气"，无人监考成了我们班的特色，也为学生的诚信盖章认定。

究其缘由，其实学生们厌倦和消极反抗的是频繁的测试，但是当他们懂得利弊之后，反而激发了他们的天性，觉悟成长，自我教育。作为班主任，让学生自我觉醒后进行自我教育，才是达到教育的最高境界。我也为我的学生们庆幸，随着教育的变革，"双减"政策的落地，为学生减轻了负担和压力，扭转了"唯分数、唯升学"的不科学的教育评价导向，引导他们全面而有个性地发展。

心灵绘画

艺术具有治疗作用,作为老师,多学一些心理学的知识,能更好地帮助学生,小庄的故事就是从绘画开始的。

小庄同学是一个活泼开朗的女孩,特别爱笑,总会帮助我做一些力所能及的事情。突然有一阵子,她变了,开始不那么积极热情了,学习时也有些恍惚,我开始并没有太在意,我以为这是初中青春期的正常发展变化,我开始正视她的转变是几次美术课上老师展示的画作。美术老师习惯把每次课堂上比较优秀的作品展示到教室后面的"学习园地"一栏里面,但是很长一段时间都没有小庄的作品展示。我私下问了美术老师,想了解一下小庄的情况。美术老师告诉我,小庄的画风突变,她的作品大多数是黑灰色,很消极,并不适合展示出来。我很惊讶,黑色通常意味着未知,表现出来的是否定的、消极的情绪。小庄情绪变化的背后一定有不寻常的故事。

我先找了小庄,想着她平时和我关系还不错,她应该愿意和我说出她的故事,但出乎我意料的是,小庄并没有像以前那样爽快地告诉我实情,而是不说话,我问得有点急,她就摇头,最后她跟我说:"老师,您别问了,我没事。"然后就跑出了我的办公室,但我看到她跑出去的时候,悄悄地抹了抹眼泪。我当时心里真的非常着急,很想帮助小庄。于是,我给她妈妈打了电话,妈妈也支支吾吾的,但是我还是问出了实情,最近父母离异了,小庄由爷爷奶奶照顾,这样的巨变,让她一下子变得沉默寡言。了解了这个情况之后,我知道一定是因为家庭的变故,造成活泼开朗的小庄一下子变了,在她幼小的心灵中承受着巨大的压力,如果创伤不能修复的话,我怕这孩子会出现心理问题。所以,我又找了她的好朋友,但是她的好朋友跟我说,小庄最近突然也不太和她玩了,心情一直不太好,曾经发给她一些比较负能量的话语,例如:我的心里是一片荒芜的沙漠;我变成了他们的累赘;我是不是不该存在……听了这些话,我觉得事态已经比较严重了,但是小庄突然封闭了自己,不肯说出内心的想法,实在无从下手帮助她。我寻求了心理老师的帮助,但是小庄很不配合，也不愿意和心理老师交流。于是，我打算发挥小庄的美术特长，从"房树人"测试入手，用绘画来疏导小庄的情绪，从而来评估测试她的心理状态。

"房树人"测试是巴克设计的著名的绘画投射测验，通过绘画房、树、人可以反映出孩子的人格、直觉和态度。我利用午休时间，带着小庄来到心理教室，让她放松心情，不想和我说话，可以用画画来跟我聊天。她有点惊讶，画画也能交流？我能看出她眼中的疑惑，笑着对她说："你可以试一试，会很有意思的。"她点了点头，在画纸上画了起来，她的"房树人"都没有涂色，绘画过程，她愿意开始和我沟通了。她解释她的房子没有门窗是因为她并不想出来，只想待在自己的世界里，只有把自己关得紧紧的，才不会被人打扰。甚至她还在房子的外围加了道没有出口的篱笆，很明显她想彻底封闭自我。她的树干被涂得漆黑，在树干上还有树的疤痕，很容易看出来，她的内心受到创伤，那些伤疤是她内心的投射。在画里没有出现任何人，包括她自己，她说躲在房子里，不想让人看见。看到这张"房树人"，我心里很难受，但我仍然安慰她："没事的，我们可以逐渐改进。"我并不想让小庄压抑情绪，我就对她说："我们不画房子和树了，来画画你的家庭成员吧？"听说要画家庭成员，小庄开始犹豫了，迟迟不肯动笔，我温和地对他说："不要紧的，你想怎么画都行。"踌躇了很久，她画了一幅她和爷爷奶奶的画，画里没有父母，但有一只小狗。我知道父母的离异令她伤透了心。我问她："是不喜欢爸爸妈妈吗？画里怎么没有他们呢？"她当时就掉下了眼泪，我安慰她："可以不用说，你想说就告诉老师，我们今天的画画就到这吧？"她摇了摇头，告诉我："我从小一直都是跟着爷爷奶奶生活，爸爸妈妈都很辛苦也很忙，妈妈照顾我比较多，但是爸爸也很关心我，只是他并不常回家。我和妈妈的关系会更好一些，爸爸回来虽然我们之间话不多，但是我知道他们都很爱我。我现在的生活里也只剩下了爷爷奶奶和我的好朋友。"我知道她所说的好朋友，是她养的小狗。从和她的聊天中，我发现她非常缺乏安全感，对父母的情感也很消极，父母离异后，她并不愿意想起以前的事情，想把自己封闭起来。但是有一个向好的事情是，小庄在画画的过程中，愿意跟我吐露她的心声，这个测试方法开始有了成效。

一周后，我又约了小庄，我知道她非常喜欢她的小狗，我就借着小狗的话题和她谈心，希望起到疏导的作用。我跟小庄说："你的好朋友是史努比的原型比格犬对吗？你很喜欢史努比吧？"她惊喜地问我："老师，你也喜欢吗？"我笑着点点头：

"你那么喜欢你的好朋友,可以尝试着多利用好朋友来创作一些你喜欢的故事,你可以试试看。"那一周,小庄用"史努比"替代自己,画出了自己的不开心,画出了自己以前的开心过往,也开始涂上了色彩。她也借助着这些画作,跟我讲了她的故事。以前的父母很疼爱她,不管她想要什么,父母总会满足她,虽然爸爸工作忙,总是出差在外,但是爸爸出差总会记得给她带礼物回来。她的生日,爸爸妈妈都不会忘记,每年都会给她庆祝,即使再忙,爸爸都会尽量赶回来。不知从何时起,这样的和谐被打破了,伴随着爸爸妈妈越来越多的吵架,那种幸福感渐渐地消失了。小庄这样的转变让我十分欣喜,运用隐喻的方式,她可以用"史努比"来讲述她的内心,她的情绪逐渐外露,她绘画的信心也与日俱增。

一个月后,我让小庄画她的心愿,这次在她的画里,不仅有爷爷奶奶和小狗,多了爸爸妈妈,场景里也多了些花花草草,不再是黑灰色的,而是多了些生机。在绘画的过程中,她告诉我,她不想爸爸妈妈分开,想要一家人完完整整地在一起,一起出去玩,但是现在爸爸妈妈分开了,这样的美好景象不会有了。看到小庄彻底打开了心扉,我也借此机会告诉她:"父母的分开有很多原因,虽然父母分开了,但是他们对你的爱不会变。你的心愿也仍然能够达成,他们只是分开,但是和你一起去游乐场玩,还是可以实现的。你也可以换一种想法,让爸爸妈妈过得更加开心,你觉得呢?"小庄表示自己会尝试着去慢慢接受。这个干预过程中,我也联系了小庄的父母,把孩子内心的真实感受告知了父母,她的父母也保证不会因为分开而忽略孩子,也还是会一起带着孩子过周末。绘画依然在继续,小庄的变化也越来越明显。

在对小庄问题的干预过程中,我和她都在不断成长,我也从中感受到了艺术教育的力量。我觉得作为班主任,学一些心理学的知识是非常有必要的。在传授学生知识和技能的同时,还应该多关注学生的内心世界。结合艺术教育的独特视角,也可以帮助需要帮助的学生,引导他们积极向上,扫除心里的阴霾,健康快乐地成长!

相 互 信 任

　　师生信任一直也是我们教育中面临的问题,学生不再相信老师,就会运用各种抵制欺瞒的手段。我想很多时候,不能只是去责怪学生,我们应该反思是不是我们没有制造出让学生信任的机会呢? 我和小甘的故事就是源于信任。

　　小甘同学是个倔强的男孩,脾气比较直,很喜欢和老师"顶嘴",他很缺乏安全感,生性多疑。小甘的妈妈曾经跟我说过,他和他爸爸很像。家庭教育中的潜移默化其实非常重要,小甘让同学们觉得很"讨厌"的地方是,他凡事都喜欢和别人"抬杠",不相信任何人,特别是老师。比如:他做错了事情,老师并没有批评他,只是和颜悦色地跟他讲道理,他会说,那是老师想拉拢他;同学和他开玩笑,他总说同学们看不起他……诸如此类的不信任和"抬杠",让身边的人都不太喜欢他,当然,他也不是很在乎,反正在他眼里也看不惯别人。这样的孩子,对老师来说其实很有"挑战性",能够感化"顽石",本就是一件不简单的事情。

　　我相信作为老师,都曾碰到过学生睡觉和看书等情况,我和小甘之间的改变就是在我的课堂上。记得那是下午的最后一节课,学生们因为疲惫而有些昏昏欲睡。在学生有些"懒洋洋"的课堂上,我发现小甘特别勤奋,英语书竖起在桌上,低着头,非常专注,这不符合他一贯的作风。我并没有刻意"打扰"他,而是在讲课的过程中悄悄走近他,我发现他在竖起的英语书下面放了一本课外书,类似武侠小说,他正看得津津有味。我并没有直接收走他的书,而是在他头上摸了摸,他一惊,迅速把书抽走放进桌屉,尴尬地看着我。我并不想让其他学生有所察觉从而打击他,让他又觉得大家对他不信任,我仅仅只是向他伸了伸手,继续讲课。这么一个课堂上的小插曲,并没有惊动很多学生,大家也并不知道小甘在做什么,我也借着让小甘起来朗读课文而缓解了他的尴尬。整节课,我就觉得小甘一直心神不宁的样子,我想他一定是害怕我把他的书没收,虽然他很倔强,但是他也知道我公事公办的性格。下课后,我一直注视着他,他也看着我,我示意他去办公室。他不情不愿地拿上书,跟着我走,我看到他还拿了一张包书纸包上了那本书。知道他是个敏感的孩子,我并没有带他去办公室,而是带他去了谈心室。我还没有开口,他就用哀求的口吻对我说:"老师,能不能不把我的书没收呀?"我没有正面回答他,因为平时的他,只要我说了一句话,他就能和我顶上好几句,我依然用柔和的眼光看着他,并向他伸出了手。他不情不愿地将书交给我,还是不死心地跟我说:"老师,实在要没收我的书的话,能不能帮我保管好呀?"看着他交给我的书,书皮是非常精美的包装纸,翻开里面,果然是一本武侠小说。小甘知道自己理亏了,但他就是缺乏信任的性子,他还是忍不住用抱怨的口气跟我说:"我就知道你不会答应,随便你怎么处理吧?"终于等到平时的"小甘模样"了,我笑着对他说:"我建议你选择信任,你总是用自己觉得老师会怎么样来做判断,那么你永远都没有安全感。如果你选择信任的话,你的心胸也会更加宽广,人也会更加快乐的。至少老师我,喜欢被别人信任,而不是总是被质疑。"小甘顿时泄气了,不再开口。我也不开口,静静等他思考,我想当时的他一定是在做思想斗争,因为他一直以来对我的不信任,让他不知所措。看着他偃旗息鼓的样子,我觉得火候差不多了,我笑着把书还给他,告诉他:"书还给你,但是我不想以后在课堂上再看到你看课外书。希望你能够注意场合。"没给他感激的时间,我继续跟他说,"其实我也喜欢金庸的武侠小说,很多我都看过,如果你愿意,看完也可以和我交流。我也绝对相信你,一定不会再做这样的事情。"他可能都没有想到我并没有没收书,而是还给了他,他处于震惊中,都忘了和我"顶嘴"了。我仍然笑着对他说:"小甘,谢谢你开始选择信任我,老师也想告诉你,我是值得你信任的人。"他虽然还很迷茫,但是还是点了点头,然后开心地带着书离开了。

接下来一段时间,我还利用读书节,让学生们做阅读介绍和感悟。小甘当时介绍的正是自己看的武侠小说,在他分享的过程中,我看到了他身上的那种自信。我和他也渐渐加深了信任感,他会在课余找我聊看书的感受,以及他对金庸书籍的看法,有时候他的见解还是很独到的。就是这样一个小小的生活插曲,让小甘改变了很多,学生们都很佩服我。小甘确实不再去跟老师和同学"抬杠"了,反而还会去帮助同学。

作为班主任,应该言传身教,去制造出让学生信任的机会。学生没有尝试去信任,没有感受到信任和被信任,他们又怎么会相信他人呢。因此,作为教育者,当我们被轻视、排斥、不信任的时候,不要有消极的想法,而是多反思,多找寻方法,诚恳地去宽容学生,假以时日,一定会收获到学生的认可和信任的。

对"溺爱"说"不"

父母对孩子的爱是无止境的,可溺爱也会带来恶果,如孩子说话口无遮拦,做事肆无忌惮,久而久之便形成一种理所当然的想法。

小陶同学就是我遇到的这样一个孩子。在家里他把父母长辈的爱当作天经地义的,对父母毫无尊重可言,并且把"恃宠而骄"的习气也带到了学校,霸道、蛮横,成为班级不和谐的音符,给班级管理带来不良影响。如何改变被溺爱学生所造成的不良影响也是我作为班主任所面临的一大难题。

小陶是一个家境殷实的孩子,家长对他是百依百顺,每天上学放学都是私家车接送。有时爸爸开会没车接送,他竟然不来上学,家长无奈之下也会给他请假。天气冷的时候,妈妈让他多穿点衣服,他不肯还不算,总会不耐烦地跟妈妈说:"烦死了,不用你管。"学校里食堂的饭菜不合他的胃口,就不吃,回家要求父母给他送饭,父母上班没办法,爷爷奶奶年纪大了,还每天中午给他送饭,全家人对孩子的溺爱超乎我的想象。造成这孩子在学校受不得"委屈",课堂上老师提醒他注意听讲,不要瞎看,他会怼老师:"你长得好看!"很多时候都会把老师气得无话可说。"万病皆有根,治标先治本",小陶的这种情况看似是个难题,其实他进入中学阶段,好好引导,也是可以有所改变的。

小陶的表现和家庭教育是分不开的,所以我第一时间想从他的家庭入手,进行细致的家访和沟通是了解学生和学生家庭的最好方法。于是,我利用休息时间上门走访,先从小陶的家长这方面了解情况。经过交流,发现孩子是典型的"溺爱综合征",家长们对小陶的教育观念就不是很正确,以孩子为中心,什么都是孩子说了算,违背了孩子的生长规律,导致了孩子性格的扭曲。于是,我就从小陶自身切入,及时去发现他的优点,并且放大他的优点,让他放下防备之心和那种自以为是之心,让他能够感受到老师也是关心他的,但并不会像家长那样无条件溺爱。主动做学生的倾听者和引导人,让他感到老师是可以信任依赖的。我经常找小陶私下谈心,了解他和家人的相处,在这个过程中,引导他知道家长的溺爱是不正确的,他对待家长的态度也是需要改变的。我教了他一个方法,试着自己去学会自理,当父母想要帮助他完成的时候,可以对他们说"不,我可以自己做",而不要总是对他们发号施令,过"衣来伸手,饭来张口"的日子。一开始,小陶告诉我,他做不到,他很习惯被父母这样宠着的日子。我并没有"逼迫"他,而是去挖掘小陶的潜能,激发正能量,适时地给他派发任务,让他能够找到自己的位置,培养集体荣誉感,让他觉得自己有用武之地。

发现小陶并不是如父母所说的什么都不会是在一次周一"清洁家园"的活动,小陶的任务是负责帮助擦好窗的同学们清理窗槽,当时,他那专注的眼神、执着的态度让我看到了他的不一样,也让我更有信心去改变他。当天,大扫除后,我就着重表扬了清理得最干净的是窗槽,得到了学校检查同学和老师的夸赞。我看着小陶,他也是一脸自豪地看着我。课后,我特地找了小陶谈心,可是他就像刺猬似的:"老师,又找我干吗? 我又做错了什么?"我笑了笑,对他说:"难道只有犯错才能找你吗? 老师找你是因为你很棒!"他惊讶地看着我,只回复了我:"啊!"看到他这个样子,我继续和他沟通:"你觉得我们班级的卫生工作还有什么需要改进的吗?"他瞪大了眼睛,问我:"老师,为什么这么问? 和我有关系吗?"我笑着跟他说:"当然有关系,你也是班级的一员,你的窗槽打扫得非常干净,说明你很有办法,所以老师想听听你的建议。"他放松了戒心,说:"老师,真的问我吗? 我确实有好的办法。"那天,我俩谈了好多,我也听他说了很多建议,我发现小陶真的仅仅是一个被宠坏的孩子。通过长时间观察,我发现他之所以会做出种种让人不喜欢的行径是源于他的生活环境优越,家长的"溺爱"让他不知道该怎样和他人相处。在让他帮忙给班级提建议之后,他会经常来找我,提出很多有用的想法,比如班级如何布置能够更加温馨,黑板报怎么画会更漂亮,等等。我知道他学过素描和书法,于是,我将出黑板报的任务交给了他。同时,我也发现了小陶的一些细微的变化,说话不再那么犀利了,笑容也越来越多了,不会再跟老师针锋相对了。在多次交流谈心之后,我也向小陶提出了一个要求,把自己的独立想法和能力在家里也体现出来,对父母溺爱要适当地说:"我可以,我能行!"我让小陶尝试着改变"父母应该做的想法",换位思考一下,父母越是溺爱反而让小陶更加逆反,不如锻炼自己的自信和自立。从此他真的变了,他开始关心班级,说话也能够注意别人的感受了。

溺爱孩子,孩子容易变得无情,一味地索取,没有付出。溺爱孩子,孩子容易变得无能,父母帮他做了原本他该做的事情,过度的照顾使孩子品德、智力和身体发育停滞不前。作为班主任,有时家庭教育可能未必能够改变,但我们可以从孩子方面着手,让我们的孩子具备独立解决问题的能力,我们应解放思想,放手让孩子独立分析、解决自己遇到的问题,遇到事情要冷静,积极设法解决问题,而不是消极地等待。

点亮孩子心中的一盏灯

　　有幸参与了吴增强教授的书籍编写,觉得这个名字非常适合我现在带教的班级,作为教育者,很多时候并不是我们的孩子不好,而是我们没有点亮孩子心中的灯。

　　体育节,我们开展了各年级的篮球对抗赛,我们班级的学生虽然学习比较薄弱,但是对体育运动却非常热衷,特别是一大波男生,抽空就会相约篮球场去摸一下球。这次抽签抽到的是与(1)班对抗,很明显,"敌强我弱",输了比赛。在我看来,胜败乃兵家常事,输了比赛很正常,没必要耿耿于怀。我也教育学生们,虽然输了,但是老师看到了你们之间的团队力量和班级的凝聚力。我们本着友谊第一,比赛第二的原则参与比赛,即使输了,你们在我眼里,仍然是驰骋球场的"英雄"。孩子们在我的开导下,本来都是垂头丧气的,也都渐渐释然了。

　　赛后,别的班级的学生不仅嘲笑他们,竟然还有学生指着他们的鼻子说他们是废物,连(1)班都打不过,看看他们,轻轻松松就拿下了(1)班。活动课上,更是变本加厉,几个班级一起上课,我们班级又被一波嘲笑。比较冲动的几个男生当然不甘心,经不起嘲笑,直接就杠上了,女生们也看不下去,来找我,让我跟着一起去调解和理论。我答应了她们,但并没有去兴师问罪,与其教育别的班级的学生,不如先教育自己班级的学生,也顺便让我的孩子们改变一下他们的认知。

　　班会课上,我没有说明主题,直接把"废物"两个大字写在了黑板上。还没等我开口,学生就炸开了锅。"老师这是这么意思? 也看不起我们吗? 不是您说的吗,胜败乃兵家常事? ……"学生们你一言我一语,义愤填膺,一个个都气鼓鼓的,恨得"咬牙切齿"的,看着他们的样子,我其实觉得挺有趣的,我笑着对他们说:"就看到两个字,你们就已经有各种表情了,我也知道你们很生气,我也理解你们,这是很正常的心理状态,说明你们自尊心强,不服输,值得表扬! 那么,看到和听到别人这么形容你们的时候,你们准备怎么做呢?"话音刚落,他们又争先恐后地叫嚷了起来:"骂回去,谁骂我们谁就是废物,再骂就动手打……"我没有阻止他们,而是继续引导他们，那如果骂回来，打回去的话，"废物"就变成"宝物"了吗？学生们顿时没有了声音，面面相觑，有个弱弱的声音说："算了，别理他们了。不理他们，我们才是最大的。"我继续问他们："那不理他们，变成最大就不是'废物'啦？"学生们被我问得哑口无言，顿时沉默了。强硬的不行，服软的也不行，老师也不帮他们，还能怎么样，一个个又垂头丧气了。

我笑了起来，学生看到我笑，都一脸茫然。我跟他们说，今天的班会课，老师想跟你们一起学习如何改变思维模式。你们对于"废物"两字的态度，都是正常的反应，但是，你们没有一个人去想：为什么废呢？是不是可以变废为宝呢？老师不是不想帮助你们，而是你们除了打骂、服软、认怂、不理他们，就毫无办法了，老师其实挺心痛的。就如同当年我们中国人被骂"东亚病夫"一样，中国并没有服软，而是逐渐强大，傲立于世界之巅，今天的中国人，能够非常有底气地告诉世界，我们是中国人！那么你们想想，是不是也是这样的情况呢？

学生们显然并没有考虑过这个问题，直愣愣地看着我，毫无头绪。我笑着跟他们说，思维转变其实非常简单，当你用另一种方式去应对，很多问题就迎刃而解了。当你们被嘲笑的时候，你们第一时间是生气，当然可以生气，生完气之后不是打骂回去，而是冷静思考一下：我哪里没做好呢？比起别人，我的弱项是什么？我的强项又是什么呢？我需要怎么做才能把强项发挥出来呢？换句话说，也就是，不要花时间去抱怨，而是去想办法找到自己的长处，扬长避短。我们再回过头来看看，你们的这场对抗赛，你们想想失球的几个细节，是我们自己的问题，确实是弱，还是我们并没有将自己的长处发挥出来呢？这时候，小朱同学举手了，他说："老师，我们不是打不过他们，是我们在人员调配的过程中并没有合理运用每个人的长处，我可以打前锋的，结果大家让我做了防守。"听了小朱的话，学生们开始反思了，一个个开始找原因，听着他们侃侃而谈，我发现他们已经在转变思维了。有的学生说，我们踢球也很厉害，篮球打不过，足球比赛我们可以发挥优势。我当即就表扬了他们："对，我们还可以在很多方面证明自己并不是'废物'，比如学习上，我们可以用成绩说话，比如在劳动方面，我们是示范班，优于其他班级，总之，只要发挥自己的强项，总会有超过别人的时候，又怎么能说是'废物'呢！"学生们听了我的话，纷纷鼓掌，点头表示，他们一定不会轻易泄气了。

当孩子的内心迷茫的时候，又怎么会找寻到正确的方向呢？作为班主任，要善于发现学生的内心，时刻抓住教育学生的机会，在他们前行的道路上为他们指明方向，照亮他们前行的路。

以 退 为 进

教育过程中,会发现老师有时也会跟学生较真,非要向学生讨个说法。

记得那是我第一年调到新的学校,那一年我所带的是一个随迁子女居多的班级,学生来自不同的小学,新组建的班级还没有形成气候。一天,小蒋老师突然走到我的办公桌边上,将书本丢到了我的桌上,我当时很惊讶,不仅是我对学生不熟悉,而且对新学校的老师也不太熟悉,所以我当时被吓了一跳,不知道该跟小蒋老师说些什么。她就如同"竹筒倒豆子"似的噼里啪啦把我们班级的学生一顿数落,还气冲冲地告诉我:"下节课,我到你们班级,他们还是没有改变的话,我一定不客气。"我是"丈二和尚摸不着头脑",到底什么事情我都没有搞清楚,我怎么开展教育呀。看着气冲冲的小蒋老师,我就只能安慰她,让她先发泄,等她把事情原原本本告诉了我,我才知道发生了什么。原来,小蒋老师的这节课上,我们班级的学生都没有认真听讲,不认真也就算了,还有的在看漫画书,有的在折纸飞机。当小蒋老师过去想要收掉的时候,他们不仅不给,还跟老师吵了起来,老师气得把纸飞机撕了,结果学生们全体起哄,一起和老师对着干。小蒋老师怒气冲冲地对我说:"你看看,你们班级都是些什么学生,必须要好好教育他们。"我知道小蒋老师气愤的根源了,我只能赔笑脸,跟她赔礼道歉,出乎我意料的是,小蒋老师的气并没有消,而是扔给了我一句"你看着办吧",就拿着书本离开了。我当时肯定是十分尴尬的,不过也有些"护犊子",觉得学生大概是对她的课不感兴趣。做老师的何必跟孩子们较真呢? 难道除了撕掉纸飞机就没有更好的做法了吗? 除了骂他们就没有更好的方法了吗?

对于我来说,我当时也有些心里不舒服,设身处地想一想,我觉得是不是老师自己的问题导致学生会出现这样的情况呢? 当然了,很多时候,发生这样的事情,任课老师会第一时间向班主任反映,而作为班主任,我当然也是以教育为主,但也要找到合适的方法,能让学生信服,并且能更好地沟通和弥补。

那天放学之前,我照例来到班级里,不过我并没有急着把他们放走,而是跟他们先唠家常，聊了会儿天。然后，我装作检查《班级日志》，转变了话题，"孩子们，还记得我们之间的约定吗？"学生们当时非常安静，似乎都不记得我们约定了什么。我又提醒了一下，"学期初行规训练时，我们之间的约定。"学生们异口同声："行规奶茶！""哈哈哈……"我大笑了起来，这个倒是记得很清楚。我又提醒了他们一句："什么奶茶？"学生们再次回答我："行规！"我点了点头，说："嗯，值得表扬，大家记得很清楚呀！老师不会违约噢，但是你们想想看，是不是在行规方面做到位了呢？"我顺便晃了晃手里的《班级日志》。学生们的表情顿时紧张了起来，那几个上课不认真的学生脸红了起来，有的甚至羞愧地低下了头，我当作什么都没有看到，继续跟他们说道："老师随时都准备请你们喝奶茶的，但是吧，有些同学好贴心，想给老师省这笔钱……"我话还没有说完，学生就炸开了锅。"谁啊？到底是谁呀？谁想给老师省钱？谁不想喝奶茶的可以给我……"此时我觉得"效果"拉满了。于是，我就说："老师可不想省钱，很乐意请你们，不过吧，老师觉得《班级日志》上记录的这个事件，怎么解决呢？"那几个看漫画书的学生主动把漫画书拿上来给了我："老师，要不您给我们保管吧，上课我们肯定不看了。"我笑着说，"不用我保管了，你们自己控制就好，老师信任你们。"他们几个马上笑着说："老师，我们放回家，不拿来了，也不在课堂上看了，您放心吧。"那几个折纸飞机的学生也拿出了折纸，告诉我："老师，我们也不在课堂上折纸了。"我笑着看着大家，学生们齐声告诉我："老师，我们上课会认真的！"我真的很欣慰，学生们很懂事，我只是以退为进的一招，他们就已经认识到了自己的问题，真的是"孺子可教也"。我借着这个机会，向学生们说道："老师相信你们一定能够改变，老师提个小小的要求，你们是不是应该向蒋老师道歉呢？"学生们齐声回答我："必须的！"果然，在小蒋老师的下一节课堂上，学生们很认真地道歉，并且保持到学期结束。虽然后来小蒋老师不教他们了，但是，我欣喜地记得，小蒋老师在学期末告诉我，我们班级是整个预备年级最好的班级。

其实老师就像是学生的一面镜子，很多时候，你用什么样的方式对待学生，他们也会以怎样的方式对待你；你用什么样的言语表达，他们也还你什么样的言语表达。因此，班主任在教育的过程中，不要和学生较真，有时候必须以批评的方式和话语交流，也要懂得进退，把批评的尖锐话语变成温柔的话语进行表达，可能会起到事半功倍的效果。

打人不打脸

暴力因子一般只有被激活了,才能爆发出来。这个"一个巴掌引发的事件",发生在那一年的初二。

当时的情形还历历在目,那天下午,我在办公室备课,班长火急火燎地跑来找我,告诉我小田打人了,我不大相信地问他:"小田打人?不会吧?"班长点点头,嗯了一声,信誓旦旦地告诉我千真万确。我觉得事情肯定不简单,赶忙跟随班长一起去教室找小田,了解具体的情况。小田是个很乖巧的女孩,做事情也是不温不火的,我很难想象她会动手打人,已经教她3年了,从没看她和班级中的同学发过火,她对待同学都很好,如果真的动手,说明她肯定被彻底惹怒了。从办公室走到教室的这一路,我迅速分析着各种可能性,始终觉得这里有隐情。作为一个专业的班主任,我要具体问题具体分析,尽可能妥善解决这件事情。

我一到教室,小田并没有发话,被打的小何急不可耐地先告状:"老师,小田打了我。"看着她一脸不服气的样子,我并没有急着在教室里解决这件事,而是把她俩带到了办公室边上的小教室,等她们的心情平复下来,我耐心地了解事情的前因后果。我先问小田:"小田,你为什么打小何呀,老师都不相信你会动手。"小田并没有否认她动了手,小何一看,就开始嘚瑟起来,以为我要给她"做主",声音也大了起来,想插嘴。我跟她说:"你先等会再说,我先听一下小田动手的原因。"小田委屈地对我说:"老师,我一直在认真做作业,小何非要我跟她一起玩,我急着快点完成作业交给老师,她就来捣乱,我已经对她说了,等我做完作业再和她一起玩,她就是不罢休,还把我的作业本给抢走了。"我听完,看了看小何,她已经没有之前那么嚣张了,一看就是一副理亏的样子。说到这里,小田就哭了,她继续告诉我:"老师,她不仅抢走我的作业,还把我的书什么的扔了,更可气的是她甚至打了我一巴掌,打人不打脸,她这么暴力,谁都不会和她做朋友的。"听了小田的话,我知道事情的来龙去脉了。小何一直都是一个脾气暴躁的孩子,性子很直,经常得理不饶人,有时候还会无理取闹,这次果然又是她。然后,小田继续告诉我:"她打了我,还不罢休,还在那里拿着我的本子大喊大叫,我也是实在气愤,所以就上去抢,抢的过程中,她仍然还想打我,所以我也打了她一巴掌。但是并不重,因为她避开了,而她结结实实打了我一巴掌。"听了小田的话,事情已经很清晰了,当然,我也要听听小何的说法。我一边安抚着抽泣的小田,一边对小何说:"现在,请你来说说事情经过吧,老师并不想只听一面之词。"小何不再那样理直气壮了,但我发现她也并没认识到自己有错的那种觉悟,只是一味强调:"我只是想和小田玩,我并不是故意的。"小田一听,马上气愤地反问她:"想和我玩,就能动手打我吗?! 打人不打脸你知道吗? 这是想和我玩的样子吗?"

看着当时的情况,一个不原谅,一个不认错,还是比较棘手的。我笑着跟她们说:"你俩今天互相打了对方,也算扯平了,只是,这样的扯平并不公平。小何无缘无故动手打人,你觉得对不对呢? 做错了应该怎么弥补呢? 小田的还手可以说是正当防卫,你反而'恶人先告状',我想你们都应该反省一下。你们已经初二了,都懂事了,所以老师相信你们的解决能力。"两个学生听完,都点了点头,没有表示什么,只是告诉我:"老师,我们知道了。"本来我以为事情能够圆满解决,结果第二天这件事情又"发酵"了。小田不想原谅小何,不接受小何私下的道歉,而是要她公开道歉。一直温柔好说话的小田,突然会有这样的转变,我知道这其中肯定有家长的原因。果不其然,当天小田妈妈就打来了电话,话里话外都透露着自己的孩子受了这么大的委屈,不是说一句道歉就能结束的。妈妈的态度也是,不讲道理打人就算了,女儿从小长到大,还没有被打过脸,凭什么小何说打人就打人,妈妈的意思是必须要给女儿讨个公道。这件事情有了家长的介入,事态也有所升级了。小田的妈妈甚至直接联系小何的家长,要讨一个说法。小何的家长也觉得束手无措,向我求助。

于是,我先分别找了两个学生谈心,了解她们的想法。小何说,自己真的知道错了,会诚心诚意跟小田道歉的。小田说,不公开道歉,就不会原谅小何。迫于压力和全班同学的支持,小何在全班同学的见证下,公开向小田做了深刻的检讨和道歉,小田也表示暂时原谅小何,看她以后的表现。然后,我约了两个学生的家长,大家面对面坐下,好好沟通。小何的家长一见到小田家长,就不停地道歉,说已经教育过孩子了,希望小田和妈妈都能够给小何一次机会,原谅她的不当行为。小田的妈妈也是咄咄逼人,可能是心里实在咽不下这口气,不停地数落,小何家长姿态很高,认真听着,不停地道歉。最后,在小田妈妈的情绪发泄完后,才算罢手。我也耐心地和家长进行了沟通和交流,请家长放心,我会公平公正处理的,同时也希望家长能够相信孩子的能力,她们能够自己解决她们之间的矛盾。我也在全班学生的面前,公开进行了教育,希望学生们碰到问题时不要诉诸暴力。

暴力不是解决问题的手段,作为班主任,我们要告诉学生,做一个自尊自强的人,要懂得宽容谦让,但也不能屈服于"恶势力"之下。暴力的出现,会对学生内心造成伤害,有的甚至会影响终生。所以,一定要坚定地去帮助那些受到人格伤害的学生。

信 任 游 戏

在带班工作中,已经习惯运用一些小策略和小游戏于教育过程,有时候比大道理的说教更有用。信任游戏我经常会用在不同年级,但是收获的效果却都是一样的。

这个游戏我最早运用在初二年级,那一年班级里出现了两极分化的情况,男女生的"三八线"划分非常明确。学生在青春期变化的过程中,这样的转变很正常,也是可以理解的。不仅男生女生之间有分化,女生与女生之间也分成了好几个小团体,有的学生被全班排斥。我们班有个女生小李,她中途转学进来,学习了两年,不能参加中考,又准备转学回老家,因此,她对待任何事情都抱着无所谓的态度,这也影响了部分女孩开始变得"非主流"起来。我们整个班级十分涣散,学生与学生之间毫无信任感,班级几乎没有凝聚力,班干部的工作也很难开展,班级变成这样,可能也是因为我当时忙于自己的评职称工作,而忽略了他们的心理变化。同时,我对班级里面的女生还是比较信任的,一直相信她们不仅能够管理好自己,更能够管理好班级。

那一天的班会课上,我邀请小李上讲台,和我一起玩一个信任游戏。她很犹豫,表情凝重,不太愿意。我告诉他们游戏的规则,也就是他们和我同向而站,然后向我倒下,我会在后面接住他们。我也向体育老师借来厚厚的垫子,做好防护,保证他们即使摔倒也不会摔伤。听了我的规则,小李连连摇头,说不想玩游戏,我知道其实她的心里根本不信任我,所以不敢轻易尝试。我问了其他学生,好多男生都举起了手,就连胖胖的小文都举手了,其他同学还笑话他:"小文,老师抱不动你,你别举手了。"我笑着叫了一个比较瘦小的小胡,因为他的手举得最高,反而女生想要参与的并不多。

小胡同学上来,和我一个方向站好,面朝黑板,背对着同学,我告诉他:"准备好了吗? 来吧,倒下来,我接着你。"小胡没有多想,毫不犹豫地向我倒了下来,我也迅速地接住了他。我说:"再来一次,如何?"他点了点头,还是毫不犹豫地倒了下来,我也继续接住了他。我说："继续！"他又毫无思考，倒了下来，我又顺利地接住了他。三次之后，我仍然跟他说："再来！"他点了点头，学生们都觉得莫名其妙，不知道我"葫芦里卖的什么药"，这次我没有伸手，他倒在了厚厚的垫子上，学生们哄堂大笑，小胡挠了挠头，一脸无辜地看着我，我只是对着他笑着，问他："还来不来呀？"他也笑了，跟我说："好！"这次我先伸出了手，小胡放心地站直了，义无反顾地倒了下来，我缩回了我的手，他又倒在了垫子上，学生们再一次爆笑，小胡很无奈，但是表情已经凝重了，笑不出来了。我讨好他说："再来一次呗？"他头摇得像拨浪鼓，怎么也不相信我了，说："老师，我不玩了，这个游戏不好玩。"我和学生都被他的样子逗乐了，我让他回到了座位上，其他学生又大笑了起来。我问大家，还有没有愿意来和我玩的，学生们纷纷打了"退堂鼓"，不像开始那么踊跃举手了。

我见学生们安静下来后，就问他们："为什么小胡每一次都愿意倒下来，而最后一次却怎么也不愿意了呢？"学生们都沉默不语，我知道他们开始在思考了，我问小胡："你是亲身经历者，你来说说。"小胡说了一个非常重要的词：信任。"老师，因为我信任你呀，我知道你一定能够接住我的。"我笑着摸了摸他的头，让他坐下。我借着这个时机，正好进行教育："你们听到了，小胡说倒就倒，就算吃亏了，他也义无反顾，选择相信我。可是，我一次次'背叛'了他，失信于他，造成最后他也不信任我了，也不愿意再把后背交给我了。也就是说，我亲手破坏了我们之间的信任度。大家肯定很好奇，老师为什么要和大家玩这个信任游戏吧？其实这个游戏，就像我们的班级一样，以前我们班级的凝聚力很强，可不知道从何时起，有些同学亲手打破了我们建立起来的信任机制。大家彼此划分了界线，组成了小团体，互相充满了猜疑，这样我们班级的交流和交往还有什么意义呢？"

大部分的学生都低下了头，我没有再说什么，我知道他们长大了，懂得是非曲直，我也没有再讲什么大道理，而是和他们一起回顾我们预备和初一的欢乐时光，一起学习，一起活动，一起面对班级的所有喜悦和困难，那样的日子让他们每个人之间都充满了正能量，充满了信任感，以至于我们的班级获得了许多优异的成绩。学生们听得很认真、很专注，我知道他们也会反思，我也相信他们会有所改变。

一个小游戏，一次师生之间的交心，作为班主任，要相信教育是一种艺术，不能一蹴而就。教育过程中，师生关系、生生关系要和谐，就不能轻易打破信任机制。

一个不想行规训练的孩子

严格的军训,能够培养学生艰苦奋斗、吃苦耐劳的坚强毅力和集体主义精神;能够提高学生的政治觉悟,激发爱国情怀。初中阶段,我们把军训称之为"行规训练",采用军训的模式去规范学生的行为,培养学生良好的纪律性,养成学生良好的行为习惯。

又一年的预备新生迎来了他们的行规训练营,这是比较特殊的一届学生,他们经历了不寻常的"疫情",几乎整个学期没有重返小学校园,就在懵懵懂懂中毕业了。好多学生对于他们的初中生活也没有一点概念,因为前期他们也并没有机会进入校园,了解自己的初中校园和文化,就直接开学了。很多学生还不太适应初中生活,有的甚至还像小学生一样,有的还在调皮捣蛋进入不了学习状态,有的孩子倒着居家学习的"时差"等。在这样的状态中,他们就开始了"高强度"的行规训练。第一天的训练,学校考虑到学生是第一次参加这样的集中集训,也考虑到天气的原因,让教官带领着先在教室里了解训练内容,然后在教室凉快的条件下先练习站军姿。

全班学生都很专心地听教官指导,认真地练习。教官要求大家有事情一定要"报告",不随意做小动作,不随意交头接耳,正在这时,不和谐的声音开始传了出来。小俞同学嘴巴里发出了一声长长的"嗯——",拖长的音调,引得全班学生忍不住哄堂大笑,瞬间打破了教官维持的良好的班级氛围。教官二话不说,把小俞叫到了讲台旁,严厉地问道:"你到底想不想练?"没想到小俞同学也是一个不服气的"狠角色",直接回复了教官一句"我不想练"。教官当时也没想到,这个年纪的孩子会脾气这么大,也是愣住了。于是,又问了一句:"为什么不想练?"他仍然毫不畏惧地直视教官,告诉他:"我就是不想练。"高大的教官突然面对一个瘦小的男孩,当时就没有了主意,只能寻求我的帮助。我相信教官更多考量的是不伤害学生幼小的心灵,不能过于严苛,怕学生承受不住压力。

我悄悄将小俞带到了偏僻的地方,告诉他:"老师刚才看到教官把你带到了讲

— 187 —

台那儿,是因为什么原因呢?"他看着我不说话,我能感受到他的抵触情绪。我继续问他:"是教官批评你了吗?"他点了点头,说:"不是批评,我不想练。"看出他并没有将责任归结在教官的身上,我知道小俞只不过是有个性的孩子,脾气有些倔强,可能是个"吃软不吃硬"的孩子。于是,我继续问他:"能告诉老师,为什么不想练吗?"他继续选择默不作声。我尝试着让他打开心扉,我问他:"是因为太苦太累,吃不了苦是吗?"他摇了摇头。"那是因为教官的批评你难以接受,抗压能力不行是吗?"他马上激动地跟我解释:"没有,教官没有批评我,我也没有承受不了。"我继续引导他:"既然没有原因,老师很难理解你为什么坚持不愿意练呢?"他看了看我,疑惑地问我:"老师,为什么要做行规训练呢? 体育课堂上,老师不是也训练我们踏步吗? 所以我不想练。"我并没有正面回答他,而是问他:"你喜欢运动吗?"他点了点头。我继续问他:"疫情期间,你有时间运动吗?"他摇了摇头。我笑着说:"那你是不是有站了一会儿就觉得累了,或者脚酸了的情况?"他点了点头。我摸了摸他的头,告诉他:"看,如果不训练的话,你的体能就明显跟不上。其次,班级就是一个整体,如果缺了你,这个集体就不完整了。我们进入初中了,就要遵守我们学校的校纪校规,你觉得需要遵守吗?"他很认真地回答我:"需要。"我立即表扬了他:"真是一个好孩子! 既然我们要遵守校纪校规,那么行规训练就是其中的一项,你是不是需要遵守呢?"他点了点头。我顺势告诉他,进入初中,每个学生都有一个综合素质评价的学分,当我们在各项活动的累计过程中修满了一定的学分,就能够达到毕业的标准。小俞看着我,告诉我:"老师,什么是学分呀?"我笑着告诉他:"学分就类似你完成了行规训练任务,老师就能给你一定的分数。就跟你们的考试一样,达到了什么水平,老师给你什么样的分数,懂了吗? 现在你选择老师送你回家休息还是留在班级练习呢?"他不情不愿地告诉我:"还是……还是……继续练吧!"我及时给予他肯定:"你是个很棒的孩子,老师相信你能够做好的,回班级去吧。"当他进入班级的时候,我特别提醒了他,要讲文明礼仪。我看着他在门口中规中矩地喊了声"报告",才进入了班级。

当学生列队进入操场时,我看到小俞瞥了我一眼,我走到他的身边,温柔地拍了拍他的肩膀,跟他说:"加油,老师看好你哟,你一定行的!"他郑重地点了点头。整个训练过程,我没有刻意盯着他,但我发现转变了态度的他,认真了很多,虽然内心还是有所抵触的,但是他愿意参与到训练中,在教官的教育下,也能认真完成任务。我发现,他也会悄悄观察我是否在关注他。

　　每个人生活在社会上,都希望得到别人的赏识,更何况是学生。作为班主任,我们要善于赏识和赞美学生的表现,而不是去放大他们的不足之处。如果我们用偏激的语言如"不练就不练""不学就随便你"这样的语言去教育学生的话,那反而会适得其反。因此,有效沟通,赞赏学生才是我们在教育过程中需要掌握的技巧。

一份特殊的作业

　　亲子关系到了初中经常会出现"不融洽""不和谐"，家长抱怨孩子"叛逆"，孩子嫌弃家长和他们有"代沟"。为此，家长和孩子们都很苦恼。我曾经在书上学到一个妙招，也想通过自己的实际经验，分享给大家。

　　初二那年，大多数学生要满十四岁了，按照往常的惯例，我都会提前让家长给学生写一封信，也会让学生回信。那一次，因为看到了有老师用了其他的方法，我也想试试看看效果。这次我反着来，我利用班会，给学生们布置了一份"特殊的作业"，就是回家细心观察父母做得出色的地方，以及父母表现让他们信服的地方，给父母定制一张专属于他们的奖状。没等我讲完，全班发出了一声叹息。"哎……写什么呀？"我笑着说："细微观察，表扬父母，就像老师平时给你们颁发奖状一样。"学生们立刻开始讨论起来，有的胸有成竹，有的似乎很为难，大多数的学生脸上洋溢着笑容，表现出一种跃跃欲试、迫不及待的样子。小兰举手了，她是班级里的学习委员，成绩优异，是同学们非常敬佩的学生，我想她一定是有很好的建议。我问她："小兰，你还有什么问题吗？"她非常认真地告诉我："老师，既然是定制给自己父母的，那应该也是隐私，需要保密吧？我建议，我们到时候各自写给您，不要在班会上公开分享吧？"听了小兰的话，有的学生点头赞同，我犹豫了一下，说道："好吧，既然大多数同学都赞同的话，我尊重你们的决定。大家到时候完成了，就写在奖状上，交给我就行了。"

　　经过一周的观察时间，学生们陆续上交了他们的"私人定制"，有"理解万岁奖""勤劳能干奖""爱心泛滥奖"等，五花八门的奖项，让我感受到了学生们确实认真去观察了自己的父母，并努力寻找他们身上值得赞扬的优点。当我翻开小兰的那张奖状，一片空白，我很惊讶，有点始料不及，小兰提出的尊重隐私，但却是她没有完成任务。小兰是在单亲家庭中长大的孩子，从和她的聊天谈心中，我发现她非常崇拜她的爸爸，但是爸爸不幸离开了，她一直过不去这个坎，也一直将责任归咎在她的妈妈身上。在和妈妈的沟通交流中，我发现妈妈是一个非常坚强的女性，对小兰的要求非常严格,尤其是爸爸离开后,妈妈将所有的心血和精力都倾注在小兰的身上,特别是在她的学习方面,更是花了大量的时间,但是小兰并不理解,反而是排斥和厌恶。其实小兰的学习成绩很好,但是妈妈患得患失,我也理解她独自一人带着孩子的艰辛。很多时候,我并不想勾起孩子的伤心事。曾经有一次谈到爸爸,小兰哽咽了,她说她非常想念爸爸,"有爸爸在的日子,一家三口非常温馨快乐,但是爸爸不在了,这个家已经不是家了"。今天看到空白的奖状,我再次陷入了和她们母女之间的回忆中……

放学后,我把小兰叫到了办公室,我倒了一杯自己喝的"苦丁茶"给她,她刚喝一口,就直接吐了吐舌头,对我说:"老师,太苦了。您怎么喝这个?"我笑着跟她说:"这个对身体很有好处,只有习惯了,才能体会到。我想把这个送给你,还想让你完成一份特殊的作业,你愿意吗?"小兰是个敏感的孩子,她顿时意识到了,一定是空白奖状出了问题。我看出了她的尴尬,我并没有和她提到奖状的事情,而是另外给了她一个光碟,告诉她:"老师曾经学习到了一个好办法,就是边喝着苦丁茶,边看这个光碟,会有一种不一样的感觉,我想让你也试试,你愿意吗?"小兰看到我并没有提到奖状的事情,逐渐放松了心态,接过了我给她的一小包苦丁茶和光碟,郑重地点了点头,告诉我:"老师,我尽量完成任务。"我笑着说:"老师相信你一定能够圆满完成我交给的任务,加油!"

我的这个任务还没布置几天,小兰就找到了我,我知道我的目的可能达到了。还没等我开口询问,小兰就眼泪汪汪地告诉我:"老师,我的奖状能拿回来吧?"我笑着说:"怎么了,是出什么问题了吗?"小兰的眼泪直接就掉了下来,她哽咽地说道:"老师,我知道您送我礼物的目的了,我真的体会到了。"我摸着她的头,为她擦去了眼泪,温柔地问她:"那你愿意和老师说说吗?"她擦干了眼泪,告诉我:"老师,苦丁茶先苦后甜,我为了完成作业,试着去适应。我看了您给我的光碟,那是我的母亲从早到晚忙碌的身影,原来当我每天没起床时,妈妈就已经为我准备早餐,我竟然没有发现早餐每天都不重样,我还嫌弃她做的饭菜不好吃。送我上学,回单位忙碌工作,不停歇。她那么疲惫,还要辅导我的学习,我还经常和她顶嘴吵架。每天我睡觉后,她还要洗衣服,整理我们的家。原来我的妈妈是那么辛苦啊!"说完这些话,她就开始嚎啕大哭。我抱住了她,轻轻拍着她的背,为她擦去她的泪水。等小兰平息了情绪,我把奖状还给了她,我并没有问她会写什么奖,我只让她写好亲自交给她的妈妈就可以了。

第二天,小兰的妈妈就急急忙忙来找我了,她也是未语先落泪,一直在向我道谢。我笑着安慰她,慢慢平复她的心情。小兰妈妈跟我说,小兰昨天给了她一张奖状,并且向她道谢,还保证以后不会随意和她吵架,会体谅妈妈的辛劳,也不再对妈妈有抱怨,会帮助妈妈做一些力所能及的事情。特别是学习上面,她也会继续努力,保持优秀。小兰妈妈告诉我,她非常欣慰,孩子一夜之间竟然长大了很多,她也一时无所适从。借着这个机会,我也跟她妈妈做了沟通,多和孩子谈心,给予孩子空间,不要给她太大的压力。妈妈也对我表示,她也会改变自己的教育方式,和孩子共同努力!

其实,现在我都不知道孩子送给了妈妈什么奖,但我隐隐也能猜到她会给妈妈什么奖项。那一年的十四岁生日会也异常感人,学生和家长之间的感情大为增进。

我们常说"润物细无声",教育有时候并不需要苦口婆心的说教。作为班主任,要善于观察,善于动脑。我想我们更要多学习好的教育经验,吸取精华,剔除糟粕,充分发挥班主任的教育艺术。

"盲盒"家长会

从教以来,在学生们的刻板印象里,总把家长会当成是老师的"告状"会,每次跟学生们说要开家长会了,他们都是一副"苦大仇深"的样子,总会听到教室里一片"哀嚎"。其实家长会是一个非常好的家校共育的沟通契机,为了能够让学生不再"讨厌"家长会,我另辟蹊径,召开了一次"盲盒"家长会。

那是在初二年级,学生处于心理变化期,也是和父母矛盾凸显的时期,家长会当然也不例外,是他们不想面对的。于是我也就突发奇想,改变以往"汇报成绩"为主的方式,采用"盲盒"游戏的方式开始我们的家长会。什么是"盲盒"家长会呢? 就是在家长会开始,家长们陆续来到教室,让学生给他们戴上眼罩,通过摸索,在几名学生之间选出他们自己的孩子,并让选出的孩子指挥家长到达座位,全程不能语言交流,落座之后再摘下眼罩。我们家长会的当天,教室里充满了欢声笑语,这个游戏非常有趣和热闹。家长们在摸索自己的孩子的过程中,就出现了很多问题,孩子不能说话,家长就如同"盲人摸象",有些孩子有明显特征的,家长会直接去找孩子的特征,大多数孩子并无非常明显的特征,很多家长和孩子之间没有默契,不管找对找错,都由这个学生带家长走到他自己孩子的座位上。这个过程也挺折磨人的,只能靠动作指引,也不能说话,家长摸黑跟着学生,四十多人的教室本来就比较拥挤,家长们不是撞着了桌子就是碰着了椅子。学生们也都忍着,不能笑出声来,整个找孩子找座位的过程非常有戏剧效果。当家长们落座,摘下眼罩,看到边上的孩子时,更是整个家长会的高潮环节,找对的家长开心地抱着自己的孩子,找错的家长无奈地去换回自己的孩子,他们在欢声笑语中拉近了彼此的距离。

家长会上,我告诉家长和学生,为什么我会设计这个开"盲盒"的游戏,是想让他们体验双方共同在黑暗中寻找彼此的心情,以及在黑暗中体验行走和引导的艰难。就像在学习中、生活中遇到了困难,也如同在黑暗中摸索,需要亲人的扶助和引导,虽然艰难,但是要学会互相体谅。摘下眼罩那一刻,大多数没有找对的家长很是愧疚,孩子却并没有责怪父母,是源自对父母的体谅,其实家长和孩子在相处过程中,同样需要相互体谅和尊重。接着,我就给学生和家长彼此 10—15 分钟的时间,互诉衷肠,倾心交谈。也有许多家长和学生在谈心之后,都纷纷举手分享他们之间的故事。

当时让我印象比较深刻的是我们班级的一对父子(这里我不引用他们的姓名了)。父亲高度近视,近乎"半盲",孩子有听力障碍,一只耳朵需要助听器辅助。这一对父子虽然有部分残障,但他们之间的默契却非常高。在分享交流的过程中,他们告诉全班家长和同学,因为不同的缺陷,让他们父子更加珍惜彼此,孩子总会在无形中搀扶父亲,怕他摔倒,而父亲也总会去搀扶孩子,怕他受伤。正因为他们总会为对方着想,因此他们在"盲盒"游戏中,很容易就能找到彼此,也就很顺利地走到了他们的座位上。当然,初二了,父子之间也会有矛盾冲突,但是他们总会坐下,面对面交流,敞开心扉,打开彼此的心结,他们之间的父子情也日渐深厚。听了这对父子的分享,我们并没有同情和怜悯,我们忽略了他们身体上的缺陷,被他们之间的情感所打动。借着这样的契机,我也请每位家长给孩子写下一句赠言,鼓励他们树立信心。当然,我也借机布置任务给孩子们,给父母回复。

在后续的反馈和回复中,我看到了很多支持我的话语。学生们觉得这样既轻松活泼又严肃的家长会,可以多召开,还可以有更新颖的方式,而不是仅仅汇报成绩和"打小报告"。有很多家长收到了孩子的回复后,跟我反馈,孩子们真的有所变化。一位家长跟我说,他这是第一次参加这么有意思的家长会,很有收获,从来没有和孩子这么近距离去互相了解和接触,也让他重新改变了育儿观念。还有一位家长跟我说,以前总以为自己很了解孩子,没想到自己竟然忽略了孩子的很多方面,没有深入了解孩子,更别说理解孩子的心理了。总以为孩子的行为很难容忍,但却没有真正想过,为什么他们会有这样的行为举止。孩子不理解家长的苦心,家长不理解孩子的行为,矛盾就会激化。总之,我发现,学生和家长之间更加能够接受对方了,高兴的是,孩子也愿意把想说的话说出来了。

作为班主任,我们可以改变传统的家长会模式,从形式和内容上进行大胆的尝试,改革创新,巧妙设计,发挥家长会最大的育人功能,真正将家庭教育和学校教育融合,成为亲子关系的"调节剂"。

追 光 少 年

心理学家告诉我们：人的外显行为源自内心深处的思想意识或价值判断。学生的问题关键在其意识层面存在的不足或问题，因此只有当问题真正触动其内心并引发个人的深入反思，才能获得转变的契机。

"徐老师，我被交大录取了！"一条微信消息突然在我的手机上跳跃出来。兴奋的我立即拨通了电话的另一头，传来了小康的欢呼声："老师，我的梦想实现了！"我笑着祝贺他，他许诺着有空一定回来看我。随着他的承诺，我的思绪也回复到了中途接班的第一天。小康是个特殊的存在，他那旺盛的求知欲，"上知天文下知地理"的老成模样，让我对他有些另眼相看。他喜欢阅读各种各样的书籍，但最让他着迷的是物理和化学。他总会突发奇想，想出一些"鬼点子"，特别是各种实验，总让他深陷其中，无法自拔。但他很难和同学们相处，因为同学们觉得和他的话题永远是偏离的，在学生眼中，小康就是一个"科学狂人"。

初二那年，学校科技节进行"落蛋"比赛，他通过自己的研究，最终获得了冠军，他设计的"落蛋"装置又轻又安全，还能将物理学中的原理很好地运用，得到了评委老师的一致好评。初三那年，开始学习化学了，小康更是沉迷其中，每天盯着化学老师问这问那，特别喜欢去化学实验室跟老师做实验，恨不得将书本上的所有实验都做一遍，甚至还想发明创造一些新的实验。我并没有阻止他的这一行为，我尊重小康的求知欲，不能去扼杀他的兴趣和他的那份执着，但也正是我的不重视，间接导致了小康的"祸端"。那天，小康的妈妈打电话来，告诉我小康出事了，在家研究面粉爆炸实验，还好只是手有点烫伤，并没有大碍。当我接到消息，就急急忙忙赶到医院看望，孩子的手指刚被处理过，我真不知道说他什么好，只能忍住想数落他一顿的冲动，耐心地询问："小康，疼不疼？怎么回事？这么不小心呀？"他还挺得意地告诉我："面粉遇火星果然会爆炸，老师啊，你知道吗，面粉含有由碳、氢、氧元素组成的可燃物质，达到一定的量，遇到火星就会爆炸。当把颗粒很细的面粉吹飞起来而悬浮在屋内的空气中，这样就使面粉和空气有很大的接触面积，因而特别容易着火。"普及完化学原理,他还不忘补充一句:"老师,放心吧,我没事。"我真是又气又好笑,看着小康纯净的双眸,我也被打动了,我甚至联想到雷电交加下发明避雷针的富兰克林,科学家都是勇于探索的,我不能责怪他,只能循循善诱,并给他创造充分发展的空间。

那之后,我多次和小康谈心,告知他做"研究"是非常好的事情,但是很多化学实验是有一定的危险性的,如果他不贸然行事的话,我会网开一面,让化学老师多教他和带他。我现在仍然记得小康当时听到能得到化学老师多带他做实验的时候,双眼迸发出光芒,那真的是求知若渴的眼神,他答应我一定不会再尝试危险的实验了。我也多次和小康的家长沟通,鼓励家长多给孩子一些成长和发展的平台,当孩子的兴趣得到培养,自然而然会带动孩子其他方面共同进步。我们班级有一个十分钟队会课,就是给学生们展示的机会,轮到小康的时候,我们总能看到他给同学们讲解知识的那份专注,同学们也渐渐喜欢上了这个他们眼中的"科学狂人"。可学习过程中,不仅仅只有物理和化学呀,小康对于这两门学科的过于专注,造成了对其他学科的忽略,开始有任课老师抱怨了,其实他是个聪明的孩子,并不是学不好,只是精力过于集中在理化学科上了。为了不让小康有偏科的情况出现,我找到了我曾经的学生,毕业于化学系的小顾,一起来给小康做思想工作。我和小顾设计了一个探望老师却被小康偶遇的场景,我顺势将小顾介绍给了小康。一听是学化学的学长,小康顿时来了兴致,不肯离开了,追着学长小顾问问题,他的好奇心也让小顾很感兴趣,两个人撇开我,竟然侃侃而谈,聊得异常热络。看到时机成熟,我告诉小康小顾的故事,告诉他,在学习的时候,小顾可是什么功课都非常认真的,只有安排好时间,完成作业,才去做实验、做研究的,而不是不管不顾,只知道研究理化学科的,因此才能以优异的成绩考入大学。

小康若有所思地看着我,笑了起来,突然告诉我:"老师,我懂了,您放心吧！只要小顾哥哥以后肯教我,我也一定能够像他那样优秀的!"听了这句话,我知道小康这孩子聪明,脑子转得快,已经看清我的意图了。我也笑了,小顾也笑着承诺:"那当然没问题啦!"自那以后,小康的学习简直是"突飞猛进",他的脑子本来就灵活,加上他勤学好问的态度,没弄懂的题目都盯着老师必须学会为止,成绩渐渐地在班级中开始崭露头角……还记得一节化学课上,他参与了镁条燃烧实验,在那柔和的火光中,我仿佛看到了他的未来可期！初中毕业后,他跟我分享了他的"秘籍",上面记录着密密麻麻的各类物理、化学实验,他说,每想到一个新的思路,就会及时记录下来,即使失败的也会及时记录,反复实践,去找寻解决办法。我想,这孩子竟然也成了我的榜样,每当我有教育的困惑和喜悦,也会随手记录一笔,即使失败,我下次还能尝试新的思路。

追光的少年最终带来了令人喜悦的结果,很庆幸我并没有因为当年的"失火"将他的兴趣扼杀。作为班主任,在循循善诱的过程中,要善于发现学生的不同之处。当学生的兴趣和是非观念发生碰撞的时候,我们既要让学生学会明辨是非,也要给予学生空间,培养他们的兴趣,让他们的特长得以展现。

小"林长"培养记

不知道大家有没有"林长制"的概念，我们班级就曾经设置了这个小岗位，主要是在学生中传播环境保护和生态文明的理念，通过学生的实际行动，激发他们对大自然的探索与保护欲，进一步营造保护发展森林草原资源的良好氛围。

为什么会有这样的想法？那一年我接的初二是一个活泼好动的班级，学生闲不住，总喜欢逛校园。每天晨读前，男生会抓住机会去打篮球或晨练；每天中午吃完午饭，他们会去校园里散步消食；课间休息，学生也能找到校园里的各种成熟的果实，春天摘李子，夏天摘枇杷，秋天摘枣子，冬天摘柿子……校园里就没有我的学生发现不了的果实，他们乐此不疲。在这个过程中，也无形中破坏了生态平衡。高处的果实采不到，他们会想尽各种办法，用地上的石头扔，用校服扔，爬上树，爬上花坛，等等，不仅行为不文明，更是将绿化破坏了。

我发现下课后，我们班级的小孙总喜欢往教室外面跑，有时上课铃响了很久他才回教室，很神秘。课间也能看到他总会和一帮同学聚在一起，悄悄讨论些什么，然后一帮学生就会集体往外跑，嘻嘻哈哈，神神秘秘。这种情况出现了几天，就有其他学生来向我汇报了：小孙带着一帮男生在校园里摘枣子。当时我很疑惑，这帮孩子在哪里摘枣子，我都不知道校园里有枣树。令我更疑惑的是，这些枣子能吃吗？于是，我让来汇报的学生不要声张，我悄悄观察他们的行动，然后随着他们一起去。我发现这几个学生很有办法，他们来到枣树下，麻利地爬到花坛上，不知道从哪里找来了一个渔网，用那个渔网的杆子去打高处的枣子，其余的人在树下接着，随着高个子的一波操作，枣子掉得到处都是，他们开开心心地捡起打下的枣子，笑着闹着，吃了起来，我真的是无话可说。我大声呵斥了他们，见到我的突然出现，这帮学生就像"兔子"般快速地四处逃窜，纷纷"逃"往教室，被我"拦截"下来的小朱，因为跑得慢，一脸无奈，只能站在原地发呆，虽然慌张，他还不忘向我解释："老师，是小孙带我们来的，我没摘枣子，是他给我的。"我并没有急着批评他，就问他："好吃吗？"他一愣，有点摸不着头脑，看着我，不知所措。我继续问他："小孙给你的枣子好不好吃,甜不甜?"他挠了挠头,跟我说:"绿的不太甜,上面有点红的是甜的。"我吓唬他说:"这些枣子是绿化师傅打了药的,有毒的,这怎么办呀?"看着小朱的脸色起了变化,我没再说什么,先让他回教室了。

等到我回教室,小孙他们已经得到小朱的消息了,开始恐慌了起来,怕中毒。我并没有批评他们,也没有提起任何关于摘枣子的事情。结果,他们忍了很久,终于忍不住了。下课后,小孙带着一帮同学来找我,着急地问我:"老师,我们会不会中毒呀?到底绿化师傅打的什么药呀?"我忍住了笑,假装不知道似的问他们:"什么中毒呀?你们怎么了呀?怎么会中毒呢?"小孙一听更着急了,"老师,你不是看到我们去摘枣子了吗?小朱告诉了我们,那棵枣树打过了药,我们都吃了,会不会中毒呀?怎么办呀?"我继续套他的话:"你们去摘枣子了呀?哪个老师给布置的任务呀?"小孙看到我不紧不慢的样子,急得都快哭了,他急着说:"老师啊,我们几个都吃了枣子了,会不会中毒呀?我们错了,不该破坏枣树,不该爬花坛,不该摘枣子。"说完,小孙就开始掉眼泪,我看着他真的害怕了,就笑着说:"你们摘的枣子甜吗?"他一愣,眼泪也止住了,抽泣着问我:"老师,红的是甜的,可是我们会中毒吗?"我笑着跟他说:"中毒倒是不会,不过,你刚才的认错,老师接受了。"他一瞬间就破涕为笑了:"不会中毒就好,吓死我们了。"我笑着说:"虽然不会中毒,但是你们确实不太应该,校园里的树木是应该保护的,而不是让你们去破坏的。你们把树枝都打断了,花坛也都踩坏了,还把渔网也打漏了,老师都给你们拍了下来,你们自己看吧。"小孙看了我拍的照片,惭愧地低下了头,向我说道:"老师,对不起,我们错了。"看到他们知错就改的样子,我灵机一动,跟他们说:"既然你们那么有观察力,老师想给你们封个'长',专门在校园里守护绿化,怎么样?"学生们很好奇,一起问我:"老师,什么'长'?比班长大吗?"我说:"是'林长',整个校园的树木由你们来守护,看到有人破坏及时指出,果实成熟可以让绿化师傅帮忙采摘,你们愿意吗?"学生们对于"林长"这个职务很好奇,异口同声地对我说:"好的,老师,我们愿意的。"

从那天起,校园里多了一堆小"林长",他们休息时就会在校园里监督,帮助树木除草,制止那些破坏花草树木的行为。特别是当校园里的果实成熟时,他们会帮助绿化师傅一起采摘,分给老师和同学,让学校的环境越来越美丽。因为他们的护绿行动,让越来越多的学生加入了他们的团队,一起保护校园的生态。除了保护校园的生态文明,这些学生还自发在小区宣传,携手家长保护小区的绿化,建设美丽家园。

习近平总书记说:"绿水青山就是金山银山。"生态文明教育就应该从小教育,从点滴做起。作为班主任,看到学生的不文明行为,可以用智慧的方式去解决,让学生从行动上真正去改正,从而引导他们进一步让环保意识扎根于心中,将绿色的种子种进他们的心田。

我的建班理念

上海,是一个国际化大都市,它被戏称为"魔都",它最大的魅力在于包容,海纳百川。从农村学校调入城郊学校,我新接手了一个班级,班级中四十二名学生来自祖国各地不同的地方,我的建班理念就定位为"快乐—融合",打造"一班一品"的班集体。

我对"品"字的理解有这么两个含义:一是"品牌",二是"品行"。在我的班级中,总有这么一群孩子,他们为了未来,为了生存,跟着父母来到上海。他们背起书包,小心翼翼地融入这个城市,他们始终紧紧相连,不论身在何处,只要其中一人招呼,大家都能积极地回应,凝聚在一起,这一切的力量源泉就是班主任。作为班主任,我无微不至地关爱他们,倾尽所有的爱让他们能够融入学校,融入班集体,从而形成强大的凝聚力。

品牌文化育人,首先是让学生在校园文化活动中体验快乐和融合,我们班结合学校的各项系列活动,孩子们积极踊跃参加,在各项比赛中都取得了优异的成绩。这些活动是全校性的,每个班级每个孩子都有机会参与,但是对于我们班的这些孩子来说,他们更渴望的是被认同感和存在感,以及在他们的心里的那份属于自己的优秀感。

除了学校固定的各项系列活动之外,我们班级每月都有不同主题的班会课系列活动,让孩子们在活动中接受教育。比如阅读班会、迎新会、才艺展示,特别是预备年级班会展示课的"友善教育"。学生们对于听课是既兴奋又紧张,这么多老师来听他们的课让他们觉得很开心,但经历不多的他们更多的还是紧张,但最后孩子们给我们呈现的是很真实很精彩的一节班会课。

其次,打造"快乐融合"品牌的重要途径是家庭指导教育和沟通互动。家访是我十多年教学经历的必修课,新接手一个班级,作为班主任,我都必须先要了解孩子们的生活环境和家庭情况,以方便自己能够在今后顺利地开展教育教学工作。然而我们班级孩子的特殊性造成了家访的困难,孩子们的居住地比较分散,地方难找,很多时候是车开不进而必须走进去的,还有的在其他区,上学就租住在学校边上，周末就赶回郊区，但我都坚持一一走访。

在互联网+的新形势下，我除了召开家长会外，更是经常在家长微信群里和家长们共同分享一些教育案例，随时传授一些和孩子沟通的方式方法。每次的家长会上我会让家长感受不同时期孩子们的生活，这就需要我们班主任不定期地去收集材料。用照片、PPT、视频等各种形式分享和记录孩子们的成长轨迹，我们称它为"爱的足迹"。让学生和家长真正体会到"融合"两字的含义。曾经有一位家长这么对我说：老师，因为相信你，我们才相信学校。

品字的第二层含义是"品行"。我们都知道 21 天养成一个好习惯的神奇之处，我们班级很多孩子小升初时，在行为规范上与初中生的差距很大，因此我在起始年级的建班特色中就制定了"一月一行规"的养成教育成长计划。我借鉴了美国教师罗恩克拉克的《教育的 55 个细节》以及《中小学生行为规范》，制定了适合我们班级孩子的"一月一行规"。比如刚入学时依据军训体验活动的育人目标，把入学的第一个月称之为"礼仪月"，经严格规范的训练，从坐姿、站姿、队列，甚至到水杯的排列都是井然有序的。九月的入学教育，结合我校校训和"学子规"，学生养成了基本的课堂礼仪。十月的爱国教育，孩子们养成升降国旗时共同唱国歌的好习惯，在大声唱出国歌的同时激发孩子们的爱国之心。十一月、十二月培养孩子们"励志、笃学"的好品质。我们班级的学生在良好行为养成后，能够在学习上互帮互助，形成良好的学风，每月的班级之星就是最好的体现。

其实很多事情，班主任都在做。关键一点是我们班级所有的养成教育中都有我的耐心陪伴：学生的军训、大扫除我都会一起参与；当学生早到校，我就比他们更早到校，学生放学离校我会看着他们一个个离开；学生活动中由我和他们共同出谋划策……在潜移默化的言传身教中，孩子们渐渐养成了良好的行为规范，良好的班风学风也在"快乐融合"品牌理念的引领下蔚然成风。

美国儿童心理学家鲁道夫德雷克斯说过："一个行为不端的孩子是一个丧失信心的孩子。"我们班级的孩子在这个快乐的集体中，懂规矩明礼仪，每个孩子都充满自信、阳光。他们用健康成长诠释了"快乐—融合"的班级品牌理念。

"刻在木板上的名字未必不朽，刻在石头上的名字也未必流芳百世；而徐老师的名字却能刻进我们的心灵，使之真正永存。"——这是学生送给我的话，我也会永远记得！

附:浦东新区徐佳班主任工作室学员育人故事

与生赛跑　陪其呐喊
——一封协议书的故事

上海市高东中学　陈润熠

如果说孩子们是浩瀚苍穹中的繁星,那么老师则是黑夜的幕布,繁星和夜幕互依互偎,正是因为繁星的闪耀才使这夜幕不再寂寥、寡欢,正是因为夜幕的守护才使繁星格外引人瞩目。

"教学相长"的故事更是在早年便强调了"师生共促"的理念,与其说是教师成就了孩子,更可以说是孩子完整了老师。

小季是我的团队中的一位佼佼者,他凭借优异的学习成绩和敏捷的头脑,赢得了老师和同学们的好评。然而他和父母之间的关系却一直剑拔弩张,成了小季的一桩心头大患。故事还要从一年前说起……

初二第一学期的某个清晨,我在上班路上接到了小季妈妈的来电:"陈老师!我们家小季离家出走了!"她带着哭腔的声音,顿使我的心揪了起来,紧握住方向盘的双手紧张到止不住地颤抖:"怎么突然就离家出走了?!昨晚发生什么事?"原来,小季和爸爸昨晚因打游戏的事情大吵过一架,今早发现他的书包在家,人却不见了……"报警了吗?"我连忙追问。"报了。监控显示,凌晨4点左右小季离家去了附近的公园,6点多又朝小区的方向离开。"了解了大致情况的我迅速稳定情绪,并安慰道:"季妈妈,您别急,一定会找到他的,有消息我们第一时间联系!"挂断电话,我踩下油门,迅速赶往学校,可惜并没有见到小季的身影。与此同时,警察和小季的家人们也在社区附近搜索。时间一分一秒地过去,坐立不安的我,反复查看手机,生怕错过季妈妈的电话。终于,电话响了:"陈老师,我们在小区里找到他了!"听到孩子找回的消息,我心中的石头终于落了地:"太好了!您先安抚一下孩子,等他情绪稳定些了,再考虑回学校。"

中午时分，我在办公室见到了垂头丧气的小季，便知道他和家长的沟通并不顺利。"小季，我知道你现在挺难过的。你曾说我们是好朋友，对不对？你跟陈老师说说，看看我能为你做些什么？"语罢，小季止不住地落泪："陈老师，你肯定帮不了我的，我妈妈决定的事情没人能改变的！"我塞了一张纸巾到他手里："是游戏吧？""对！"他啜泣着说，"妈妈总是出尔反尔，明明答应过我做完作业允许我玩一会，我只玩了一会会，她就立刻来数落我，我爸还要来火上浇油，我受不了了！"小季的泪光中透露着烦躁与无助，着实让我心疼。我轻拍他的后背："谢谢你把老师当好朋友，愿意跟我分享心事。下午我约了你妈妈来，我帮你再和她商量商量，好吗？"小季将信将疑地望了我一眼，便默不作声地离开了办公室……

下午一点，季妈妈如约而至，她布满血丝的眼睛里也充满着愤怒和迷茫。季妈妈滔滔不绝地表达她内心的担忧和对游戏的愤恨："孩子满脑子就只有游戏，这能行吗？不但影响学习，还要跟家里人吵架，这游戏把我们家搞得鸡犬不宁！"见此状，我先站在一位母亲的角度抚慰季妈妈经历了孩子离家出走而担惊受怕的心情。见她情绪稍稍平和后，我顺势提出了"以退为进"的想法，建议她给孩子自主管理作息，看看小季是否能平衡好学习和游戏的时间。季妈妈的头摇得像个拨浪鼓："我孩子肯定抵制不了游戏的诱惑的！""季妈妈，我们给孩子一个机会好吗？一来可以考验一下孩子，二来倘若他确实无法合理安排好时间，那么您再给他提要求，他也能心服口服。他现在不仅希望得到家长的宽容，更希望自己内心的声音被倾听、被在乎。"听闻此言，季妈妈慢慢放下了戒备，我补充道："我们不妨试试拟定一份协议书，白纸黑字谁也不能反悔，您看可行吗？"终于，季妈妈点头答应了。我连忙回到教室将这个消息告诉小季，刚才还紧皱眉头的他，听闻妈妈一改常态做出了让步，既震惊又欣喜，看到他的情绪积极了起来，我顺势教育小季"离家出走"的后果的严重性，也让他试着体会妈妈的焦急和痛心。小季当场羞愧得红了脸，跟着我回到接待室，向妈妈诚恳地道了歉，并承诺不再离家出走，有话好好说。随后，他和妈妈心平气和地商量"协议书"的内容，制定了工作日和双休日的学习计划表，也合理规划了游戏的时间。我立即将协议书打印成文，递给双方签字，妈妈表示支持和赞同的同时，希望小季能说到做到。小季承诺"君子一言，驷马难追"，并惊喜地说："陈老师，我真没想到我妈妈会为我做出让步，谢谢你。"

当天晚上，我收到了季妈妈的电话："陈老师，今天是执行协议的第一天，我没想到孩子真的非常自觉、非常主动地遵守了要求。"我不禁微笑："季妈妈，我相信小季会一直遵守的，他能做到。"

一学期结束了，时不时收到来自小季和季妈妈的反馈，他俩的关系更和谐了，小季改变了，季妈妈也比从前更有了幸福感。

本学期刚开学的时候，我便收到了一封来自小季的信件，信里诉说着小季内心的故事："陈老师，我没有和别人说过，我就和你说……"我想，这就是我作为班主任莫大的幸福。

每个孩子就像一本好书，值得我们去阅读、去欣赏。人生就像是一场马拉松，孩子们的马拉松需要我们的陪伴，需要我们的指导，更需要我们的爱护。受挫时、劳累时，陪他们一起呐喊，我想也是一种幸福。

解锁心灵密码　唤醒"装睡"的人

上海市蔡路中学　　任　杰

初二年级，美好的青春岁月，夹杂着叛逆的气息。再一次，中途接班初二年级，原本以为会与往常一样顺顺利利，已经度过中学适应期的孩子们循规蹈矩，面临着毕业升学的他们开足马力。然而，迎接我的却是一整个学期的解密游戏。

在假期里班长主动联系了我，进行一些日常工作的交接，简单沟通之后迎来了开学。开学后一切按部就班地进行，似乎不用太过于操心，正当我欣赏着班级井然有序地运转，思考着如何转变孩子们的学习习惯时，第一道谜题来了。N 同学："报告，老师，老师，我的眼镜不见了！"与 N 同学一同回忆、寻找了一番，这第一题被错判为"遗失"。看着 N 同学的表情，我猜到眼镜或价格不菲，或意义非凡，便安慰她放宽心，叮嘱以后要当心保管贵重物品，并许诺会继续帮她找寻。虽然第一题"解答完毕"，但当时心里总有异样的感觉，按理说不应该存在"遗失"，被其他学生捡到了，也应该会上交才对。按照这个思路继续想，让我越发不安，难道这副眼镜暗示着一个孩子内心阴郁的秘密？不难继续推测下去，希望这一切都是我的猜想，眼镜或许阴差阳错地躺在某个角落里。

这一种难以言状的不安感,在一周之后应验了。夜晚备课时,电话响起,电话的那头是 N 同学的家长,从她激动的言语中,得知 N 同学的新眼镜又不见了。幸好这一回被打扫卫生的同学在垃圾桶里找到了！家长也直截了当地说怀疑是 X 同学所为,并且之前已经有过先例,在初一也发生过类似的事。那一晚,我一字一句地倾听 N 同学家长诉说心中的不满,勾勒着 X 同学的内心不能说的秘密。放下电话,如同王阳明格竹一般,我将自己置身于黑暗与寂静之中,冥想了许久,如何叫醒一个装睡的人呢?

"孩子,我信你是善良的,只是黑暗蒙蔽了你的双眼,要相信光芒能击破黑暗。"在漆黑和死寂中,我听到了自己的声音。黑暗遮蔽了她的双眼,我应是光芒穿破黑暗;阴郁的门封锁了她的心,那我就是"破密人"解开内心的枷锁。要叫醒一个装睡的人,先要让她真的入睡。我将解密与唤醒的过程取名为"破密计划",这一刻计划开始了。

"破密计划"的第一把钥匙——安全感。有了安全感才能助 X 同学入眠,安全感也能避免她因为畏惧而再一次伤害他人。但这是一个漫长的过程,我立刻主动联系 N 同学的家长,要来了垃圾桶里找出来的眼镜,讲述、分析了"破密计划",用积极的态度和缜密的计划赢得了家长的信任和支持。

不采取任何行动,安安静静地营造安全感。两周后,X 同学引发了一场"楼道纷争",引来了众人的关注。在外人看,我这个班主任又摊上麻烦事了,可能唯独我在庆幸,终于等来了"破密计划"的第二把钥匙——信任感。公正处理学生之间的矛盾可以大大提升学生对于教师的信任,"楼道纷争"硝烟未烬,我带着涉事的 X 同学和 W 同学来到一间独立教室,叫来了 N 同学作为书记员,一轮背对背的"和谈"开始了。X 与 W 同学背对背而坐,尽可能避免情绪干扰。N 同学作为"和谈"书记员尽可能记录"和谈"的经过,而我作为"和谈"的主持人,引导"和谈"的进程。本次"和谈"采用轮流发言制,一次只能一个人发言,在发言中要尽可能排除情绪化的言语。经过半个多小时的"和谈",涉事双方的情绪回归平静,各自能够分析各自的问题,走出"和谈"教室,半小时未见面的她们相视一笑。我留下了 N 同学,与她沟通她对"和谈"的看法,N 同学向我呈现她记录下的"和谈笔记",表述了对我的信任,还意外地表述出感觉 X 同学挺可怜的想法。这第二把钥匙,我觉得解开了三人心中的锁。

　　自此之后,X 同学的心态发生了较大转变,开始逐步有了积极表现,开始逐渐参加到班级的卫生劳动和板报宣传中来了。然而,由于她因畏惧而产生的进攻性的行为,让同学们对她形成了难以接近、无法合作的思维定式。其他同学对她的排挤会让已经解开的心锁再一次锁上。她时不时还是会出现夸张的行为,在楼道中大吼大叫,用拳脚来打招呼,等等。而我需要一次又一次给予她信任和安全感,替她解开锁住心灵的枷锁。终于,解开第三把锁的机会来了。

　　时至期中,少代会召开在即,班级里需要票选学生代表、学习小标兵和劳动小达人等。X 同学由于自己的出格表现,几乎没有选票,只在劳动小达人上得到了区区几票。当其他同学当选了劳动小达人后,她满脸堆笑地说:"以后打扫卫生的工作我就不做了,就让劳动小达人来做吧!因为她是被选出来的,她就要多做一点。"我再一次把她带到了独立教室,这一次我和她背对背坐着。"破密计划"的最后一步,叫醒她的时候终于到了,我要用最后一把钥匙——价值观,解开她最后的心锁。

　　这一次谈话从卫生劳动开始,X 同学表示这半学期自己做了很多劳动,几乎每天都在打扫卫生,没有被选上很难受,以后不想继续打扫卫生了。说完她开始哭泣,我静静地等着,等哭泣声渐渐减弱,她问我为什么不说话。我确信,这一刻,她已经"入睡了",我可以"叫醒她"了。我缓缓地告诉她,同学们投票很大程度上是综合评价,是情感投票,并不是所有人都具有公正投票的能力。所以,同学们不投票的原因,并不是因为对她卫生劳动工作的不认可,而更多的是其他方面的事情。我缓缓拿出了那副"遗失"的眼镜,递给了她。她看到眼镜,哭了。我相信这一刻锁解开了,她也醒了。

　　至此,我分别联系了双方父母,达成了一致意见,N 同学购买了新的眼镜,X 同学的家长也对 N 同学给予了补偿。"破密计划"顺利完成,我长舒了一口气。高高兴兴来到教室,然而看到同学们对于 X 同学的态度依旧不变,安排座位时都不愿意与她靠近,这一刻我明白了,还有许多锁没有解开,还有许多人没有醒,还有黑暗需要光芒的照耀,"破密计划"还将继续。

把阳光洒向每一个角落

上海市临港第一中学　陆佳丽

我们天天在抱怨内卷，其实没有人放弃，我们都在积极地参与内卷，因为没有人想要甘于人后。我们常说人有冲天之志，非运不能自通。班级里，有这样一个群体，他们也与其他同学一样有志气，渴望被我们关注。

在平时的教育教学中，谁是最容易被遗忘的？优秀生吗？他们出类拔萃的成绩早就吸引了老师赞赏的目光。后进生吗？想想我们平时的教育教学，我觉得我们在这方面都做得足够多，花费了大量的时间和精力。细细想来，我们最容易忽略的只有他们——中等生，那是一个被人遗忘的群体。

他们不会像"调皮蛋"那样给老师带来烦恼，也不会像优异的学生那样万众瞩目。通常，他们性格比较内向，不善表达，也不爱表现。在家长的心中，他们是听话的乖孩子；在同伴的心里，他们是能够信赖的好朋友；在老师的眼里，他们自觉认真，不必操心。在他们的生活中，没有批评，也没有表扬，风平浪静，波澜不惊。上课了，他们就端坐听课；有作业了，就完成作业，不会大声讲话，也不会主动要求发言，不打闹也不嚣张。考试结束后，考得好的学生会得到老师的表扬，考得不好的学生会引起老师的重视或安慰，只有他们，无人问津。培优没资格，补差也与他们无缘。他们如此"顺从听话"，真的让老师很"放心"。这一放心，老师的目光在他们身上停留的时间少了，就自然而然地被忽略了。

我们班级的小 T 同学就是一位中等生。他个头 175 cm，成绩不好也不坏，平时更不会惹是生非，因此在班中同学的口中几乎听不到他的名字。提到他的学习成绩，我想，不管哪一位老师都会说："还可以。"的确如此，不管是英语、语文还是数学，他的考试成绩每次均在八十多分，用我们的话来说趋于中上游。每次作业布置下去，他也能及时完成，虽然字写得不是最好的，但也算是工整；虽然不会每次都正确，但订正时都能认真完成。这样的一位学生，在他身上，几乎让你找不到特别闪光的地方，也找不到很明显的瑕疵，用平平凡凡来形容他是最为恰当的。

开始关注他是因为有一天中午我进到班级，观察他们午自习前的情况，看看他们都在做些什么，正好撞见他和其他两名同学玩弄性质地撕扯在一起。其中陈同学品学兼优，另外一位杨同学一直是在学习上老师需要关注的对象。逮个正着，我就和他在走廊里闲聊起来。当我问到学习时，他若有所思地对我说："我希望自己能和班中的小陈同学一样，他很聪明，也玩游戏，可是成绩一直稳居年级前列，老师们都很喜欢他，课间也有很多同学和他聊天说笑……我一玩游戏，父母就要告诉老师，没收我的电脑、手机。我不能像他那样，我做不成他，但我很压抑，我也想被老师发现啊……"听到这，我很诧异，原本以为他是个乖乖孩，遵循老师布置的各项"指令"，误认为他很赞同、认可我的做法。我原本以为这些不会给我惹麻烦的孩子，在班中是最稳定的群体，像"温吞水"一样的学生，也非常不想被忽略。

多才多艺、品学兼优的学生是多么的耀眼，众人追捧。后进生虽然成绩不好，但往往能得到大家的关心和爱护。所谓的中等生，由于个性不鲜明，成绩不突出，常常被我们忽略。我作为他的班主任，更没有去重视他，为此，我采取了一些措施。

一、心中有你

教育需要平等的爱。课堂上，我会多留意他们的表现，走到内向胆小的学生旁边，拍拍他们的肩，轻声说：很不错。课间休息时，多与他们聊天。班级公告栏上的信息张贴，轻轻地交到他们手中，告诉他们做好这件事。通过这些小小的举动，让他们感受到自己在老师心中也有地位。

二、社团活动，个性发展有张力

"减负"背景下，学生在校时间延长了，教师更多了一份责任与担当。我会在这些中等生选择的社团活动课上，主动与他们亲近。拍摄记录他们的课堂过程，并在班会课上进行交流展示，为他们的作品在教室的副黑板处留有位置，做展示。这有利于学生之间相互了解，学生也会因为我的参与，而在课堂上投入得更专注，有更多的收益，增强自信心。

三、你我都是最闪亮的星

奖励，似乎也都是优等生的专利，中等生属于典型的默默耕耘却毫无收获的人。在温馨教室布置时，我留了一面空墙，做了"最闪亮的星"。上面有班级每位同学的照片，背面写有他们的目标学校。每周要为自己的目标做出一点努力，并在周记本上写上本周的用功程度：1％～100％。每一周的班会课上，针对上一周的表现，设置了一个"我来夸夸你"的环节。我会刻意地先从中等生开始，让大家说他们身上的闪光点，并去拥抱他们，我也会附上自己事先为他准备的"颁奖词"，并进行奖励,他们逐渐也有了自信心。只要你有一颗善于发现的心,总能找到他们身上的闪光点。

自从有意识地注意了中等生的教育后,班级的积极分子明显增多,师生关系也更为融洽。为了每个孩子在不同的教育中得到不同的发展,我们班主任老师更要把阳光洒向那些曾被我们遗忘的角落。

偶成师生,不舍情缘

上海市南汇第五中学　曹　凤

依稀记得 2019 年 8 月底的一天接到年级组长通知,学校领导郑重其事地要找我谈话。去领导办公室的路上,心里直犯嘀咕,不由让我回想起似曾相识的一幕幕。这不就是"满嘴脏话的小林子""出奇好动、破坏力强悍的小杰""不要吃饭的小毅""扬言要跳楼的涛涛"等孩子插班到我们班里来之前的情形吗?难道……

果不其然!领导说的话也是一样的:孩子放在你的班上,学校就放心了。自此,我们班多了思成同学,我和这个小家伙的故事也就开始了。

清晰记得报到那天,他迟到了。看着人高马大的思成同学,一双眨巴眨巴的大眼睛明明白白地告诉我,他是个有故事的人,让我对这个新生充满好奇。

了解一个学生从了解孩子的家庭和过去开始。

当天,吃过晚饭,我进行了第一次家访。孩子在虹口区读到三年级,是跟着爷爷奶奶住,父母长期在不同省份工作。随着孩子的长大,爷爷奶奶实在管不住他,加之爷爷身体又不好,在没有办法的情况下母亲把他带到新疆乌鲁木齐读到了六年级。三年下来,母亲被弄得焦头烂额、筋疲力尽,孩子的情况却丝毫没有改善,迫不得已父亲在广东深圳找了所私立学校,读了七年级和八年级;面对私立学校一次次地找父亲谈话,绝望之际,正值虹口区老房子拆迁安置到惠南民乐大居,家长抱着试试看的心态来到了我们南汇五中就读。鉴于成长记录册都没有提供,家长听从教导处建议重读,经学校安排进入了我们班级。听完孩子的大致情况,我不禁感叹,这名学生经历之丰富,真非一般学生可比。家访临近结束,初步跟他们全家约定,接下来的学习主要由他爸爸负责,家长要有信心,决不能放弃孩子。隐隐约约地让我感觉到,这既是一个行偏生,也是一个学困生,又一个需要我绞尽脑汁去跟他斗智斗勇的对手出现了。

挖掘孩子的闪光点,抓住时机,从"长"计议。

大概开学两三周,思成爸爸出差去深圳了,几乎不回家;妈妈由于工作的关系,在家也几乎和孩子见不到面;爷爷生病,转了一圈,孩子又回到只有奶奶管又管不住的状态。与此同时,任课老师和班级学生反映他有不良行为的声音也陆陆续续地越来越强烈了。

我几乎每天都在观察他在校的表现,除了我的数学课及体育老师的课之外,其他学科的课堂情况大致都是:课本没有打开的迹象、玩笔、丢橡皮、趴着睡觉、破坏课堂纪律、不交作业……课间打人、骂人、破坏公物等情况也越来越频繁。和思成奶奶密切联系也没起到多大效果,几次跟他谈心也是心不在焉,一副满不在乎的样子,真是让我头疼。

我努力地挖掘孩子的闪光点。在学校的光盘行动中,人高马大的他很快就"一扫光"了。他还特别起劲地认真检查同学是否也光盘。吃完饭,他还帮助食堂阿姨整理餐具,得到食堂阿姨们的极力称赞。这个场景让我眼前一亮,立马在午休时大大表扬了一番,并任命他为我们班的"光盘行动专员"。那一刻,我瞥见思成的眼中满是欣喜。

接下来的日子,他干得更认真了,工作也更主动了。他自己带头光盘,因负责的午餐光盘任务完成出色而受到学校的表扬。有一次他主动带来了垃圾袋,收集同学的垃圾并进行垃圾分类。皇天不负有心人,我苦苦寻觅的机会又来了。我把班级卫生的工作也交给了他。

慢慢地,他把班级当作自己的家,承担的工作也越来越多了,换水、打扫卫生、收集午餐餐具、分发水果……

大概在学期的期中,我找他长谈了一次。明明白白地告诉他,我为他感到骄傲,他是班级中不可或缺的一员!他注视着我听我说话,时不时把头高高扬起,眼中洋溢着骄傲的灵光,和我滔滔不绝地讲做好这些事情的诀窍,数落着那些不守规矩的同学……我顺势打断他说:"你作为班级的好几个项目负责人、管理者,很好地维护了班级的荣誉。那你有没有想过,你的有些行为也在不同程度上使班级蒙羞呢?"听到这里,他一下子目瞪口呆、哑口无言,很不好意思地看看我,难为情地低下了头。

那次谈话之后,班级学生对他的不良反映明显减少了,任课老师也时不时地在我面前赞扬他工作的认真。

让一部分学科先富起来,先富带动后富。学生的主要任务是学习,学习过不去,初三过不了关。

回想第一次家访谈到成绩的时候,家长总是闪烁其词,已让我十分确定他是名学困生。学习成绩差我早有心理准备,就是没想到这么差! 就拿我教的数学来说吧,9月的两次测验,有一次分数刚好上了十位数。如果能把数学成绩提上去,那对孩子学习自信心的建立可谓是功德无量啊!

起初,我们定了期中达到20分的目标。课间、午间、放学后我们一起研究学习数学,做最简单的题;他不想做的时候,说给我听也可以;课堂上我有意找几个为数不多他可以回答的题让他表现;回家作业我给他圈几个,嘱咐他回家必须完成,隔天我一定要批到他的作业。

我从不说他笨,相反回家作业完成得好,订正作业快,我都会奖励他,看到他拿到奖励的糖果露出开心笑脸时,我知道他开始愿意做数学了。八年级10月做的一次练习,他就考到了40分,10月测试竟然达到61分,期中53分,12月测试63分,期末58分。网课期间,我时刻关注着他,返校后他很主动地来办公室订正数学,期末考试竟然考到了76分。

数学成绩上去了,他开始对物理也有了兴趣,几次练习都能考到80分以上,语文、英语的背、默也开始启动了,中考前夕他努力地背起了英语作文。2021年中考成绩出来了,思成同学以总分411分,数学100分的成绩提前被上海市临港科技学校录取了。

毕业是另一种开始,情常在,人不散!

这个结果是他与他的家人梦寐以求的结果,除了成绩,更让家长兴奋的是孩子越来越懂事了。在最关心他的奶奶看来,这个结果便是一个奇迹,她在不同场合不止一次地说,曹老师不仅救了思成,还救了他们全家。

为了庆祝思成达到了他理想的成绩,也为了向思成奶奶一直以来的坚持表达我的敬意,我特意请他们祖孙三人吃了一顿便饭。席间,我叮嘱思成到了临港不要丢曹老师的脸,也不能给五中抹黑;不要辜负家长的殷切期望,特别是不能忘了年迈的爷爷奶奶。

思成在临港念书差不多有半年了,每个月都要回来看我一两回,看看原先的教室。我们见面像有说不完的话,谈论的多半是八九年级发生的糗事。很多同事说我们根本不像师生,倒像是感情深厚的母子。

和之前提到的孩子一样,来的时候忧心忡忡,期间伤透脑筋,离开的时候依依不舍。成为师生纯属偶然,就是这一个个的偶然,增加了我和他们一段段的师生情缘。

我认为,成就这一段段师生情缘离不了以下三点:耐心引导,家校共育,用爱心去润泽孩子的心灵,用自信去点燃他内心的希望;亲其师,信其道,做孩子的良师益友,共情倾听,真正进入到孩子的内心世界;赏识教育,促其发展,不要戴着有色眼镜看孩子,挖掘孩子身上的闪光点,往往有意想不到的奇效。

我十分赞同沈校长的观点:教育的大气候我们改变不了多少,在孩子们感觉寒冷刺骨的时候,南汇五中可以给孩子们搭个小小的暖棚,给他们提供一方温暖的小天地!很多人眼中的差生,在我看来一样重情重义,而且更需要我们的关心和关爱!能在孩子和家长最无助的时候拉他一把,是我选择成为一名教师最大的成就和幸福!

破译学生不良行为的密码

上海市浦东新区教育学院附属实验中学 蔡凤娇

一、破译问题学生小 C 不良行为背后的内心需求

鲁道夫·德雷克斯说:"一个行为不当的孩子,是一个丧失信心的孩子。"当青少年对自己失去信心时,他们会受错误动机的支配来实现内在所需求的价值感和归属感。

我所带班级中的小 C 就是身上有诸多不良行为的学生。小 C 经常在课堂上插话,喜欢做不当行为哗众取宠来寻求老师或别人的过度关注;小 C 个性倔强,他会

经常做出挑战、激怒老师的不当行为;小 C 有时不认可老师的教育或批评,自己感觉受到伤害或不公正待遇时,他会采取反击,甚至升级不良行为等不当方式来进行反击、报复;小 C 对自己缺乏信心,自暴自弃,退避、消极地回应老师的教导。

作为班主任,我对这些不良行为密码进行破译,将它们背后隐含的错误目的归结为:寻求过度关注,只有在被关注时,才有归属感;寻求权力,只有当他说了算时,才能找到归属感;报复心强,他寻求不到归属感,他就让别人同样受到伤害;自暴自弃,他感觉自己不配得到归属感,躺平放弃。

二、正面引导小 C,赢得他的合作

1. 理解小 C 错误目的引发的行为,并正面回应

苏霍姆林斯基说过:"教育艺术的基础在于教师能够在多大程度上理解和感觉到学生的内心世界。"处于青春期的小 C 很容易被情绪左右而失去理智,做出不恰当的行为。即使他内心明白应该怎么做,可是却不能照着去做,有意消极抵抗。小 C 在成长过程中可能受到了太多的批评、惩罚以及其他形式的责难,但是责难不能让他从根本上认识自己的错误行为,反而导致了他的自卑感和对他人的强烈不满。他更需要的是老师的理解与尊重。

初中阶段青春期的学生比较好面子,自尊感比较强,所以作为班主任在处理小 C 不良行为时,我不断提醒自己以客观而友善的态度,相互尊重、相互平等的立场来沟通,这样既能够巧妙地避免由于批评、责难所带来的叛逆情绪激化,又能够让小 C 意识到自己的错误,同时使他体会到老师的良苦用心。润物细无声可能会达到更满意的教育效果。

2. 培养小 C 集体责任感,帮助他获得归属感与价值感

小 C 的很多不当行为源于对归属感与价值感的诉求。老师会不自觉地犯经验主义的错误,忽视小 C 身上的优点。

行为不当学生身上存在的最大问题是他们不会正确认识自己,没有自信,缺乏感知爱和去爱他人的能力。缺乏自信的小 C 看不到自己身上的闪光点,自暴自弃、破罐子破摔的恶性循环也会愈演愈烈。因此想要从根本上解决问题,我学着去掉对小 C 的偏见,努力去挖掘、点燃他身上的光源,帮他树立对自己的正确认识,找到自信。因此,我经常激励小 C 参与班级事务,培养他的集体责任感。让他通过参与班级活动,为班级、同学做贡献的体验来发展自己的能力,增强班级归属感。

我激励小 C 头脑风暴，一起讨论他可以为班级所做的事情，列出清单，确保他有具体的任务。例如：负责图书整理、劳动工具管理、植物角养护等可以体现其价值与培养责任感的具体可行的任务。这样既能让他学会人生技能，又能培养责任感，获得归属感与价值感。

3. 把爱的讯息传递给小 C

教育家简·尼尔森说："最惹人讨厌的孩子，往往是最需要爱的孩子。"大卫·沃尔什对人类大脑的研究表明，在 10—20 岁之间，大脑的额叶前部皮层会有迅速的发育，这会造成十几岁孩子的一些困惑。青少年容易把周围其他人的身体语言误解为一种挑衅，所以我对小 C 的不良行为进行教育时，尤其注意方式、态度的调整，避免造成误解和不良沟通。对小 C 进行教育，我特别注意表达清晰，以免引起他的误解。

行为不当的学生更渴望得到班级中老师与同学的关爱，作为班主任我总是提醒自己关注小 C 学习、生活中没有能够用语言表达出的诉求、困扰与烦恼，并能及时给予关爱，与其沟通解决问题。通过观察他的言行举止、精神状态、情绪变化等，并且能够及时为他排忧解难、疏导情绪、解决烦恼，把爱的信息传递给他，这样不但实现了教育效果，而且让他体验到了快乐与自信。

4. 小 C 的成长进步

老师的认可、信任与支持使他感受到了善意和温暖，小 C 变得越来越自信、友好。班级的氛围为他提供了归属感、价值感与安全感，他柔软了下来，与同学发生矛盾的频率越来越低。每当班级举行活动，他都会带来很多小零食与同学们分享。感受到爱与善意的小 C 也学会了用自己的方式表达感恩。并且最可喜的是调整好状态的小 C 在学习上也没有掉队，在班级里的成绩也名列前茅。小 C 的眼睛里没有了敌意，脸上时刻洋溢着的温暖的笑容可以证明他内心的阳光和对周围人的善意。

三、育德感悟

班主任在带班过程中最头疼的问题，莫过于与班级中不良行为学生的斗智斗勇。面对学生的不良行为，通常班主任会产生心烦、恼怒、着急、失望、被激怒或被击败等消极情绪。原因在于很多班主任不自觉地把教育学生不良行为的责任等同于责难或惩罚，这势必会招致学生的反叛和权力之争，教育结果自然是令人失望的。

心理学家阿德勒告诉我们:"所有行为的目的都是在一定的社会环境中追求归属感和价值感。"然而有些学生对自己内在的目的并没有清醒的意识,他们实现归属感与价值感的方式是不恰当的,因此其行为与其所期望的结果会相背离。这些不良行为的学生也想要在班级中获得归属感与价值感,但是他们不得当的行为会招致批评、责难,继而造成恶性循环,师生之间的误解、隔阂越来越大,导致更多不良行为的发生。

每一位行为不当学生身上的光源都在等待被解锁。班主任老师应该跳脱学生不良行为带来的挫败感困扰,学会重新看待学生的不良行为,把这些错误行为看作是解开其隐含动机的密码。研究这些密码背后的隐含想法,正面回应他们的不良行为,并积极帮助他们寻求解决问题的方案,帮助他们获得归属感与个人价值感,点燃他们身上的光源,我们会发现取得的教育效果会是令人鼓舞的。

轻轻唤醒年轻的心灵

上海市竹园中学　陈晓艳

2014 年,从一所被认可的好学校回归到城乡接合部地区的公办校区,我继续担任两个班级的语文教学和班主任工作,施教对象发生了极大的变化。每天,他们仿佛不停地切换身体中的两种模式:生活中率真、热情,我无意中说借支红笔时,在自修的他们都敏锐地捕捉到了信息,瞬时冲上讲台递上了数支,凡此种种不胜枚举;但只要一谈及学习、规范,遇到要付出努力、奋斗磨砺的事,就自动闭合了眼睛和心灵,散漫而无活力。下课后他们跟着我走出课堂,沉浸在讲课氛围中的我要承接的业务可能是闲聊最新地铁线路的报站、自家超市最近生意不太好的话题。要是一本正经把他们叫到办公室谈个正事,三五句后必能感知他们的心灵保护盾、头脑警戒线已就位,当然还有必杀技:沉默是金、顾左右而言它,直到把一件事情搅成了罗生门,散落一地的小狡猾。一定要向家庭求助的话,多会碰见"我没办法,老师你帮我多管管",或者是暗示我家里房多经济无忧学习也无所谓这样的回应。

一段时间的经历和观察后我得出了结论:我当下在建班施教中所碰到的困难本质源于学生内驱力不足,自信心不强,思维维度不高而难以产生愿景。有一定知识,却没有精神;有活动,却没有道德愿望。教育部印发的《中小学德育工作指南》

中基本原则的第二条表述道：德育工作要强化道德实践、情感培育和行为习惯养成，努力增强德育工作的吸引力、感染力和针对性、实效性。德国教育学家鲍勒若夫认为：通过唤醒，可使一个人真正认识自己和自己所处的世界，认识自己存在的处境，生命的历史和未来的处境，使自己成为一个真正具有自我意识的充满生命希望的人。基于班情、基于指南，我调整了自己的期望值和工作重点，确立了建班树人的首要任务：唤醒教育，通过教师的主动邀请与启发，培养学生自觉知自我，体验生命的意识，并激发出他们生命的潜能和发展欲望。

一、在全纳的平等关系中开启唤醒

唤醒碰触人们深层的信念与态度，与人内在的情绪碰触发生效应。唤醒教育的前提是接纳并构筑平等的关系。是教师被选择，学生和他身后的家庭来到了组建的班集体中，相识、相处、相融。接纳是最客观的了解，作为建班育人的班主任，要学会欣然接受。

首先，构筑平等是不急于高谈阔论，不做权威，展开对话，先做了解。日常教学工作中，我细心观察，抓住契机展开对话，在对话探讨中增进师生了解，竭力做到发掘每一个学生被"唤醒"的生物钟。一开始，学生很难与你展开对话，但当我开始与他们讨论课堂中他们的一句话，一个微小的细节，提到的一份偶然的期待，便惊喜地发现，对话的闸门渐渐开启。热衷星座分析的孩子们会讨论一下如何改变今日运势和流年走向，醉心喂养宠物无心学习的孩子我也会鼓励他学习知识、学会与人交流完成理想。若能够保持耐心，就能在大量的对话中了解到孩子的个性，也能像拼图一样拼出那深藏的生命能量图，掌握了启蒙生命意识的密码。

其次，平等是全纳孩子身后的每一个家庭，构筑平等的家校关系，唤醒家长的育人意识和担当。城乡接合部地区的大多家长都因为自身的教育水平不高而对孩子的认知度也很低，秉持着走到哪里算哪里的想法，缺乏愿景与规划。日常接触中家长的闪躲、不自信、无力感是常态。在接班第一轮家访中，我都会询问每一个家庭对孩子的认知与希望。努力传达给家长，初中学习生活不仅是灌输知识，塑造人，而且要追求成长。在建班的过程中，家校的沟通方式、频率、对话都需要不断地磨合，但"塑造人"这一目的根植于家校合作的始终，它打消了很多家长的不安，甚至是敌对。家校的关系平等后，才能走向合作。电子信息时代来临，部分家长的信息水平不够、解决问题的能力不强的时候，我也会出面牵线让家长结对家长，互帮互助,完成班务。与家委会负责人保持联系,及时回应家长的问题或者忧虑,当家长的不安与未知感慢慢消解,解决问题的内驱力也就在慢慢增强。

二、用接纳"意外"生成"唤醒"

教育教学中不确定的因素很多,教育有时是意外构成的"刺激"。这里的孩子热情、率真,但遇事冲动、鲁莽。面对学生的不定时发挥,心态也偶有失衡的时候。但在工作中,我渐渐地发现,越是不经修剪的小树,一次意外造就一次新生的效果就越明显。大合唱演出在即,领唱罢唱的原因是觉得自己分配到的任务不能完美呈现就索性放弃不干。谈话引导时察觉他因为学习音乐对自己的表现有更高的要求,我告诉他,理解他的自我要求。但接受集体任务时就是一份使命,完美呈现固然好,但完整呈现更重要。人生不总是能分到让自己满意的一羹,但只要接纳了,就要完成它。社会课中,几位同学激烈与老师辩论对身边不良现象劝阻就是自取其辱,会吃亏,且身边的人素质都不高。与任课教师充分了解了学生上课的表现后,对学生参与讨论时过分散漫随意的语言和行为予以了批评和引导,使他们意识到,保持修养和礼貌的姿态能更合理地表达自己的看法,否则只是一场情绪的发泄。我用余秋雨谈文化的观点给予他们启示和思考,即文化不仅是对待不文明现象的认知,也是植根于内心的修养,有责任通过"提醒"完成自我文化的践行。基于学生的日常所见负面新闻,也适时地用法律条文在此类实践中的运用来使他们消除无力感。后来孩子们在谈话中也说到社会课本中同样也提醒他们应注意保护自己,只是当时为了发泄而反驳的时候根本不在意问题是否有解决途径而变成了他们口中指责的那类人。在之后的教育教学中,我也会有意识地提及一些社会现象"求助"他们的解决路径,一方面可以检验教育效能,一方面教育要通过生活的检验才能成为真正的教育。总而言之,凡此种种"意外"而生成的"唤醒",正是学生成长路上切实的助推剂,唤醒学生关注永恒的人类主题"正直、善良与勇敢",并增长"智慧",在学生的心田灌注出一片精神家园,不让故事走向平庸。

三、用反思优化"唤醒"

苏霍姆林斯基曾经说过:教育,首先是关怀备至地、深思熟虑地、小心翼翼地触击年轻的心灵,在这里谁有细致和耐心,谁就能获得成功。城乡接合部地区部分孩子的家庭背景比较复杂,一部分家庭对孩子的心理发展、人格塑造的影响较为负面,使得这部分孩子具有高敏感度、低认知度,自我保护意识强、情感回应点较高的特点。针对这类孩子的唤醒教育,教师虽一片丹心,学生却有隐藏的秘密被打开的不适感,更谈不上被"唤醒",也曾走过弯路。不断地思考与调整后我意识到,对于这类学生的"唤醒"教育,要恰当地运用心理暗示,把握好过程中的距离感、谈话适切度;要给予他们耐心,分解出更细的步骤,一点一点深入,使他们的心灵慢慢被润泽、被引导,并允许他们有反复,在这个过程中不知不觉地接纳、修正、提高自己。

一位哲人曾说过,"眼光不同,对所有事情的理解就不同",几年持续的摸索,我看到了洋溢着生命感的个体带给集体惊人的可喜的变化。他们和谐、团结、互助、有活力。生命意识的崛起也必将促成他们曾经打量自我、生命、未来的眼光的变化,生活便呈现出了新的样态。轻轻唤醒沉睡的心灵,让少年的心燃烧起来,值得我们这些班主任们无论何时都有从零开始的勇气,用心探索,用爱支撑,使命必达。

给学生最好的爱是父母的目光

上海市周浦实验学校　赵诗忆

> 每个孩子都是最好的存在。成长的道路上,父母温柔而关切的目光,是他们勇往直前最大的勇气。
>
> ——题记

拉上包的拉链,看了一眼手表,刚好傍晚六点整。我长舒了一口气:终于结束了一周的忙碌工作! 突然间,"丁零零"的电话声在空旷的办公室响起。"赵老师!"——我的心里不由"咯噔"一下——"门口一群社会青年,好像在找你们班的小 Y 同学。""我知道了,我马上来。"匆忙放下包,我飞奔下楼,心里想着:最担心的事终究还是发生了……

作为一名九年一贯制学校的初中老师,小 Y 的名号早在其小学时我就已有耳闻,在六年级新生家访时终于"百闻不如一见"。见面的第一印象,这是一个"成熟"的女生:披散着一头长发,耳朵上挂着一对亮闪闪的大耳钉,紧身上衣配着一条牛仔短裤。不动声色地把她从头到尾扫了一眼,我想我大概知晓为什么小学部的老师们对她那么头痛了。虽然在前期对她的情况已经有所了解,但第一次家访,我仍然很想从她的家长口中多知晓一些情况。在和她奶奶的交流中,我得知孩子从小和爷爷奶奶生活,感情深厚,而父母由于工作和个人原因鲜少与女儿相处,很少参与孩子的成长。孩子出生时为早产儿,身体格外羸弱,因此爷爷奶奶对这个孙女格外的宠爱,又加上家庭条件尚可,对于孙女的物质需要基本是有求必应,但是对于她成长道路上应有的教育和引导却是基本为零。在小学阶段,由于与班主任之间有些误会,因此对于学校,家长和孩子均持保留态度。

我匆匆赶到校门口,人已不见踪影。想着还是要先了解清楚具体情况,我并没有第一时间将此现象告知她的家长,仅仅和她的奶奶打了一通电话。告知她奶奶今天放学晚了,孩子一个人走回家可能存在危险,如果方便的话可以去小区门口候着她,顺便表扬了一下小 Y 同学最近在学校里的表现,在艺术节的时候能够积极为班级排练节目。奶奶听后在电话里高兴地向我道谢。

次日,得益于我和小 Y 师生两年来的"友好合作伙伴关系",我开玩笑地问她:"小 Y,听说昨天放学,有挺多男孩子来找你?""不是的,赵老师,您听我解释……我也不知道他们为什么突然来我学校,他们是想通过我找……"我一听,发现与我旁敲侧击询问她身边几个好朋友的说法一致,也就没有和她多说什么,提醒她与朋友交往时注重自己人身安全,放学赶紧回家,否则爷爷奶奶该担心了,便让她回了教室。

待她离开后,我仔细思索,虽说小 Y 的表现很真诚,但与社会上的青年交往过密一事可大可小。外加处在青春期,是非辨别能力不强,却又享受能够拥有与同龄人截然不同的生活方式和交友圈,一个女孩子"孤身在外",又脱离原有单纯的同学之间的友谊,实在令人担心不已。因此,再三权衡之下,我决定直接和其父母进行沟通。

在此事之前,我从未见过小 Y 的父母。一来是因为他们工作繁忙且离家远,基本不回家,二来是爷爷奶奶总说,老师你有事找我们就行,她父母没空,也不管的。但是这一次,我想还是直接和父母面对面沟通较好,因为对于青春期的孩子,祖辈能做的事情,总是比较少的。通过我的一番努力,也和小 Y 的爷爷奶奶主动沟通,告诉他们青春期孩子的有些事情,"父母"的作用是无可替代的,小 Y 的父亲终于坐在了我的对面。在和其父亲坦率且坦诚的交流中,我将小 Y 的情况如实告知,包括学习、生活和交友。父亲听后,略有一丝无奈。小 Y 父亲表示,孩子出生后,夫妻二人确实因为工作和个人原因疏于管教。原以为斯斯文文的女孩子,放在学校的环境中,应该问题不大,没想到还是有所疏忽。小 Y 所交的朋友,有些是她自己认识的,有些则是通过父亲的朋友"辗转"认识的,而日常生活中一些不良的"口头禅",则是受家里人影响较多——老人喜欢搓麻将,家里来来往往的"麻友"不少……听到这里,我大致了解了,小 Y 之所以会有现在的表现,恐怕是受周围环境影响较多。

在和父亲的多次沟通下,为了小 Y 的未来,我们达成一致:父母尽可能多回家,和孩子多进行沟通;尽量做到孩子上下学有人接送,周末活动的地点和活动的朋友告知家长,帮助孩子净化和缩小交友圈;和家里老人沟通,争取为孩子创造一个文明和谐的环境氛围……沟通到了这里,我觉得已经是一个很大的进步了。后续,我也经常和小 Y 的父亲、爷爷奶奶通过电话或是家访的方式进行沟通,也确实发现,有了父母的干预后,孩子的表现变得更好了,已经有了中学生的模样,在学校的行为举止也变得规范。本就是一个漂亮、嘴甜、机灵的女孩儿,又有谁会不喜欢呢?

本案例中的小 Y,其实在班主任我的眼中,一直是个不错的孩子。每个孩子的学习能力有强有弱,因此虽然成绩重要,但我并不认为这就能决定一个学生的所有。小 Y 虽然是一个成绩非常薄弱的孩子,但实际上比起其他同学,她是更有礼貌的,看到每个老师都能够面带笑容大声问好,尽管有些老师曾严厉批评过她。她也是很机灵的,老师进教室只需眼神往黑板上一瞥,她就会大喊着冲上讲台:"老师,放着我来擦黑板!"她也很热心的,集体合唱时她热衷于冥思苦想要表现的动作,篮球赛时全场回荡着她的加油呐喊声,值日时她总是最后一个走……这样一个乖巧的女孩,有时我总在忍不住想,要是在她的成长过程中,父母未曾缺席,那该多好!

归根结底,仍是原生家庭的原因。父母的管教方式、父母的教育理念,都在孩子的成长过程中起着决定性的作用。孩子的性格特点、处事方式、价值观和心态等都源于原生家庭的影响了。同时,在成长过程中,周围环境也对孩子起着潜移默化的影响,家人亲戚间、同伴间都会在不知不觉中对孩子价值观的形成产生作用。每个孩子的出身,都是无法选择的。因此,作为老师,探究孩子们原生家庭的状况并引导父母对孩子实施正向引导便是十分重要的。每一个父母,不管自己过得如何,对于子女,其实天然存有"望子成龙、望女成凤"的想法。虽然对孩子不会有过高的要求,但总是希望他们未来的生活能够比自己"容易"些。教师通过自身理论知识的学习,结合从教多年来的经验,能够在家庭教育指导方面,为家长提供更多真诚而有效的建议。

而在本案例中,孩子愿意与班主任沟通、家长愿意听取班主任给予的建议,也是整件事情能够往好的方向发展的重要原因之一。尽管师生关系间天生存在距离感,但教师却可以通过自身的人格魅力感染学生,使学生能够敞开心扉,愿意与教师进行沟通,这已达到事半功倍的效果了。同时,家校之间能够形成良好的互动环境对于孩子的成长而言也是一份助力。苏霍姆林斯基多次指出:"教育的效果取决于学校和家庭的教育影响的一致性。"家校之间行动一致、信念一致、志同道合,才能为孩子的健康成长搭建起一个精彩的舞台。在小 Y 的案例中,基于家长对班主任的信任,能够愿意听取并采纳班主任给出的建议,努力配合学校工作,并从自身做出改变。家长的明确表态给班主任日后的学生管理工作注入一剂强心针,更为学生做出了下定决心进行改变的榜样。在孩子成长的道路上,没有什么是比家长的目光更好的爱了。

在教育的路上,教师应不仅是孩子知识的领航人,是家长的引导者,更是先进家庭教育理念的传播者。

拥抱,也可以是一颗蜜糖

上海市实验学校南校　王蓓蒙

"好了,事情解决了。别抽泣了,抱一下。""不要。""翔哥,王老师不说你了。"随即,张开双臂,走上前,轻轻拍了拍翔哥的后背,一个师生之间的平等的拥抱,为电梯卡事件画上了句号。

一个极其平常的上学日,22 级预备新生刚来到上实南校的第二个月。中午时分,倪老师告诉我,我们班翔哥把电梯公用卡插进了玻璃板里,现在取不出了。翔哥,我们预备(7)班的皮大王之一,优点是头脑灵活,缺点是头脑太过灵活,小点子多。他平时做事有点小冲动,会欺软怕硬。我心想,这 44 个孩子来到初中之后,我还没真正发火凶过谁呢。这可是我树立威信的大好时机,有只"鸡"送上门来了。同时,本着"知己知彼,方能百战百胜"的班主任必备小常识,我一向会在第一次线上或线下家访前,根据学生的小学档案,仔细翻阅同学们的基本信息。此刻,我脑海里还浮现出了翔妈的工作地点——派出所。俗话说，"有问题找警察嘛。"再根据平时和翔妈对于翔哥学习上的沟通和交流，基本有九成以上的把握，翔妈会无条件支持我。于是，我马上和翔妈联系，商量好解决方式以及现在我马上会去怎样"处理"翔哥的过程。

正好下课铃响，我让翔哥来一次办公室。他进来后，我用陈述的语气对他说，"自己坦白，说说你今天上午在 3 号楼那里干吗了。"翔哥还试图挤眉弄眼，笑嘻嘻避重就轻地回答我，"没做什么呀……我都没去过那里。""有本事再说一遍，"我步步紧逼，也提高了自己的音量，"你确定你上午没去过 3 号楼？""我……"不等他说完，我刻意"暴躁"地打断了他的话，"你是聪明人，你知道王老师最讨厌什么样的人，如果接下来你说的话里还有假，那你在王老师心里那种虽然小调皮但也是个男子汉的形象也就不复存在了，我们以后就是最普通不过的'冷酷无情'的师生，你的作业我还是会批，订正我也还会看，但除此之外，课下不会多说一句，因为你不对我这个班主任说实话，我觉得也没必要再和你下课斗个嘴、调侃你几句了。好，接下来你表态吧，想说什么说吧。"或许是因为开学至今，班级整体行规还过得去，因此大多数时候，我还是比较宠着这群孩子们，很会站在他们的角度考虑问题，以至于翔哥估计都快忘了他的班主任也曾经放过"狠话"，应该是个"狠人"。此刻的刻意"暴躁"许久未见，也让翔哥听完一下子就眼泪出来了，哭着把上午自己干的糗事一五一十地都说了出来。我依然假装生气，在不经意间给他递过去纸巾。

最后便是文章开头的那一幕。自打这次电梯卡事件后至今，顽皮又冲动的翔哥当然还有这件或那件的小糗事等着我去处理，比如和同学冲撞之后在走廊上曾鼻涕眼泪一大把，而且还大喊大叫，在我被他虐了半节课的乒乓球（因为他是乒乓球队一员，擅长乒乓，我故意以卵击石）去修复他的心情，再放下身段去和他讨论刚才的事情，等等。不过，最近的翔哥他敢作敢当了，慢慢会笑着去解决事情了，这是他的一个进步。他一次一次地信服我，我就成功了。

作为一名党员教师，我始终认为，要让学生真正感受到我对他们的爱，要以真心换真心，才能换取学生对我的信任和认可。也只有学生愿意信服我，我在班级的管理上、教学上才能有事半功倍的效果。如果说，前面对翔哥说的"狠话"是一把利剑，那我一定会在快结束对话的时候去抹平他所有的伤疤，给他一颗蜜糖，比如：最后那个师生间平等地位的拥抱，这个看似简单的拥抱，其实是我放下班主任的身段,以平视的态度、以实际行动在告诉翔哥,尽管他会捣蛋,但我依然爱他这个学生,我没有因为他的调皮而嫌弃他。我一直告诉自己,要做智慧型教师。因为我们是学生在校期间遇到问题时的主心骨,是帮助他们解决在校问题的指导人,因此,如何做学生可以依赖和信任的精神依靠就显得尤为重要。教师的路且行且远,我将永远初心不改,风雨兼程。

让家长和老师来一场信任与支持的美好邂逅

上海市浦东新区新场实验中学　沈毓青

有位校长曾经说过:"教育最大的阻力来自家长的不信任!"家长不信任老师,老师就不敢管,不能管;家长不信任学校,教育就无法落到实处。可是,在教育孩子的路上,家长和老师不可避免地要"狭路相逢",如果真的要"勇者胜",那么牺牲的肯定是孩子。作为一名教师,同时担任了多年的班主任,我深知家长在我们教育工作中的重要性。

在我们平时的生活中可以发现,家长对老师的态度决定孩子对待学习的态度。古语云:"亲其师,信其道;尊其师,奉其教。"意思是说,学生只有和老师亲近了,才会信任老师;相信老师所说的,才会接受老师的教育。孩子爱不爱学习,一定是发生在对老师信任、尊敬的前提下。当家长对老师产生不信任,会给孩子传递一种错误信号:老师的教育是不值得信任的,会让孩子在心底抵触老师。当孩子对老师没有了信任、尊敬,又哪会好好听课,爱上学习呢? 孩子不信任老师,纵使才能再出众的老师,对孩子的教育也是无效的。而当家长对老师不信任时,就会对老师的工作开展产生很大的影响。老师在教学育人过程中会变得瞻前顾后、畏首畏尾。同时,面对相同的问题时,老师和家长更加容易发生摩擦,让问题更加复杂。所以作为老师,我觉得获得家长的信任和支持是我们开展教育教学工作的根本。

那么如何来获得家长的信任和支持呢? 在这里我举个例子。去年中途接手了现在的班级,班级中有一个男生很快吸引了我的注意,他的行为非常自我,想法也很随意,接手前,前班主任也跟我聊过他。于是我就邀请这个男孩的妈妈来学校,想向她了解情况。妈妈来了之后,就告诉我这是她第 N 次被老师约谈了,从她的言谈中可以看出,她对自己儿子在校的表现已接近心如死灰了。于是,我当即决定先说说孩子好的地方，果然他妈妈精神为之一振，当聊到孩子的问题时，我把问题普遍化，让该同学的妈妈觉得孩子还是有希望的。当天晚上回家后，这位妈妈又写了一段话告诉我说，他们已经很久没有收到老师对孩子的表扬了，她从来不知道自家孩子身上也有优点，今天我能告诉她孩子的一些闪光点她觉得很开心，本来家里已经决定不再管这个孩子，跟我聊过之后，他们夫妻两个觉得自己的孩子通过耐心的引导，可能还是有希望的。从这次聊天之后，这位妈妈就异常支持我的工作，也很愿意跟我分享他们家的一些问题以及育儿时碰到的一些困惑。我想这位妈妈对我是信任的。收获家长的信任在我看来也可以很简单。首先，我觉得有时候我们和家长的交流沟通就像和学生沟通一样，要了解清楚家长的接受程度，时不时地赞扬一下家长的付出，在和谐的谈话过程中，家长和老师更容易达成共识，我们老师更容易收获家长的好感和信任。其次，一定要给家长留有希望。就像我举的例子中，当我告诉家长孩子的一些小优点时，家长呈现出了明显的情绪变化，从一开始的沮丧到吃惊再到小小的窃喜，再到后来给我发的微信，这一切的变化都说明了家长对孩子重新有了希望，而在内心是对我这个老师的感激和信任。再有就是耐心。和家长沟通时一定要仔细分析孩子的问题是什么，最好可以给出细致的解决方案，绝对不能一味地揭短和告状。事实上，很多时候家长也处于懵懂的状态，内心渴望从老师那里得到具体的帮助，这个时候耐心的指导就显得尤为重要，这种家长对老师的心理依赖，在我看来，到最后就能转化成对老师工作的认可和支持。

我有的时候在想，大多数的家长都是通情达理的，我作为他们孩子的老师，就应该和他们交朋友，学会理解，学会尊重他们。学会从他们的角度去思考问题，通过言谈和行动，真正让家长感受到我这个老师是在为孩子着想，让他们从内心深处喜欢上我，支持我的工作。只有家长和老师形成教育合力，才能照亮孩子未来的路。苏霍姆林斯基说："学校和家庭，不仅要一致行动，要向孩子提出同样的要求，而且要志同道合，抱着一致的信念，始终从同样的原则出发，无论在教育的目的上、过程上，还是手段上，都不要发生分歧。否则，教育的作用将会受到干扰、削弱，甚至抵消。"所以我觉得在以后的教学生涯中，在家校共育这个环境中，一定要努力做到和家长互相尊重，互相信任；正确定位，真诚交流；积极主动，及时沟通；保持理智，坚守底线；共同学习，共同进步。

我心中一直坚信，孩子的教育离不开老师的殷切教导，但也离不开家长的悉心引导，我们对孩子的爱是一样的，我们渴望孩子成才的心是一样的。这一路上，家长和老师相遇，本就是一场信任与支持的邂逅，只有老师和家长相互配合，相互信任，相互支持，孩子才能学得好，走得远，拥有锦绣前程。

"阚姐"变身记

上海市实验学校南校　顾康宁

苏霍姆林斯基说："从我手里经过的学生成千上万，奇怪的是，留给我印象最深的并不是无可挑剔的模范生，而是别具特点、与众不同的孩子。"教育的这种反差效应告诉我们，每个学生都有"可塑性"。作为一名班主任，不能选取适合教育的学生，应选取适合学生的教育。春风化雨、润物无声，批评或表扬都要深浅有度，用心寻找突破口，因材施教，通过心灵的沟通，获得学生的信任，从而收到意想不到的教育效果。

一年前，我担任新预备班的班主任，开学后的第三天，插班来了一位个子高高身材魁梧的女生，在她进班后的那一周，我连续失眠多日，因为这短短5天内，在她身上发生了三件大事儿：1.一大早穿着热裤来学校上课，政教主任在校门口拦下她并当面指出其问题，怎料她直接回怼："我们老家的小学都可以这样穿，你凭什么管我？"2.英语课上，英语老师让每个同学取一个英文名字，轮到她的时候，她说："我的英名名字叫Trash，因为我爸妈离婚后谁都不要我，我就像一个垃圾，每天只能住叔叔家。"3.某日班长火速来报告，她上课时拿小刀割自己的手腕或手臂，然后向大家展示血印。

周末，我冷静下来开始思考以下几个问题：第一，她身上存在哪些问题？第二，这些问题是怎么会产生的？第三，如何引导纠正这样的行为偏差？首先，我觉得这孩子身上最主要的问题是：叛逆和自卑。其次，通过家访，我得知孩子自幼父母离异，没人管教，他的叔叔同情孩子，把她接到自己家里暂住，因此她的问题根源应该是从小缺爱，加之来到陌生的城市和陌生的学校，陌生的环境让其极度缺失安全感，所以才会有种种"奇葩"行为。最后，我就以"缺爱"作为突破口，制订了三条"作战计划"：1.用"柔软"包裹她。我重新调整了班级座位，将班上几位性格较好的女生安排在了她的周围，并且对她们提前布置任务：帮助她尽快适应这里的学习生活,让她感受到来自同学的善意与关心。不多久,她们几个女生就渐渐热络起来,有时下课还会一起聊天一起画漫画,对此我欣慰不已。2.用"职位"鼓励她。通过了解,我知道她比较喜欢英语学科,基础也不错。所以在和英语老师商量后,任命她为英语课代表,她一口流利的英语其实早就让同学们羡慕不已,所以大家都非常认可这位课代表。她也越干越有劲儿,越做越自信。突然有一天,她说想改一个英语名字,把"Trash"改成"Dream",那一刻,我笑了。3.用"活动"包装她。为了进一步让她摆脱自卑,建立自信,我利用学校、年级和班级的各项德育活动对她进行"主角包装",因为她比同龄人大一岁,所以在综合能力上有一定优势。"国庆歌会"她是领唱之一;"艺术节舞台剧"她是主角之一;她酷爱画画,"温馨教室"评选前的艺术展板中也展示她的佳作。一次次的活动,一次次的挑战,一次次的成功与收获,她渐渐融入了班级,和同学和老师的关系也越来越亲近,笑容逐渐增多,那把"小刀"再也没人见过。更令我惊喜的是,她渐渐成了班中的"大姐大",同学遇到困难她会主动帮助,老师需要帮手她也会主动请命,渐渐地,我听说,班里的孩子们都称她"阚姐"!

一个优秀的班主任既是理性的研究者,更是感性的实践者。正如叶圣陶先生所说:"千教万教教人求真,千学万学学做真人。"教师的一言一行都在潜移默化地影响着学生,身为"一班之主"的班主任对学生的影响更大。

教育虽无痕,却有着惊人的力量;润物虽无声,但能"于无声处听惊雷"。我们每位德育工作者都要透过唤醒、引导、鼓舞等手段来使学生"亲其师,信其道;尊其师,奉其教",为每一位学生的发展负责。

图书在版编目（CIP）数据

我的！班主任育人案例 / 徐佳著. — 上海：上海教育出版社，2023.5
ISBN 978-7-5720-1969-2

Ⅰ.①我… Ⅱ.①徐… Ⅲ.①故事－作品集－中国－当代 Ⅳ.①I247.81

中国国家版本馆CIP数据核字(2023)第077170号

责任编辑　朱剑茂　顾　翊
装帧设计　周　亚

我的！班主任育人案例
徐　佳　著

出版发行　上海教育出版社有限公司
官　　网　www.seph.com.cn
地　　址　上海市闵行区号景路159弄C座
邮　　编　201101
印　　刷　上海盛通时代印刷有限公司
开　　本　700×1000　1/16　印张 14.75
字　　数　240 千字
版　　次　2023年5月第1版
印　　次　2023年5月第1次印刷
书　　号　ISBN 978-7-5720-1969-2/G·1770
定　　价　60.00 元

如发现质量问题，读者可向本社调换　电话：021-64373213